EUROPA 🌑 POCKET

CHRISTIAN HARDINGHAUS

Die Spionin der Charité

ROMAN

Vollständige Taschenbuchausgabe 2022

© 2019 Europa, ein Imprint der Europa Verlage GmbH, München
Umschlaggestaltung: Hauptmann & Kompanie Werbeagentur, Zürich,
unter Verwendung eines Fotos von © Lambert/Getty Images
Redaktion: Claudia Schlottmann
Layout & Satz: BuchHaus Robert Gigler, München
Gesetzt aus der ITC Slimbach
Druck und Bindung: C.H. Beck, Nördlingen
ISBN 978-3-95890-449-1

Alle Rechte vorbehalten.

www.europa-verlag.com

INHALT

Prolog 7

1. Ein trauriges Jubiläum 13
2. Der überraschte Amerikaner 22
3. Ein redseliger Chef 29
4. Margot, der Dicke und ein widerspenstiger Franzose 41
5. Nervenarzt in Uniform 51
6. Das linke Gesicht 64
7. Peterchens Fahrt 75
8. Mörderische Trostbriefe 81
9: Der erste Donnerstag 90
10. Operation Hühnlein 100
11. Touché 111
12. Fritz Kolbe 117
13. Von Liebe und Vertrauen 127
14. Der Neue 141
15. Kurierdienste 148
16. Tiefschlaf 153
17. George Wood 158
18. Der Führer lebt 166
19. Das Trompeterschlösschen 175

20. Kalter Whisky 183
21. Verbindungsstörung 199
22. Der totale Krieg 205
23. Die Unvergleichlichen 225
24. Der letzte Donnerstag 237

PROLOG

Lily ringt nach Luft, ihr Puls hämmert gegen ihre Schläfen. Sie rennt so schnell wie nie zuvor in ihrem Leben. Das Gesicht verschmiert von Schweiß und Tränen, hastet sie durch den zerbombten, dunklen Tiergarten. Nur der helle Schein des Mondes weist ihr den Weg zwischen den Bombenkratern und umgestürzten Bäumen hindurch. Obwohl Lily längst am Ende ihrer Kräfte ist, hört ihr Kopf nicht auf zu rattern. Sie will nicht glauben, dass Fritz hier nie wieder entlanglaufen wird. Nicht einmal den Mond wird er je wiedersehen. Und sie ist schuld daran, sie hat ihren Freund angeworben für den Widerstand. Den Widerstand, den Graf von Stauffenberg heute Mittag verpatzt hat. Warum hat er nicht auf Professor Sauerbruch gehört? Der hatte ihm doch klar genug gesagt, dass man Hitler nicht töten kann, wenn man dafür nur ein Auge und einen Arm zur Verfügung hat. Jetzt würde nicht der Führer sterben, sondern all diejenigen, die ihn hatten umbringen wollen. Fritz, ich komme! Bestimmt ist Stauffenberg die Aktentasche, in der sich die Bombe befand, einfach runtergefallen. Wie sollte er die auch festhalten, mit nur drei gesunden Fingern? Wie hatten sie alle so blöd sein können?

Lily erkennt das Licht der Straßenlaternen nur verschwommen. Sie rennt durch den Parkausgang auf die Friedrich-Wilhelm-

Straße. An der nächsten Ecke steht das Krad, genau wie angekündigt. Der Motor läuft, die Scheinwerfer sind eingeschaltet.

»Sie sind Fräulein Hartmann?«, fragt der Fahrer, als Lily in den Beiwagen steigt.

»Ja«, keucht Lily, die kaum noch Luft zum Sprechen hat. »Fahren Sie los!«

Der Soldat in grünem Gummimantel, mit Stahlhelm auf dem Kopf und Schutzbrille vor den Augen, tritt zweimal ruckartig das Pedal und dreht am Gashebel. Aus dem Auspuff knallt es, der Motor heult auf. Beim scharfen Anfahren wird Lily mit voller Wucht in den Korbsitz gepresst. Sie muss sich mit beiden Händen an den Metallgriffen festklammern, um nicht hinausgeschleudert zu werden. Das Krad rast die Admiral-von-Schröder-Straße entlang. Zu beiden Seiten der Straße stehen kerzengerade Soldaten mit geschulterten Gewehren. Das sind Hunderte, Tausende, denkt Lily, als sie an der Graf-Spee-Brücke vorbeifahren.

Vor dem Haupttor des Reichskriegsministeriums halten zwei Panzer mit laufenden Motoren. Das Motorrad biegt dahinter ab, ein Soldat mit Schirmmütze und umgehängter Maschinenpistole winkt den Fahrer mit einer Kelle heran. Als sich das Tor öffnet, rollen sie in den Innenhof. Sie sind im Bendlerblock.

»Aussteigen!«, befiehlt der düstere Chauffeur. Lily hat gerade das zweite Bein aus dem Beiwagen gehievt, da rast das Krad schon wieder los.

Was jetzt? Es ist stockfinster, Lily kann nichts erkennen.

»Hallo?«, fragt sie laut und streckt die Arme nach vorne, in der Hoffnung, etwas ertasten zu können.

»Lily! Lily!« Es ist Fritz, der sie ruft.

Wie aus dem Nichts springen Scheinwerfer an und erleuchten den Hof. Das grelle Licht blendet so stark, dass Lily für einen Moment die Augen schließen muss. Als sie sie vorsichtig wieder öffnet, bemerkt sie etwa zwanzig Meter von sich entfernt ihren

Freund. Er steht in seinem dunkelblauen Kreidestreifen-Anzug auf einem aufgeschütteten Sandhaufen.

»Fritz!« Lily will loslaufen, doch in dem Moment packt sie jemand von hinten am Arm.

»Wir gehen zusammen«, sagt der Mann, den sie vorher gar nicht bemerkt hatte. Sie hat nur Augen für Fritz.

»Lily, es tut mir so leid«, ruft er zu ihr herüber.

»Alles ist gut.« Lily streckt den freien Arm nach vorne. »Halt durch, ich bin ja da.«

»Immer mit der Ruhe«, brummt der Mann hinter ihr. Lily dreht sich um und starrt auf ein Ritterkreuz am Kragen der Uniform. Als sie den Blick hebt, erkennt sie Generaloberst Friedrich Fromm. »Sie haben zwei Minuten, um Ihrem Freund den letzten Wunsch zu erfüllen«, sagt der Befehlshaber des Ersatzheeres. »Kolbe ist der Vorletzte. Ich will diese Verräter hier nicht mehr auf dem Hof sehen.«

Was hat denn Fromm, denkt Lily verwundert. Soweit sie weiß, ist er doch einer von ihnen: ein Verschwörer! Da ist etwas völlig aus dem Ruder gelaufen, offenbar hat der Generaloberst die Seiten gewechselt.

»General Ludwig Beck, einer der Anführer der feigen Bande, sitzt oben und versucht seit einer halben Stunde, sich zu erschießen, *sein* letzter Wunsch«, sagt Fromm mit einem angewiderten Ausdruck im Gesicht. »Aber er schafft es nicht, hat sich die Schädeldecke weggeknallt, lebt immer noch und kriegt die Waffe nicht mehr hoch.« Fromm zuckt mit den Schultern. »Kolbes Wunsch ist hoffentlich sinniger.«

Der General zieht Lily zu dem Sandhügel, auf dem vier uniformierte Leichen mit verdrehten Armen und Beinen liegen. Der Sand ist mit Blutspritzern gesprenkelt. Fritz lächelt.

»Gehen Sie zu ihm und hören Sie sich an, was er zu beichten hat. Dann sagen Sie, was Sie zu sagen haben, und dann war's das.« Fromm löst seinen Griff, und Lily steigt auf den Hügel. Etwas oberhalb von ihr steht Fritz mit ausgebreiteten Armen, er blutet aus der Nase. Lilys Herz ist so voller Sehnsucht und Schmerz, dass sie nicht auf ihre Schritte achtet. Als sie auf etwas Weiches tritt, verliert sie fast das Gleichgewicht. Sie schaut nach unten und erkennt Stauffenbergs schwarze Augenklappe.

»Nicht hinsehen, Lily«, sagt Fritz. »Komm zu mir!«

Lily fällt ihrem Freund in die Arme, umklammert ihn, will ihn nie wieder loslassen. Er schluchzt laut auf. Nur einmal. Sie hat ihn nie weinen gesehen, und auch jetzt weint ihr tapferer Fritz nicht.

»Es war richtig, was wir getan haben, hörst du?«, sagt er und streichelt ihr übers Haar.

»Ich weiß, Fritz«, antwortet Lily. Sie kann die Tränen einfach nicht unterdrücken. »Was ist denn nur passiert?«

»Das wirst du erfahren«, erklärt Fritz ruhig. »Es ist schiefgegangen, was nur schiefgehen konnte.« Er küsst Lily auf den Mund und schaut ihr dann tief in die Augen. »Es war egoistisch von mir, dich als meinen letzten Wunsch herbringen zu lassen.«

»Oh nein, Fritz«, flüstert Lily. »Nein, war es nicht. Ich bin dir sehr dankbar dafür.«

»Das ist gut, meine kleine Spionin«, antwortet er leise. »Ich wollte dir das hier erst geben, wenn Hitler tot ist. Es sollte meine erste Tat in unserem neuen geheimen Deutschland werden. Bitte nimm es aus meiner Jackentasche. Unauffällig.« Er schiebt Lilys Hand nach unten, und sie greift in die Tasche. Sie nimmt den losen Ring in die Hand, schließt sie darüber zur Faust.

»Du musst jetzt sterben, nicht wahr?«

»Ja, das muss ich.«

»Runterkommen, es ist genug!«, brüllt Fromm.

»Geh jetzt, Lily«, sagt Fritz. »Alles wird gut. Ich liebe dich, und wir sehen uns auf der anderen Seite wieder.«

»Ich liebe dich auch.« Lily antwortet mit flacher Stimme. Sie hat das Gefühl, dass die Stiche, die sie in ihrem Herz spürt, ihren Brustkorb zerreißen. Sie will noch etwas sagen, aber ihr Hals ist wie zugeschnürt. Sie küsst ihren Freund ein letztes Mal, lässt ihn los und dreht sich um. Die schwerste Entscheidung ihres Lebens. Sie macht einen Schritt, dann zuckt sie zusammen. Mit den Schüssen hat sie nicht gerechnet. Fritz stößt einen Schrei aus. Hinter Fromm erkennt Lily sechs Soldaten, drei stehen, die anderen drei knien vor ihnen. Sie laden ihre Gewehre nach und geben eine weitere Salve ab. Sie hört die Kugeln zischen.

»Nein!« Sie dreht sich um. Fritz ist auf die Knie gesunken, hält sich die Brust. Dann lächelt er sie kurz an und fällt vornüber. Lily schlägt die Hände vor die Augen.

»Frau Hartmann!«, ertönt Fromms Stimme in einem fürchterlich aggressiven Ton. »Frau Hartmann!«

Dieser miese Kerl, denkt Lily. »Ich komme ja schon! Kann ich nicht mal eine Minute trauern?« Als sie die Hände von den Augen nimmt, erschrickt sie abermals. Die Soldaten zielen auf *sie*.

»Dazu werden Sie jetzt eine Ewigkeit Zeit haben, aber nicht mehr in dieser Welt«, höhnt Fromm. »Sie glauben doch nicht, dass wir eine Verräterin wie Sie verschonen?«

»Was?« Instinktiv hebt Lily die Hände über den Kopf.

»Ich weiß, dass Sie wissen, was Kolbe wusste«, ruft der Generaloberst.

»Was soll das heißen?« Lily ist außer sich. »Ich weiß gar nichts!«

Fromm hebt die rechte Hand. »Feuer!«

Die Schüsse treffen Lily direkt ins Herz. »Neiiiiin!«

Lily prustet und schluckt. *Nicht schon wieder dieser Albtraum, ich halte das nicht mehr aus!*

Sie liegt am Boden und versucht, den nach Wodka stinkenden Russen, der auf ihr liegt, wegzudrücken.

Schon wieder eingeschlafen. Warum wacht sie nicht auf?

Der Soldat fasst ihr fest in den Schritt. Sie ekelt sich wie damals.

Wo bleibt denn der Schuss? Es dauert jedes Mal länger!

Dann hört sie endlich den Knall und spürt das warme Blut des sowjetischen Soldaten auf ihr Gesicht tropfen. Sie stößt ihn von sich herunter, dreht den Kopf in die Richtung, aus der der Schuss gekommen ist, und sieht den vertrauten weißen Kittel. Aber wer ist dieser Mann? Was will er von ihr?

»Am Tag, als Conny Kramer starb …«

1. EIN TRAURIGES JUBILÄUM

Bern, 20. Juli 1974

»Mir bleiben nur noch die Blumen auf seinem Grab ... Am Tag, als Conny Kramer starb ...«

Die Diamantnadel des Tonabnehmers hatte die letzte Rille der Schallplatte abgetastet, stockte und zog dann quer über das Vinyl zum silbernen Metalldorn in der Mitte des Plattentellers. Das Quietschen, das sie dabei verursachte, ließ Lily Kolbe von ihrer Couch hochschrecken. Ihr Herz raste. Mehrmals atmete sie tief ein und aus, bevor sie nach dem Martiniglas griff, das auf dem Couchtisch stand.

Sie trank das Zeug in einem Zug aus und verzog dann das Gesicht. Anschließend stellte sie das Glas zurück, schob sich mit beiden Händen die braunen Haarsträhnen hinter die Ohren und wischte sich die Tränen aus den Augenwinkeln. Vor ihr lag der Anlass für die zwei Gläser, die sie wieder einmal zu viel getrunken hatte. Fett und in Großbuchstaben stand es quer über einer Doppelseite der ausgebreiteten Zeitung: 20. Juli 1944.

Heute. Vor dreißig Jahren.

Die Zigarettenasche, die der surrende Tischventilator aufgewirbelt hatte, wischte sie mit dem Handrücken von dem bedruckten Papier.

»Conny Kramer ist doch ein Scheiß dagegen«, schimpfte sie vor sich hin, obwohl sie wusste, dass Juliane Werding ihren Hit für einen Freund geschrieben hatte, der seiner Drogensucht zum Opfer gefallen war.

Lily überflog den Artikel in den *Basler Nachrichten*, den sie, bevor sie eingeschlafen war, bereits zweimal gelesen hatte. Die Redaktion hatte hier neben den vielen, von prominenten Personen ausgesprochenen Ehrungen auch eine Rede des Regierenden Bürgermeisters von Berlin, Klaus Schütz, im Wortlaut abgedruckt. Tags zuvor hatte er sie im Plenarsaal des Reichstagsgebäudes der ehemaligen deutschen Hauptstadt gehalten:

Verehrte Anwesende,

wir sind hier in Berlin zusammengekommen, um an die Frauen und Männer des 20. Juli 1944 zu erinnern ... Unter uns sind Beteiligte von damals, die Zeugen also des Attentats auf Hitler und damit dieses Versuchs, die Terrorherrschaft des Nationalsozialismus zu beenden ... Wir ehren die Männer, die damals versuchten, den letzten Rest eines Ansehens für unser Land zu retten und einen Neubeginn zu ermöglichen. Wir denken an ihre Frauen und ihre Kinder ..., die verfolgt und verfemt wurden.

»Von wegen, nur Männer haben versucht, Deutschland zu retten. Auch Frauen waren im Widerstand! Und warum dreht sich eigentlich immer alles um den zwanzigsten Juli? Selbst in meinem Albtraum vermischt sich das, dabei hatten wir mit dem Attentat auf Hitler gar nichts zu tun. Da war doch so viel mehr! Da waren wir!« Lily blaffte die Zeitung an, als erwartete sie, dass ihr der Berliner Bürgermeister direkt daraus antwortete. Als er stumm blieb, riss sie die Doppelseite heraus, zerknüllte sie und warf den Ball auf den Plattenspieler, der sich immer noch drehte.

»Denkt auch mal einer an uns? Weiß irgendjemand, was ich im Krieg riskiert habe?« Sie nahm die Martiniflasche und schüttete das Cocktailglas erneut bis zum Rand voll. »Nein, wie auch?«, sagte sie resigniert. »Wenn die Welt noch nicht mal über die geheime Mission meines Mannes Bescheid weiß.«

Lily bemerkte das vertraute Stechen in ihrem Brustkorb, das sie Ungerechtigkeitsschmerz nannte. Sie wusste, kein Arzt könnte es je kurieren. Ihr geliebter Mann hatte sich, wie sie alle, an den Schwur der mutigen Männer und Frauen ihrer Widerstandsgruppe an der Charité gehalten, niemals über das zu reden, was sie getan hatten. Sie hatten Nazis bespitzelt und massiv unter Druck gesetzt, Fritz hatte für die Amerikaner spioniert. Sauerbruch war am Ende des Krieges schlau genug gewesen, ihnen zu raten, diese Dinge für sich zu behalten. Sonst wäre es ihnen wohl allen wie Fritz gegangen, man hätte sie als Verräter beschimpft oder verjagt. Lily dachte an die anderen Mitglieder der Gruppe. Die acht stillen Helden der Charité, zu denen sie sich auch zählte. Und das war die Krux, denn sie hatte ebenso geschworen, die Existenz der Gruppe auf ewig geheim zu halten.

Lily war überzeugt davon, dass Fritz vor drei Jahren nicht an Gallenkrebs gestorben war, sondern an einem gebrochenen Herzen. Das Schweigen über die Gründe fiel ihr immer schwerer. Wie oft hatte sie seit seinem Tod darüber nachgedacht, alles aufzuschreiben. Ihre Erinnerungen. Zunächst nur für sich selbst. *Das stille Heldentum,* so hätte sie diese Aufzeichnungen nennen können. Hätte sie nach Fritz' Tod nicht sofort seine Schreibmaschine auf dem Sperrmüll entsorgt, vielleicht hätte sie sich irgendwann getraut. Nachdem sie sich Mut angetrunken hatte. Je schwerer ihr das Schweigen fiel, desto mehr trank sie auch.

Lily hatte von 1940 an fünf Jahre als Privatsekretärin von Professor Sauerbruch in der Charité gearbeitet, bis zum bitteren Ende. Danach hatte sie nicht mehr tippen wollen. Die Sekretärin für jemand anderes als für Sauerbruch zu sein, hatte sie sich nie vorstellen können. Das Kapitel war nach 1945 abgeschlossen. Vielleicht war das ihre Art der Vergangenheitsbewältigung, des Vergessens. Doch auch wenn sie nie mehr eine Schreibmaschine bedient hatte – wann immer sie die Erinnerung an den schrecklichen Krieg einholte, sah sie die Tastatur vor ihrem inneren Auge deutlich aufblitzen und formulierte dann ihre Gedanken in getippten Buchstaben. In ihrem Kopf konnte sie fast so schnell tippen wie denken. Das war schon irre. Sie verfasste ganze Geschichten aus der Sicht einzelner Personen ihrer Verschwörergruppe. Wie bei einem Diktat. Schreibdenken nannte sie das. Vielleicht war es aber eher ein Trauma, denn auch über sich selbst dachte sie dann häufig in der dritten Person nach. Insofern wäre es möglicherweise einfacher, ein Buch zu schreiben, als jemandem von ihrer Vergangenheit zu erzählen.

Lily trank einen Schluck Martini, drehte den Kopf nach links und schaute auf die mintgrüne Uhr, die in der Mitte ihrer mit orangefarbenen Punkten verzierten Wand hing. Die silbernen Zeiger zeigten zehn Minuten vor Mitternacht an. Zu spät, um Eddie Bauer anzurufen. Der Journalist der *New York Times* hatte sich in den vergangenen Wochen zweimal telefonisch bei ihr gemeldet und ihr danach einen langen Brief geschrieben. Über irgendeine Recherche war er auf den Namen Kolbe gestoßen und hatte Fragen, viele Fragen. Er hatte herausgefunden, dass Fritz während des Krieges mit dem amerikanischen Geheimdienst zusammengearbeitet hatte. Was und wie viel er wusste, hatte Lily nicht erfragt, denn sie hatte beschlossen, sich ahnungslos zu stellen, und dem Reporter erklärt, sie wisse nichts von Spionage, besitze keine Akten über ihren Mann, und all das wäre sowieso nicht in seinem Sinne. Immerhin schien Bauer aber so viel zu wissen, dass er ihr nicht glaubte und nicht locker gelassen hatte.

Sollte sie jetzt sprechen? Sich alles von der Seele reden? Hatten die anderen es nicht genauso verdient wie sie selbst und Fritz, ob sie wollten oder nicht? Lily trank den letzten Schluck aus ihrem Glas und schraubte dann die Flasche zu. Genug für heute!

Einen Augenblick verharrte sie, hatte den Gedanken verloren. Ach ja, New York: die Zeitverschiebung! Sie könnte Bauer doch noch anrufen. Bei ihm war es ja erst achtzehn Uhr. Termine und Uhrzeiten brachte sie sonst nie durcheinander. Warnend sprach sie in ihren Schreibgedanken zu sich selbst: »Wenn Lily sich entschließen sollte, zu reden, dann wird sie alles auf den Tisch legen. Das sollte ihr klar sein. Will sie das?«

Sie wägte ab. Fritz und Sauerbruch hatten immer davor gewarnt, dass die Offenbarung ihrer Widerstandsaktivitäten vielen Menschen nicht schmecken würde. Vor allem denen nicht, die während der NS-Zeit zu den Tätern gehört hatten und danach trotzdem unbehelligt weiterleben und auf ihren Posten bleiben konnten. Für sie waren alle, die gegen das Naziregime gearbeitet hatten, Verräter. Auch die Amerikaner hätten keinerlei Interesse daran, dass jemand an der offiziellen Geschichtsschreibung über ihre Kriegsführung rüttelte. Was Fritz gekonnt hätte. Während Lily völlig egal war, ob man sie als Verräterin beschimpfen würde, sorgte sie sich doch darum, dass sie womöglich einem der anderen Überlebenden aus der Gruppe schaden könnte. Vielleicht sollte sie ihnen einfach andere Namen geben? Ja, das könnte funktionieren.

»Trotzdem, nein, sie ist nicht bereit!« Lily schraubte die Martiniflasche wieder auf und goss sich nach. Andererseits, dachte sie, ist das vielleicht meine einzige Gelegenheit. Die Angst darf mich nicht lähmen, denn im Grunde will ich ja reden. »Ja, sie ist bereit«, korrigierte sie sich. »Ganz sicher ist sie das!«

Sie sprang von der Couch auf und lief ins Arbeitszimmer. Wie immer fiel ihr Blick zuerst auf das gerahmte Bild, das sie vor dreiundzwanzig Jahren im mittleren Fach des Bücherregals aufgestellt hatte. Es zeigte sie mit Fritz, hinten aus dem Planwagen ihrer Kutsche in die Kamera lächelnd. Der Tag ihrer Hochzeit, der 12. März 1948. Wie schön sie damals gewesen war, so schlank und ohne eine einzige Falte. Das schönste Mädel Danzigs hatte man sie während ihrer Schulzeit in ihrer Heimatstadt gerufen.

Lily drehte sich zur anderen Seite des Zimmers, wo ein Gemälde ihres ehemaligen Chefs hing – jenes, das sein jüdischer Freund Max Liebermann 1932 von ihm angefertigt hatte. Öl auf Leinwand. Lilys Kunstkopie besaß die Originalmaße von 117,2 mal 89,4 Zentimetern. Sauerbruch saß im Arztkittel auf einem Stuhl, die Beine übereinandergeschlagen, und schaute mit ernster, nachdenklicher Miene den Betrachter direkt an.

»Zeit zu lächeln, Chef«, sagte sie und setzte sich auf den Drehstuhl an ihrem Schreibtisch. »Ihr beide seid jetzt tot. Sturheit zählt nun nicht mehr!«

Lily zog eine Zigarette aus der Schachtel, die vor ihr auf der Nussbaumplatte des Schreibtisches lag, pustete auf den Filter und zündete sie dann mit einem Streichholz an. Sie inhalierte hektisch, hielt einen Moment die Luft an, blies den Rauch in den Raum. Danach öffnete sie die oberste Schublade, entnahm ihr den Brief Bauers und suchte darin nach der Telefonnummer. Sie zog das mit grünem Häkelmuster überzogene Telefon zu sich heran, nahm den Hörer ab und steckte den kleinen Finger in die Wählscheibe, sodass sie die Zigarette beim Wählen nicht ablegen musste. An dem helleren und leiseren Tuten bemerkte sie, dass sie in die USA durchgestellt worden war. Ihr Herz klopfte vor Nervosität. Während sie die Töne zählte, versuchte sie langsam ein- und auszuatmen.

»*Hello?*«

Lily schluckte, bekam den Mund nicht auf. Kurz überlegte sie, wieder aufzulegen.

»Who is there?«

Sie erkannte die freundliche Stimme des Journalisten und nahm all ihren Mut zusammen. »Mister Bauer, können wir auf Deutsch sprechen?« Bauers Vater war Deutscher gewesen, das hatte er ihr beim letzten Telefonat erzählt, und er sprach, obwohl er nie in Deutschland gelebt hatte, akzentfrei.

»Frau Kolbe? Sind Sie es?« Bauer klang erstaunt und erfreut zugleich.

»Ja«, flüsterte Lily.

»Na, damit habe ich ja nicht mehr gerechnet«, sagte er. »Nachdem Sie auf meinen Brief nicht geantwortet haben. Ich muss sagen ...«

»Schon gut«, antwortete Lily. »Ich will gleich zur Sache kommen. Ich habe nämlich gelogen.«

»Ich weiß«, entgegnete Bauer und verschluckte ein Lachen.

»Ich ...« Lily stockte erneut.

»Sie wollen mir meine Fragen zu Fritz Kolbe beantworten?«

»Ich muss!« Lily schrie fast in den Hörer. »Es quält mich, über all das nie gesprochen zu haben. Vielleicht ist es die letzte Chance für mich.«

»Jetzt? Also, ich meine, hier am Telefon?«, fragte der Journalist.

Fast ärgerte sie sich über diese naive Frage. »Nein, Mister Bauer. Das, was ich Ihnen erzählen möchte, ist so umfangreich und wichtig, dass ich darüber ein ganzes Buch schreiben könnte. Erstens würde es mich Unsummen kosten, wenn ich es Ihnen telefonisch diktieren würde, und zweitens geht das einfach nur persönlich. Es ist zu emotional.«

»Ich verstehe«, sagte Bauer in beschwichtigendem Tonfall. »Na, dann machen Sie das doch einfach.«

»Was?«

»Ein Buch schreiben, wenn es so viel und so wichtig ist.« Bauer räusperte sich. »Oder lassen Sie mich das Buch schreiben.«

»Ich weiß nicht.« Lily fühlte sich einerseits geschmeichelt und bestätigt, wollte andererseits aber eine solche Sache nicht unüberlegt zusagen. »Sie meinen veröffentlichen? Ein ganzes Buch? Ich dachte, sie wollen einen Artikel über … Ich denke, dass ich …«

»Frau Kolbe«, unterbrach sie Bauer. »Ich habe verstanden. Sorgen Sie sich nicht. Was wir daraus machen, können wir gemeinsam vor Ort besprechen. Ich werde einfach zu Ihnen fliegen. Ich möchte nur, dass Sie mir vertrauen. Tun Sie das?«

»Ich denke schon, also, bis jetzt. Im Moment.«

»Das ist gut. Ich werde Ihr Vertrauen nicht missbrauchen. Sie kennen die *New York Times,* wir sind nicht die *Chick,* oder wie das heißt, dieses Boulevardblatt da bei Ihnen.«

»*Quick* heißt das«, sagte Lily. »Wann wollen Sie denn kommen?«

»Morgen?«

Lilys Puls, der sich gerade etwas beruhigt hatte, nahm wieder Schlagzahl auf. »Das ist sehr spontan.«

»Stimmt, aber Sie haben mich gefragt.« Bauer machte eine kurze Pause. »Außerdem habe ich Sorge, dass Sie es sich, wenn Sie zu lange nachdenken, wieder anders überlegen.«

Lily lachte. »Die Sorge ist wohl berechtigt.«

»Also?«

»Dann machen Sie das, kommen Sie her.«

»*Great decision*«, sagte Bauer. »Ihre Adresse habe ich. Ich werde gleich nach Flügen schauen und Sie anrufen, wenn es bei Ihnen Morgen ist. Sind Sie normalerweise um acht Uhr schon wach?«

»Natürlich«, log Lily, die seit dem Tod ihres Mannes zu einem Nachtmenschen mutiert war und für gewöhnlich bis mindestens elf Uhr schlief – manchmal ihren Rausch aus. Sie würde sich seit Langem mal wieder einen Wecker stellen müssen.

»Können Sie mir spontan ein Hotel empfehlen in Ihrer Nähe?«, fragte Bauer.

»Na gut«, sagte Lily. »Dann also bis morgen früh.«

»Ein Hotel?«

»Wie bitte?«

»Ich hatte gefragt, ob Sie mir eine Unterkunft empfehlen können.«

»Ach«, antwortete Lily. »Entschuldigung.« Sie war in Gedanken schon mit der Kleiderauswahl für das anstehende Treffen beschäftigt gewesen. »Da gibt es viele. Hier in meiner unmittelbaren Nähe ist das Hotel Bristol. Etwas teurer, aber wunderschöne Zimmer mit einem tollen Blick auf die Alpen.«

»Der Preis spielt keine Rolle«, sagte Bauer. »Auf die Berge freue ich mich.«

»Schön, dann …«

»… bis morgen früh!«

»Bis morgen, gute Nacht«, sagte Lily, legte den Hörer zurück auf den Apparat und atmete tief aus. Sie beschloss, noch eine zu rauchen und dann ins Bett zu gehen.

2. DER ÜBERRASCHTE AMERIKANER

Keine achtundvierzig Stunden später saß Eddie Bauer, nachdem er sich im Bristol eingerichtet hatte, Lily an ihrem Schreibtisch gegenüber. In der Küche hatten sie bei einem Kaffee ein paar Belanglosigkeiten ausgetauscht und waren dann direkt in ihr Arbeitszimmer gegangen. Beide wussten, dass jede Verzögerung Lilys Entschluss gefährden konnte.

Bauers Hände umklammerten die Armlehnen des lederbezogenen Klubsessels, mit dem er nervös vor und zurück wippte.

»Sie möchten sicher noch so einiges wissen«, sagte der Journalist, den Lily auf Anfang, höchstens Mitte dreißig schätzte. Seine in natura viel heller klingende Stimme passte doch eher zu einem Schuljungen als zu diesem durchtrainierten Körper. Bauer trug eine grüne Cordhose mit gemäßigtem Schlag. Darüber ein bis zum Hals zugeknöpftes, zu enges weißes Hemd mit Kragen und eine geschmacklose Krawatte in Bananengelb.

»Eigentlich habe ich nur eine Frage«, sagte Lily. »Nein, genauer gesagt, zwei.«

»Tun Sie sich keinen Zwang an.« Bauer fuhr mit der rechten Hand durch die langen Haare an seinem Hinterkopf. Sein Pony war kurz und gerade geschnitten. Die getönte Sonnenbrille mit den faustgroßen Gläsern hatte er nicht abgenommen. Lily stellte sich ihren Fritz in seinen immer akkurat sitzenden, stahlblauen Kreidestreifen-Anzügen und dem eleganten Filzhut daneben vor. Er hätte über Bauers Aufzug gelacht.

»Was wissen Sie über Fritz und den Donnerstagsclub?«, fragte Lily.

»Donnerstagsclub?«

»Also nichts«, antwortete Lily und verspürte eine gewisse Erleichterung.

»Ich hoffe, Sie werden mir davon erzählen«, sagte Bauer, der, seit er angekommen war, fortwährend ein leichtes Lächeln auf den schmalen Lippen hatte. Lily konnte sich noch nicht entscheiden, ob sie es mochte oder nicht. War es echt oder gespielt? Insgesamt erschien ihr Bauers glattrasiertes Gesicht zu makellos. Ein richtiger Ken, dachte sie und ärgerte sich ein wenig, dass sie mit ihren sechsundfünfzig Jahren heute optisch von einer Barbiepuppe so weit entfernt war wie ein Kaktus von einer Seerose.

»Reden wir über George Wood«, sagte Bauer und rieb sich entschlossen die Hände.

Lily runzelte die Stirn. »Ich möchte eines klarstellen. Wenn wir über meinen Mann reden, dann heißt er Fritz Kolbe. Sein amerikanischer Deckname hat mir nie gefallen.«

»In Ordnung.« Bauer hob beschwichtigend die Hände. »Ich wollte Ihnen damit nur erklären, wie alles anfing. Zuerst habe ich über ihn als George Wood gelesen, und es hat wirklich eine Weile gedauert, bis ich hinter seine wahre Identität gekommen bin.«

»Darauf bezieht sich meine zweite Frage«, antwortete Lily. »Erzählen Sie mir, Mister Bauer, wie sind Sie auf meinen Mann aufmerksam geworden?«

»Sie müssen wissen, ich arbeite an einer Biografie über den CIA-Gründer und späteren langjährigen Direktor desselben, Allen Welsh Dulles. Zwischen zweiundvierzig und fünfundvierzig war er Leiter des CIA-Vorgängers *Office of Strategic Services* und hat hier in Bern gelebt und gearbeitet.«

»Ach was?« Lily zuckte mit den Schultern. »Etwa in der Herrengasse dreiundzwanzig?«

Bauers seltsames Grinsen wurde breiter.

»Hören Sie«, sagte Lily, »Sie brauchen mir nichts, aber auch rein gar nichts über diesen Dulles zu erzählen.«

»Oh, okay.«

»Ich nehme dann mal an, dass Dulles in irgendeinem Papier den Namen meines Mannes erwähnt hat?«

»In einem Brief an einen Freund bezeichnete er George Wood – also Ihren Fritz Kolbe – als den mit Abstand wichtigsten Spion des Zweiten Weltkriegs.«

»Damit hatte er recht«, sagte Lily und zündete sich eine Zigarette an. »Das hat er aber zu schnell vergessen nach dem Krieg. Da wollte er Fritz einfach nur noch loswerden.«

»Ohne zu wissen, was genau dahintersteckt: Es tut mir aufrichtig leid. Dulles war ein sehr umstrittener und sicher kein einfacher Mann.« Er war ein fürchterlicher Egoist, dachte Lily und sagte dann: »Sie müssen mir das nicht weiter erklären. Als Geheimdienstagent konnte er nicht öffentlich darüber sprechen, insofern haben wir auch keine großen Dankesreden erwartet. Vielleicht hätte er meinem Mann einfach besser zuhören sollen, als das besonders wichtig war. Erkläre ich Ihnen später!«

»Gut«, sagte Bauer. »Immer der Reihenfolge nach. Ich bin bei meinen Recherchen auf geheime Dokumente gestoßen, die wohl auf Ihren Mann zurückzuführen sind. Fritz Kolbe muss sie in die Schweiz geschmuggelt haben, das geht aus Dulles' Aufzeichnungen hervor. Ich weiß allerdings nicht, was drinsteht, komme als Journalist natürlich auch nicht an Geheimdienstunterlagen heran. Bei den Dokumenten handelt es sich um Verschlusssachen. Bis zum Jahr zweitausend sind die *top secret*.«

»Und so lange wollen Sie nicht warten?«, fragte Lily, die ihre Zigarette in der Hand drehte, auf die Glut schaute und sich vorstellte, ein Miniatur-Dulles würde darin brennen. »Tausendsechshundert«, sagte sie.

»Bitte? Ich verstehe nicht.«

»Die CIA hält tausendsechshundert Dokumente unter Verschluss, sofern keine verloren gegangen sind. Das ist die Anzahl, die mein Mann geliefert hat. Ich habe sie selbst gezählt.« Lily ließ den Rauch aus ihren Nasenlöchern ziehen. »Jedes Einzelne haben wir im Donnerstagsclub besprochen. Fritz hat die Akten in die Charité gebracht, Professor Neumann hat sie abfotografiert. Die Kopien gingen an Dulles.«

»Das ist Wahnsinn«, sagte Bauer nach einer langen Pause. »Einfach unglaublich, dass davon nie etwas an die Öffentlichkeit gelangt ist.«

»Es könnte die Story Ihres Lebens werden, nicht wahr?«, fragte Lily und aschte ab.

»Damit wir uns richtig verstehen …«

Bauer hatte sich aufrecht in den Sessel gesetzt. »Sie können mir demnach sagen, was in diesen Dokumenten stand? Tatsächlich?«

»Und ob!« Lily lachte. »Aber dazu müssen Sie sich schon die ganze Geschichte anhören. Ich habe nämlich kein Interesse an einer Dulles-Biografie, sondern daran, dass endlich unsere Widerstandsgruppe bekannt wird. Dazu habe ich mich vorgestern entschlossen.«

»Und darüber freue ich mich sehr«, sagte Bauer.

»Haben Sie keine Angst vor Sanktionen der CIA, wenn Sie darüber schreiben?«

»Nein«, sagte Bauer und leckte sich über die Lippen. »Ich werde das schon richtig anstellen. Und auch Sie müssen keine Angst haben, denn …«

»Sorgen Sie sich nicht um mich. Ich erzähle Ihnen die Geschichte für mein Land, nicht für Ihres. Und von der CIA habe ich nichts zu befürchten, da habe ich mich abgesichert.« Lily seufzte. »Ich bin bereit. Wie wollen wir es machen? Schreiben Sie mit?«

Bauer bückte sich und griff in die Ledermappe, die er sich zwischen die Füße geklemmt hatte. »Ich würde unser Gespräch lieber mitschneiden und später transkribieren. Haben Sie etwas dagegen?« Er legte ein schwarzes Diktiergerät auf den Schreibtisch.

»Nein, habe ich nicht«, sagte Lily. »Ist das ein Grundig Stenorette?«

Bauer strich sich verlegen über den Hinterkopf. »Meine Güte, Sie kennen sich aus.«

»Ich war Sekretärin. Ich meine, ich wurde es, obwohl es nie mein Plan war. Und nun bin ich es immer noch. Klingt kompliziert, Sie werden es bald verstehen. Jedenfalls bin ich Sekretärin geblieben. Nicht beruflich, aber im Kopf. Und man kann sagen, ich habe ein außerordentliches Talent dafür, Diktate aufzunehmen oder auch selbst etwas zu diktieren.«

»Da habe ich ja großes Glück«, sagte Bauer, drückte den roten Knopf an dem Handgerät und drehte mit dem Daumen am Lautstärkeregler.

Lily beobachtete, wie sich die Spulen in Bewegung setzten. »Hoffentlich haben Sie genug Kassetten dabei.«

Bauer nickte, schaute auf seine Armbanduhr, beugte sich dann über den Tisch und sprach deutlich in das Mikrofon: »Edward Bauer für *New York Times*. Wir schreiben den zweiundzwanzigsten Juli neunzehnhundertvierundsiebzig. Es ist neunzehn Uhr zweiunddreißig mitteleuropäischer Zeit. Es folgt ein Interview mit Lily Kolbe in Bern.« Er nickte ihr zu und streckte seinen Daumen in die Luft. Lily tat es ihm nach.

»Frau Kolbe. Sie sind die Ehefrau des vor drei Jahren verstorbenen Fritz Kolbe, der zwischen zweiundvierzig und fünfundvierzig für das *Office of Strategic Services* wichtige, möglicherweise kriegsentscheidende Informationen geliefert hat. Ist das korrekt?«

»Korrekt.« Lily zog ein Streichholz an der Schachtel entlang, pustete auf den Filter der nächsten Zigarette und zündete sie an.

»Frau Kolbe, ich möchte, dass Sie uns alles von Anfang an erzählen. Die Geschichte des Donnerstagsclubs.«

»Ja.« Sie verspürte plötzlich einen leichten Schwindel, der nicht vom Nikotin herrühren konnte. Sie verhaspelte sich innerlich. Unaufhörlich reihten sich Textbausteine in ihrem Kopf aneinander. Doch sie fand den Anfang nicht.

»Bitte«, sagte Bauer und nickte ein weiteres Mal.

»Sie weiß nicht«, stammelte Lily, »wo sie anfangen soll. Oh, Entschuldigung, ich spreche von mir in der dritten Person. Dumme Angewohnheit. Ich bin etwas durcheinander. Es ist so viel, was ich erzählen könnte. Komisch, eben war noch alles da. Das passt gar nicht zu mir.«

»Sie sind nervös«, sagte Bauer. »Völlig normal. Versuchen Sie, sich zu sammeln. Fangen Sie vorne an. Wie und wann haben Sie Fritz Kolbe kennengelernt?«

Lily überlegte. »Das ist nicht der richtige Anfang. Es beginnt früher. Es fing in der Charité an – es begann mit Sauerbruch. Ich war seine Privatsekretärin, Fritz kam erst später.«

»Na gut«, sagte Bauer und legte seine Finger über dem Schreibtisch zu einer nach oben gerichteten Raute zusammen. »Halten Sie wie ich Ihre Fingerspitzen zusammen, schließen Sie für einen Moment die Augen und sagen Sie mir, was Sie sehen. Dann werden Sie den passenden Anfang finden. Lassen Sie Bilder statt Buchstaben zu.«

Lily faltete die Hände und spürte ihren Puls in den Fingerkuppen. Sie schloss die Lider, und ihre Augäpfel bewegten sich schnell hin und her. Sofort schossen ihr Bilder in den Kopf. Russische Panzer, blutüberströmte Menschen auf dem OP-Tisch. Sauerbruch im weißen Kittel, Fritz in seinem blauen Anzug. Sie atmete tief ein und aus.

»Ich sehe die vielen Winkel und Türmchen, Efeu auf roten Ziegelsteinen«, sagte sie nach einer Weile, als ihr Herz wieder gleichmäßig und ruhig schlug. »Ein Turm mit der Aufschrift *Charité*. Ich habe mich beworben, als Krankenschwester.«

»Sie sprechen von dem Tag, als Sie zum ersten Mal in der Charité waren?«, fragte Bauer. »Können Sie mir sagen, wann genau das war?«

»Selbstverständlich kann ich das«, antwortete Lily und öffnete die Augen. Es war so weit. »Ich vergesse niemals Daten. Fluch und Segen zugleich. Das war am frühen Nachmittag des achtzehnten Juli neunzehnhundertvierzig. Da hatte ich mein Bewerbungsgespräch, ausgerechnet an diesem historischen Tag, bei so viel Tumult.«

»Erzählen Sie!«

3. EIN REDSELIGER CHEF

Berlin, 18. Juli 1940

Nachdem Lily den Karlplatz überquert und die Polizeistation Mitte hinter sich gelassen hatte, konnte sie den in goldenen Lettern gefassten Schriftzug auf dem imposanten, mit Efeu bewachsenen roten Turm entziffern. Natürlich hatte sie schon vorher gewusst, was dort stand: *Krankenhaus Charité.*

Sie war fast da. Jetzt erkannte sie auch die hinter dem Haupteingang liegenden prächtigen Backsteingebäude mit den vielen kleinen Giebeln und Loggien. Aus Dutzenden Schornsteinen zog weißer Dampf in den hellblauen Sommerhimmel. Lilys Herz klopfte fast im Takt der Trommeln, die sie immer noch hinter sich hörte, wie auch das monotone »Heil! Heil!«, das aus Tausenden Berliner Kehlen ertönte, die jetzt auf der Chaussee Unter den Linden den heimgekehrten Soldaten zujubelten und auf den Auftritt des Führers warteten. Ein in jeder Hinsicht historischer Tag.

Frankreich war geschlagen, und Lily hatte ausgerechnet heute ihr Vorstellungsgespräch an der Charité – und das bei ihrem allerersten Besuch in der Hauptstadt. Warum Professor Sauerbruch nicht selbst am Brandenburger Tor war, um Adolf Hitler zu sehen? Lily musste schmunzeln bei dem Gedanken, dass er sie dem Führer vorzog.

Als sie auf das Pflaster der Schumannstraße trat, schaute sie sich instinktiv nach beiden Seiten um. Gemusst hätte sie das nicht, denn die Feldpolizei hatte alles abgeriegelt. Kein Fahrzeug in Sicht. Das passierte sicher nicht oft an dieser Stelle.

Rechts neben dem breiten Haupttor der Charité gab es eine separate Auffahrt für Sanitätskraftwagen und links einen Fußgängereingang. Als sie durch das rostige Eisentor spazierte, öffnete sich schon das schmale Fenster des Pförtnergebäudes. Dahinter saß ein Mann mit blauer Schirmmütze, der sie von oben bis unten musterte. Sie kannte diese lüsternen, durchdringenden Männerblicke und hasste sie. Zumindest, wenn der Besitzer der Augen nicht ihr Format hatte.

»Na, wo juckt's dem Frollein denne?«, fragte der Pförtner in scharfer Berliner Mundart. »Wie in Umständen seen se ja nich aus, oder irr ick mir?« Aus dem kleinen Raum entwich ein unangenehmer Geruch. Abgestandener Pfeifentabak und irgendwas in Richtung Wurststulle, dachte Lily und sagte: »Nee, dit bin ick nich.« Sie wollte den hiesigen Dialekt gleich mal ausprobieren. Da das aber albern und nicht echt klang, fuhr sie in ihrem sauberen Hochdeutsch fort: »Ich bin überhaupt nicht krank, zum Glück. Ich habe um fünfzehn Uhr einen Termin zur Vorstellung bei Professor Sauerbruch.«

»Na, dit ist ja wat, een starket Stückchen, bei die feine Herrn Professor, nee«, brabbelte der Mann in seinen ungepflegten Bart und fuhr in einem Notizbuch mit dem Zeigefinger von oben nach unten. »Da nehm ick ma an, se sind dit Frollein Hartmann.«

»Richtig, Lily Hartmann, das ist mein Name.«

»Da kommse ma rinn, könnse rausguggen aus meen Kabuff.«

»Da rein zu Ihnen?« Lilys Magen zog sich zusammen bei dem Gedanken.

»Ja, klar, sicher dit, wenn se een Plätzchen haben wollen. Sonst müssen se ja de Beenchen schwingen un rüberloofen inne

Wartesaal von die Notuffnahme.« Er wies mit dem Zeigefinger auf das Gebäude schräg gegenüber, unter dessen Vorbau Lily die Rückseite eines Sankas erkannte. Ein umgebauter Opel Blitz mit rotem DRK-Kreuz auf der Flügeltür.

»Oh, wenn ich entscheiden darf«, sagte Lily, »ich interessiere mich unglaublich für die Notaufnahme, will mir auch mal den Krankenwagen anschauen, kenne den nur in zivil.«

»Pfff«, sagte der Pförtner und senkte den Kopf. »Ick lass se denn uff die Chirurjische anmelden, da holt se denn eener ab, wenn se Jlück haben.« Der Mann warf das Fenster zu und würdigte sie keines Blickes mehr.

Puh, noch mal gut gegangen, dachte Lily und lief hinüber zur Notaufnahme. An einem Pfeiler des Vorbaus hingen drei weiße Blechschilder. Sie las: *Berliner Rettungswesen, Kranken-Aufnahme* und *Verwaltung*. Lily öffnete die schmalere der beiden Eingangstüren. Nach ein paar Metern durch den engen Gang stieg ihr ein vertrauter Geruch in die Nase. Eine Mischung aus Desinfektionsmittel und Wundsalbe. Allemal besser als Pfeife mit Wurst! Der Wartesaal war riesig, aber heute schien kaum etwas los zu sein. An einer Tür auf der gegenüberliegenden Seite stand *Dienstzimmer*. Daneben saß ein Soldat in feldgrauer Uniform mit orange umrandeten Schulterstücken in einem schwarzen Rollstuhl und glotzte Lily aus leeren, gläsernen Augen an. Unheimlich. Sein Gesicht war bleich wie Kreide, und um den Kopf hatte er einen weißen Verband. Lily bemerkte verkrustetes Blut an der Wange des Mannes, auch unter seiner Nase.

»Haben Sie denn wohl mein Pferd gesehen?«, fragte er.

Lily schüttelte den Kopf und drehte sich weg. Sie entdeckte in der hinteren Ecke des Wartesaals zwei Holzbänke an einem Tisch. Sie setzte sich auf die freie Bank, von der anderen nickte ihr ein älterer Mann mit Vollbart freundlich zu. Er hielt einen Zettel mit dem Buchstaben A in der Hand und hustete.

Kurz darauf sprang die Tür zum Dienstzimmer auf. Zwei Sanitätssoldaten und eine Krankenschwester traten heraus. Einer der Männer stellte sich vor den Soldaten und klopfte ihm auf die Schulter. Er sprach so laut, dass Lily seine Worte verstehen konnte.

»Das wird schon wieder, Herr Rittmeister«, sagte er. »Die Schwester nimmt Sie jetzt mit rein zum Onkel Doktor, und dann sind Sie bald wieder ganz der Alte.«

Der Soldat schaute den Sanitäter fragend an.

»Ihr Pferd ist in guten Händen, Herr Rittmeister«, beruhigte ihn der. »Und nein, Sie sind nicht in Verdun verwundet worden. Wir haben den Krieg gewonnen. Sie sind bei der Siegesparade vom Pferd gefallen.«

Lily musste lachen, riss sich aber schnell zusammen. Das war gemein. Bestimmt hatte der Patient einen schweren Schädelbasisbruch mit Erinnerungsverlust erlitten. Ob er zu Professor Sauerbruch auf Station kommen würde? Schon beschleunigte sich ihr Puls wieder. Sie konnte ihr großes Glück immer noch nicht recht fassen. Eigentlich hatte sie gar nicht damit gerechnet, überhaupt eine Antwort auf ihre Bewerbung als OP-Schwester an der Charité zu bekommen. Aber dass der große Sauerbruch persönlich einen Brief an sie aufsetzte, das hätte sie im Leben nicht erwartet. Schließlich war er der beste Arzt, den Deutschland hatte. Jedes Kind kannte ihn. Wenn über Sauerbruch berichtet wurde, bezeichneten die Zeitungen ihn nicht selten als Halbgott in Weiß. Auch Lily hatte schon als kleines Mädchen für den Chirurgen geschwärmt. 1917 war sie geboren worden, da hatte Sauerbruch gerade die Prothesen für Zigtausende Soldaten erfunden, die nach dem Krieg verstümmelt zurück in die Heimat kamen. Seine größte Erfindung aber, die ihn international zu einer Berühmtheit gemacht hatte, war die Unterdruck-Operationskammer, die es Chirurgen erstmals ermöglichte, am offenen Brustkorb zu operieren. Im letzten Jahrhundert war noch jeder gestorben, bei dem man versucht hatte, den Thorax zu öffnen. Die Lunge war dann einfach kollabiert.

Diesen ehrwürdigen Helden würde sie also gleich treffen. Selbst ihr Vater hatte gedacht, Lily wollte ihn veräppeln, als sie ihm von Sauerbruchs Einladung zum Vorstellungsgespräch erzählte. Zwar hatte sie ihr Examen als Krankenschwester in Danzig mit Bestnote abgeschlossen, doch eine feste Stelle hatte sie dort nicht gefunden. So hatte sie sich auch in anderen Städten beworben, wobei sie am liebsten nach Berlin wollte, und dort an die Charité. Zumindest einen Versuch war es wert gewesen. Und als sie ihrem Vater dann das Antwortschreiben gezeigt hatte, waren ihr Tränen des Stolzes in seinen Augenwinkeln aufgefallen.

Vater und Mutter waren so begeistert gewesen, dass sie ihr sofort erlaubt hatten, alleine in die Hauptstadt zu fahren, und ihr obendrein noch für zwei Nächte ein Zimmer in einer Pension an der Spree bezahlt hatten. Nein, sie durfte ihre Eltern nicht enttäuschen und wollte sich heute von ihrer allerbesten Seite zeigen. Das war die Chance ihres Lebens. Auch wenn es unwahrscheinlich war, dass er sie einstellte, wollte sie jede Möglichkeit nutzen, den Professor von sich zu überzeugen.

Lily nahm die aktuelle Ausgabe der *Berliner Morgenpost* vom Tisch, schlug die Beine übereinander und schaute sich die eindrucksvollen Bilder vom Westfeldzug an.

»Frau Hartmann!«

Lily zuckte zusammen und öffnete die Augen. Sie musste eingeschlafen sein. Der hustende Mann saß nicht mehr auf der Bank ihr gegenüber. Dafür stand eine rundliche Krankenschwester breitbeinig vor ihr, beide Hände in die Taille gestemmt.

»Frau Hartmann, das sind Sie doch?«, sagte sie in gereiztem Tonfall.

»Ja.«

»Das nenne ich mal einen guten Anfang.« Die Schwester schnipste mit den Fingern. »Bei mir wären Sie schon in hohem Bogen wieder rausgeflogen.«

»Entschuldigen Sie!«

»Schon gut. Ich bin Schwester Gertrud. Der Chef schickt mich, Sie zu holen. Also los!«

Schnellen Schrittes ging Gertrud in ihrem weißen Kittel über das Charité-Gelände voran; anscheinend hatte sie keine Lust, mit Lily zu sprechen. Aber warum sollte sie auch?

Lily schaute sich um, und was sie sah, beeindruckte sie. Sie gingen an der Medizinischen Klinik vorbei, über deren Haupteingang ein in die Mauer eingebrachtes Relief zu sehen war: Ein nackter Engel reichte einem Bettlägerigen einen Teller. Ihm gegenüber legte ein weiterer Engel mit Lendenschurz einer Frau ihr Neugeborenes in den Schoß.

Die Funktion der Gebäude konnte sich Lily anhand solcher Reliefs oder Inschriften über den Eingängen erschließen. Sie erkannte das Schwesternwohnheim und den Speisesaal. Dann passierten sie die Pathologie. Weil Schwester Gertrud noch eine Zigarette rauchen wollte, machten sie eine größere Runde, und Lily warf einen Blick auf die Nervenklinik mit ihren vergitterten Fenstern in den unteren Stockwerken.

Die Chirurgische Klinik war ein prachtvoller zweiflügeliger Bau mit drei Stockwerken. Lily folgte ihrer grimmigen Begleitung durch eine Glastür in die Haupthalle, von der zwei Stationen abgingen. Die Menschen, die hier in Kitteln, eilig wie weiße Tiger, oder in Bademänteln, langsam wie braune Schnecken, in beide Richtungen strömten, ließen auf Frauenstation links, Männerstation rechts schließen. In der Mitte der Halle gab es einen Fahrstuhl, in den eine junge Schwester ein leeres Bett schob. Lily lief hinter Schwester Gertrud her eine breite Steintreppe hoch und bestaunte das verzierte Deckengewölbe. Im ersten Stock lag der

Operationssaal. Der Beschilderung nach zu urteilen, befand sich im linken Flügel die Wachstation, im rechten die Unfallstation. Dorthin wandten sie sich, und gleich an der ersten Tür blieb Gertrud stehen.

»Das ist das Büro vom Chef. Sie können anklopfen, ich muss jetzt ins Labor.« Sie drehte sich um und verschwand, ohne sich zu verabschieden. Lily beschloss, sich nicht zu ärgern, solche Drachen arbeiteten in jedem Krankenhaus.

Zu ihrer großen Freude wurde sie im Vorzimmer herzlich begrüßt. Professor Sauerbruchs Sekretärin, Luise Schmidt, ließ sie durch eine Zwischentür direkt ins Büro des Chefs und wünschte ihr viel Glück.

Lily setzte sich an den massiven Eichenholzschreibtisch und biss von dem Haselnusskeks ab, den ihr die Sekretärin geschenkt hatte. Ihr Blick fiel auf das Porträt, das neben der Tür auf der gegenüberliegenden Seite hing, durch die Sauerbruch direkt in den angrenzenden OP gelangen konnte, wie Luise Schmidt ihr erklärt hatte. Der Mann im Arztkittel, der hier in Öl gemalt auf einem Stuhl saß, die Beine übereinandergeschlagen, war Ferdinand Sauerbruch. Es kam Lily vor, als schaute er sie aus dem Bild heraus direkt an, so als müsste er eine Diagnose stellen. Lange Zeit blieb ihr nicht, sich in das Gemälde zu vertiefen, denn schon sprang die Tür auf.

»Ja, wen haben wir denn da?« Der Professor breitete die Arme aus, als wollte er Lily, die sofort aufgestanden war, umarmen. Er machte aber kurz vorher einen Rückzieher, verbeugte sich und begrüßte sie mit einem deutlich zu festen Händedruck. »Meine Güte, Sie sind aber hübsch. Nehmen Sie doch wieder Platz!«

Er setzte sich an den Schreibtisch und öffnete einen Aktenordner. Während er ein paar Unterlagen überflog, beobachtete Lily ihn. Sauerbruch war Mitte sechzig, groß gewachsen und kräftig gebaut. Auf seiner hohen Stirn hatte er unzählige Falten. Sein

Zahnbürstenschnurrbart war so ergraut wie die wenigen Haare, die er noch am Hinterkopf besaß.

Lily bestaunte die dicken Muskelstränge auf seinen breiten Händen, mit denen er unzählige Menschen operiert hatte, als er plötzlich aufblickte und sie mit seinen durchdringenden, hellblauen Augen durch dicke Brillengläser ansah. Er strahlte.

»Fräulein Hartmann ...«, sagte er und schüttelte dann den Kopf. »Ach, papperlapapp. Weißt du, was? Ich werde dich einfach Lily nennen.«

Lily war verblüfft über diese unerwartet forsche, aber nicht unsympathische Art, die ihm als gebürtigem Rheinländer wohl mitgegeben worden war. »Na gut«, sagte sie verdutzt, »aber ich denke, ich bleibe beim Sie.«

»Nein, so was«, rief Sauerbruch aus. »Auch noch schlagfertig. Na, das liebe ich doch. Und dann auch noch so jung und unverbraucht. Zweiundzwanzig Jahre.« Lily wusste nichts zu erwidern, als sich Sauerbruchs Miene auch schon eintrübte. »So jung und hübsch du auch bist mit deinen wunderschönen braunen Locken und deinen entzückenden, diamantgleichen grünen Augen.«

»Ja?« Was stimmt denn jetzt nicht, fragte sich Lily.

»Liebchen, so muss ich dich leider gleich enttäuschen.«

Lily schluckte. War es das schon? Hatte sie etwas falsch gemacht? Hatte der Professor eben auf die Schnelle noch einen Fehler in ihrer Bewerbung gefunden? Hatte er die Falsche eingeladen?

»Wir haben leider keine Kapazitäten für eine neue OP-Schwester«, fuhr er fort. »Der Direktor müsste die Stelle erst freischaffen, aber da ist gerade gar kein Bedarf.«

Lily fühlte sich verschaukelt. Warum war sie denn dann hier? Sie wollte schon aufstehen und sich verabschieden, als Sauerbruch wieder zu lächeln anfing.

»Aber deine Bewerbung, Liebste«, rief er, »was für ein rhetorisches Kunststück! Solch wohlgeformte und intelligente Sätze wünsche ich mir mal von einem Oberarzt, der sich bewirbt.« Er drückte seine Nickelbrille fest auf die Nase, beugte sich über den Aktenordner und las: »... so möchte ich mein Menschenmöglichstes tun, um dem Patienten die kompetenteste und würdigste Umsorgung zukommen zu lassen, die er verdient. Außerdem wäre es mir Ehre und Glück zugleich, im besten Krankenhaus der Welt Dienst zu tun. Alles wäre ich bereit, für meinen neuen Arbeitgeber zu geben. Für die Medizin, für mein Vaterland, für das Wohl der Deutschen und der Menschheit.«

Während Lily diesen letzten Absatz ihres Bewerbungsschreibens plötzlich als furchtbar albern und geschwollen empfand, wischte sich Sauerbruch eine Träne aus dem Augenwinkel. Ob er sich über sie lustig machte? Nein, er schien wirklich gerührt zu sein. Die Träne war echt.

»Du bist eine Patriotin und eine Menschenfreundin. Wo kommst du her? Direkt aus Danzig?«

»Ja, ich bin ein echtes pommerellisches Mädel«, sagte Lily in der Annahme, damit die richtige Wortwahl getroffen zu haben.

»Nein, wie liebreizend.«

Lily hielt es nicht aus. »Herr Professor, wenn doch keine Stelle frei ist, was bringt Ihnen, oder mir, ein guter schriftlicher Ausdruck oder meine Schönheit oder mein Patriotismus denn dann überhaupt?«

»Auf die Frage habe ich gewartet«, antwortete der Professor und schlug den Aktenordner zu. »Kommen wir zur Sache. Ich habe ja nur gesagt, dass ich dir keine Anstellung als Schwester anbieten kann.« Er strahlte über das ganze Gesicht. »Ich sage es frei heraus. Ich brauche zufällig ausgerechnet jetzt eine Sekretärin und ich habe das Gefühl, dass du das kannst.«

Lily runzelte die Stirn, noch immer kam sie sich verschaukelt vor. »Aber ich habe keine Ausbildung als Bürokraft und außerdem haben Sie doch eine Sekretärin. Sie hat mir einen Keks gegeben.«

Sauerbruch lachte. »Hach, ja, die Luise. Sind sie nicht vorzüglich, ihre Kekse? Ich setze Bauchfett an, seit Fräulein Schmidt hier ist, und überlege schon, es mir herauszuschneiden.«

»Was?« Lily verstand das alles nicht.

»Das war natürlich ein Scherz. Ich operiere mich nicht selbst.« Er klatschte in die Hände. »Liebchen, es ist so, ich brauche natürlich mehr als eine Sekretärin. Die Krachliese, also die Luise, die macht all die medizinische Post, die Gutachten und so weiter. Normalerweise habe ich zusätzlich noch eine persönliche Sekretärin, der ich meine Privatpost diktiere. Ich bin leider nicht so gewandt auf der Maschine, dass ich es selbst so schnell könnte, wie es sein muss. Ich habe auch so viel zu operieren, weißt du? Meine bisherige Privatsekretärin ist aber nun in anderen Umständen und fehlt mir sehr.« Eindringlich schaute er Lily an. »Du kannst doch tippen, hast diese vorzügliche Bewerbung auch selbst geschrieben?«

»Ja, natürlich«, sagte Lily und setzte sich noch aufrechter hin. »Maschineschreiben konnte ich schon, bevor ich Schreibschrift gelernt habe. Das wurde mir in die Wiege gelegt. Meine Eltern sind beide Lehrer am Humanistischen Gymnasium in Danzig.«

»Humanistisches Gymnasium«, wiederholte Sauerbruch. »Nein, wie bestrickend. Dann sind deine Eltern wohl keine Nazis?«

Lily stockte, das musste eine Art Test sein. In Danzig hatte sich herumgesprochen, dass Sauerbruch nichts von den Nationalsozialisten hielt, obwohl sie ihn schon zum Staatsrat ernannt und ihm den Nationalpreis für Kunst und Wissenschaft überreicht hatten.

»Nein, meine Eltern sind überhaupt nicht angetan von Hitler. Sie sind das Gegenteil von Nazis.«

Sauerbruch zog eine Augenbraue hoch.

»Natürlich auch keine Kommunisten«, fügte Lily schnell hinzu. »Um Gottes willen!«

»Das dachte ich mir, Liebchen. Das ist gut. Also dann, machen wir die Probe.« Sauerbruch erhob sich und wies in Richtung Durchgangstür zum Sekretariat.

»Probe?«

»Na, ich muss mich schon überzeugen, dass du tippen kannst. Vertrauen ist gut, Kontrolle ist besser!«

»Das stammt von Lenin«, sagte Lily und stand ebenfalls auf.

»Ich weiß«, bestätigte Sauerbruch. »Ich habe ihn selbst operiert. Und jetzt diktiere ich dir einen Probetext, in dem es darum geht, wie mein Freund Max Liebermann darauf gekommen ist, mich so zu porträtieren, wie er es getan hat. Ich habe bemerkt, wie fasziniert du von dem Gemälde bist. Auf geht's!«

Sauerbruch diktierte ihr, wie Max Liebermann eines Nachts wegen eines Leistenbruches zu ihm gekommen war. Da der Maler sich gerade mit dem Mittelalter beschäftigte, verlangte er von dem befreundeten Chirurgen, seinen Leistenbruch so zu behandeln, wie es während dieser Epoche üblich gewesen war. Von dem Blick, den Sauerbruch ihm daraufhin zuwarf, habe er sofort, noch unter Schmerzen, eine Skizze angefertigt. Die habe er später als Grundlage für eben jenes Ölgemälde verwendet, das nun sein Arbeitszimmer schmücke. Wie befohlen habe ihn Sauerbruch dann mit den Beinen an der Decke aufgehängt, und tatsächlich habe sich die Leiste wieder eingerenkt.

Lily machte ihre Sache gut. Sie tippte schneller, als Sauerbruch erwartet hatte. Das erkannte sie daran, dass er mehrfach nachfragte, ob sie wirklich alles habe, und dann vergnügt seine Erzählung in die Länge zog. Nachdem er ihr diktiert hatte, dass die Gestapo nach Liebermanns Tod im Jahr 1934 der deutschen Bevölkerung verboten hatte, an der Beerdigung des von ihnen gehassten Juden teilzunehmen, woran er sich nicht gehalten habe, schloss er mit dem Satz: »Ich kann gar nicht so viel essen, wie ich kotzen möchte.«

Lily tippte zu Ende und fragte dann: »Ein Zitat Ihres Freundes, nehme ich an?«

»Liebchen, du bist auf Zack. Das hat Max am Tag der Machtergreifung Hitlers, am dreißigsten Januar dreiunddreißig, voller Zorn zu mir gesagt. Ein trefflicher Spruch!« Er stellte sich vor den Schreibtisch, an den Lily sich gesetzt hatte. »Und damit weißt du jetzt auch, welcher Wind hier in der Chirurgischen weht. Dann zeig mal her, das Diktat!«

Lily übergab ihm die beiden Blätter, die sie sauber und fehlerlos beschrieben hatte, wissend, dass sie Sauerbruch auf eine Weise beeindrucken würde, mit der dieser bestimmt nicht rechnete. Während sie sein erstauntes Gesicht betrachtete, wurde ihr klar, dass sie die Stelle hatte.

»Du hast das doppelt geschrieben?«, fragte Sauerbruch.

»Ist etwas nicht zu Ihrer Zufriedenheit, Herr Professor?«

»Du Teufelchen, du hast mein Diktat Zeile für Zeile auch ins Französische übersetzt!«

Lily fühlte sich selbstsicher wie selten zuvor in ihrem Leben. »Ach, wissen Sie, Herr Professor, mein Vater, der beide Sprachen unterrichtet, hat das bei Diktaten immer so verlangt, und wenn ich nicht schnell genug war, hat es etwas mit dem Stock gesetzt.«

»Meine Güte, grüße deinen Vater, er soll uns bald einmal besuchen. Das muss ein Teufelskerl sein.«

»Eigentlich ist er nur ein strenger Lehrer«, sagte Lily. »Na ja, und ein Pedant, was Sprachen betrifft. Ein bisschen Russisch kann ich auch.«

»Gegen Grammatik-Pedanten habe ich nichts.« Sauerbruch lachte. »Du fängst morgen bei mir an.«

»Ich werde meinen Vater fragen«, sagte Lily kokett. Luise, die neben ihr am Schreibtisch gesessen und ihre Fingerfertigkeit ungläubig verfolgt hatte, gratulierte Lily und sagte, sie freue sich auf eine gute Zusammenarbeit.

4. MARGOT,
DER DICKE UND EIN
WIDERSPENSTIGER
FRANZOSE

Lilys Eltern hatten in ihrer großen Freude darüber, dass ihre Tochter nun nicht nur eingeladen, sondern sogar noch am selben Tag in der Charité angestellt worden war, nichts dagegen, dass sie gleich in Berlin blieb. Sie verabredeten, ihr die wichtigsten Sachen per Kurier zu schicken. Als Adresse gab Lily die Chirurgische Klinik der Charité an. Sie bezog eine der Dienstwohnungen im rechten Flügel des Sockelgeschosses. Eigentlich nur ein kleines Zimmer mit hoher Decke, weißen Wänden, einem halben Fenster, hellen Gardinen, einem schmalen Bett, Schrank, Kommode und einem kleinen angrenzenden Badezimmer. Aber es reichte. Lily war euphorisiert.

Mit ihr auf dem Gang wohnten sämtliche Assistenz- und sogar Oberärzte der Chirurgischen. Sauerbruch verlangte das, damit sie jederzeit für Operationen zur Verfügung standen. Lily erfuhr von Luise, die rechts neben ihr wohnte, dass die Wohnung zu ihrer Linken nicht belegt war. Sauerbruch habe zwar genug Pflegepersonal, aber zwei Oberarztstellen seien seit Kurzem vakant. Beide Ärzte seien für den Westfeldzug rekrutiert worden. Einer sei in Belgien, der andere in Frankreich gefallen. Der Chef, wie Sauerbruch von allen genannt werde, warte händeringend auf adäquaten Ersatz und habe sich bereits beim Ministerium beschwert.

In Luise fand Lily eine hilfreiche Vertraute, die ihr noch am Tag ihres Einzuges eine tolle Führung durch die gesamte Klinik gab. Lily durfte einen Blick durch die große Scheibe in den OP werfen, sie betrat voller Ehrfurcht den Hörsaal, der im zweiten Stock lag und Platz für dreihundert Studenten bot. In der Mitte stand ein eigener OP-Tisch, auf dem Sauerbruch spektakuläre Operationen vorführte. Die Sitze auf den steilen Rängen waren immer voll besetzt, Studenten kamen aus dem ganzen Land, um Sauerbruch einmal in Aktion zu sehen. Prominente Kollegen aus fernen Ländern gesellten sich nicht selten dazu, und auch die Wochenschau hatte schon ihre Kameras hier platziert. Luise warnte Lily aber, nicht allzu schnell eine Vorlesung bei Sauerbruch zu besuchen. So witzig und nett er sonst sei, während Operationen verwandle er sich regelmäßig in eine tobende, oft gemeine Furie, und seine Assistenten bekämen schon mal ein Instrument auf die Finger geschlagen, wenn sie ihm nicht schnell genug arbeiteten.

»Unser ehemaliger Psychiater Karl Bonhoeffer hat mal gesagt, der Chef habe eine exogene Depression«, erklärte Luise. »Ich weiß zwar nicht, was das ist, aber ich glaube sofort, dass es stimmt.«

Luise zeigte Lily auch den Kinderkrankensaal im zweiten Stock und die Station für Privatpatienten, in der schon berühmte Schauspieler und Adelige aus der ganzen Welt gelegen hatten. Und sie führte ihre neue Kollegin ins Labor – auch ins Hundelabor, wo gerade an einem Dackel herumgeschnitten wurde. Lily verzog das Gesicht und wandte sich ab.

»Kann der Chef auch nicht gut sehen«, meinte Luise. »Wenn er es nicht selbst macht. Die Hunde heißen auch alle Cäsar. Cäsar der Dritte, Cäsar der Vierte und so weiter.«

»Warum denn?«, fragte Lily.

»Der erste Cäsar hieß eben so, seither kriegen alle denselben Namen, sonst würde es ihm zu nahe gehen. Aber hier stirbt nur alle paar Monate ein Tier, und meistens eher Kaninchen.«

Lily besichtigte das Schwesternzimmer und schaute sich in der Bibliothek im dritten Stock um. Nachdem sie wieder unten bei den Dienstwohnungen angekommen waren, zeigte Luise ihr im linken Flügel des Sockelgeschosses noch die Räumlichkeiten für Röntgen, Desinfektion und Sterilisation, die Wäscherei und die Leichenkammer. Sogar in den neuen unterirdischen Luftschutzbunker durfte Lily einen Blick werfen. Sie ahnte noch nicht, dass sie hier in nicht allzu ferner Zukunft täglich Unterschlupf würde suchen müssen.

Die Arbeit beim Chef war spannend und abwechslungsreich und er immer freundlich zu ihr. Lily nahm Diktate aller Art entgegen, außer die medizinischen, denn die tippte Luise, die wie sie selbst ausgebildete Krankenschwester war. Immer wenn Sauerbruch etwas für Lily hatte, bestellte er sie in sein Zimmer. Die mobile Schreibmaschine konnte sie mitbringen und so direkt an seinem Tisch arbeiten. Lily merkte schnell, wie viele Freunde Sauerbruch in aller Welt besaß. Und sie hatte bald das Gefühl, seine vier Kinder zu kennen – ohne sie je gesehen zu haben. Einfach durch das, was er ihnen schrieb.

Ob wohl viele Privatsekretärinnen Zugang zu derart intimen Informationen erhielten? Lily konnte es sich nicht vorstellen. Alleine sah sie Sauerbruch aber nie einen Brief schreiben. Offenbar vertraute er ihr vollends, und das nach so kurzer Zeit. Sie fühlte sich mehr als geehrt.

Sauerbruchs fast dreißig Jahre jüngere Frau Margot arbeitete als Internistin in der Medizinischen Klinik. Eine hübsche, elegante Dame, die auch hin und wieder in der Chirurgischen einsprang, um ihrem Mann zu assistieren.

»Ich muss ihm von Zeit zu Zeit auf die Finger schauen«, verriet sie Lily eines Tages bei einem Kaffee im Sekretariat. »Sonst springt er zu heftig mit den jungen Ärzten um.«

Deswegen habe sich auch vor einiger Zeit Luises Freund Alfred Mescher an sie gewandt. Der Chefpfleger, der den Operationssaal hege und pflege wie eine zweite Geliebte, könne die Stimmungen ihres Mannes nach vielen Jahren engster Zusammenarbeit bestens einschätzen, fast voraussagen. »Wenn es zu viel wird, wenn mein Mann zum Beispiel einen Anästhesisten, dessen Narkosetiefe ihm nicht zusagt, brüllend aus dem Saal wirft, dann bittet Mescher mich anschließend, meinem Gatten mal wieder zu assistieren. Wenn ich dabei bin, wagt er es nämlich nicht herumzuschreien. Und sobald er einmal runtergekommen ist, bleibt das eine Weile so. Meschers Taktik ist also aufgegangen, und alle sind dankbar.«

Wenn Margot sich in der Chirurgischen aufhielt, kam sie fast immer auf einen kleinen Plausch zu Lily und Luise ins Sekretariat. So unter Frauen. Dabei passte sie eigentlich überhaupt nicht zu ihnen, und außerhalb der Charité hätte sie sich sicher kaum mit ihnen unterhalten. Sie entstammte einem wohlhabenden Elternhaus und besaß einen prachtvollen geerbten Gutshof in der Nähe von Dresden, auf dem sich auch der Chef zuweilen erholte. Gerne erzählte sie von Reitturnieren oder Bällen, auf denen sie gewesen war. Sauerbruchs Kinder allerdings erwähnte sie nie, was vielleicht dem Umstand geschuldet war, dass die allesamt aus der ersten Ehe des Chefs stammten. Mit ihr hatte er keine Kinder. Trotz ihres Standes wirkte Margot nicht abgehoben. Sie redete, wie ihr der Schnabel gewachsen war, und verstand sich bestens darauf, sich bei männlichen Kollegen Respekt zu verschaffen. Da machte es Lily nichts aus, dass sie den Henkel ihrer Kaffeetasse mit zwei Fingern hielt und wie ein Mäuschen an einem Keks knabberte.

Was die Frau des Chefs nicht in einer halben Stunde zu verdrücken schaffte, putzte Doktor Werner Wetterstein in wenigen Sekunden weg. Der kleine, rundliche Assistenzarzt mit Halbglatze und Schnurrbart hatte kurz vor Lily in der Sauerbruchschen Klinik angefangen. Keiner kannte ihn richtig, aber alle wussten, dass er immer Hunger hatte. So kam es nicht selten vor, dass Wetterstein nach einer Operation ins Sekretariat kam, außer einem kurzen »Hallo, die Damen!« nichts weiter sagte und sich dann Mund und Taschen mit Luises Keksen vollstopfte. Lilys Kollegin nannte ihn hinter seinem Rücken konsequent *Schlechtwetterstein* und meinte, der hungrige Mediziner mit dem Kugelbauch müsse irgendetwas auf dem Kerbholz haben. Wahrscheinlich fresse er sich sein schlechtes Gewissen weg.

Es sollte nicht mehr lange dauern, dann würde zumindest Lily erfahren, dass Wetterstein ein dunkles Geheimnis hütete, das ihnen allen einmal gewaltig aus der Klemme helfen sollte.

Durch die Diktate beim Chef erfuhr Lily auch bald von der Mittwochsgesellschaft, einer Gruppe von sechzehn oppositionellen Akademikern, die sich immer mittwochs bei wechselnden Gastgebern trafen, um nicht nur über Hitler zu schimpfen, sondern heimlich Pläne für ein Deutschland *danach* zu schmieden. Neben Sauerbruch gehörten unter anderem der Physiker Werner Heisenberg und der Schriftsteller Paul Fechter dazu. Lily fand das alles unglaublich aufregend. Sie brauchte kaum Fragen zu stellen, so viel gab Sauerbruch schon von sich aus preis.

Die Kontakte, die er zu Nazi-Politikern pflegte, weil sie ihn als Arzt konsultierten, verstand sie schnell als geschickte Operation, wenn auch keine chirurgische. Auf die Art konnte Sauerbruch nämlich Informationen an die Mittwochsgesellschaft weitergeben, die sonst nicht nach außen gedrungen wären. Als Lily ihren Chef einmal auf die Urkunde zur Verleihung des Nationalpreises für Kunst und Wissenschaft ansprach, die gerahmt an seiner Wand hing, erklärte Sauerbruch: »Weißt du, Liebchen, von Beginn an versuchen die Herren in den braunen Hemden, mich für ihre Bewegung zu gewinnen, schaffen es aber nicht. Als Hitler nach einer viel zu kurzen Haftstrafe, du weißt schon, wegen seines Putschversuchs im November dreiundzwanzig in München, freigelassen wurde, kam er mich in der Münchner Uniklinik besuchen.« Sauerbruch hielt inne und schaute aus dem Fenster. Er schien angestrengt über etwas nachzudenken.

»War er krank?«, erkundigte sich Lily.

»Wer, Hitler?«, fragte der Chef einige Sekunden später. »Zweifelsohne ist er das immer noch. Ich halte ihn sogar für den kränksten Kriminellen aller Zeiten.« Er schaute Lily an. »Aber damals nicht, also nicht körperlich. Er hat sich dafür bedankt, dass ich die verletzten SA-Männer nach dem gescheiterten Putsch behandelt habe. Das hat ihn anscheinend schwer beeindruckt, obwohl es natürlich nur meine medizinische Pflicht war. Ich habe ja genauso die angeschossenen Kommunisten behandelt.«

»Verstehe«, sagte Lily.

»Und selbstverständlich war und ist es meine gesellschaftliche Stellung, die sie für sich nutzen wollen«, führte Sauerbruch weiter aus. »Deswegen versuchen sie, in mir einen Fürsprecher zu finden oder zumindest den Menschen zu suggerieren, ich stünde ihnen nahe. Reine Propaganda. Haben ja sonst nicht viel Positives zu vermelden.« Er lachte. »Aber ich bin nie in die Partei eingetreten. Das hätte ich mit meinem Gewissen auch nicht vereinbaren können. Dennoch muss ich zugeben, dass ich zu Anfang geglaubt habe, sie würden Deutschland helfen. Ich habe die gesellschaftliche Spaltung nach dem Großen Krieg ja buchstäblich vor mir auf dem OP-Tisch liegen gesehen. All der Hass, und dann die Politiker der ersten deutschen Demokratie, die die Probleme des Landes nicht in den Griff bekamen.«

Lily nickte und hörte Sauerbruch weiter interessiert zu.

»Ich habe Hitler selbst nur vier Mal getroffen. Nach der Preisverleihung hat er zu mir gesagt, dass er mich schützen wird, solange ich lebe. Diese Ehre wird wohl nicht vielen Menschen zuteil. Dabei kann ich mir das gar nicht erklären. Vielleicht habe ich es Paul von Hindenburg zu verdanken.«

»War der Reichspräsident auch Ihr Patient?«, fragte Lily ehrfürchtig.

»Oh ja.« Der Professor strich sich den Schnauzbart glatt. »Lange Zeit und bis zu seinem Tod vierunddreißig. Als Hitler kam, um sich von ihm zu verabschieden, bat Hindenburg ihn, mich zum Staatsrat zu ernennen. Ich konnte diese Auszeichnung also nicht ablehnen. Aber wehe dem, der mich je mit diesem Titel anredet. Ich nehme auch nicht an den Treffen der Staatsräte teil, da war ich noch nie und da werde ich auch nie hingehen.«

Wenn Lily keine Diktate entgegennahm, kümmerte sie sich um den Versand der Post, machte Termine für Patienten und sonstige Besucher, tippte Protokolle ab und telefonierte herum. Sauerbruch schwärmte von ihrem Talent und ihrer Auffassungsgabe, und es verging kein Tag, an dem er sie das nicht auch wissen ließ. Lily fand das natürlich übertrieben, fühlte sich aber immer wieder aufs Neue geschmeichelt von seinen Komplimenten und von der Art, wie er sie manchmal fast väterlich umsorgte.

So erlebte Lily in ihrem ersten halben Jahr an der Charité eine unbeschwerte Zeit. Sie verdiente mehr Geld, als sie es sich je erhofft hatte, und konnte all ihren stolzen Familienmitgliedern tolle Geschenke mitbringen, als sie zu Weihnachten nach Danzig reiste.

Die Wolken über der Charité warfen einen ersten Schatten auf Lilys neues Zuhause, als Sauerbruch im April 1941 endlich einen neuen, kompetenten Oberarzt fand. Zuvor hatte er zwei Kandidaten noch innerhalb der Probezeit wieder hinausgeworfen.

Jean Neumann war in Straßburg geboren, als es zu Deutschland gehörte, und im Elsass aufgewachsen, als es nach der Niederlage Deutschlands im Ersten Weltkrieg Frankreich zugesprochen wurde. Da nun wiederum die Wehrmacht Frankreich erobert hatte, gehörte das Elsass mit seiner prunkvollen Hauptstadt erneut zum Deutschen Reich. Neumann galt als Volksdeutscher und im besetzten Frankreich als rebellisch. Er hatte sich geweigert, in die NSDAP einzutreten, aber die Nazis hatten in ihm einen ausgezeichneten Chirurgen ausgemacht und ihm deshalb im Frühjahr 1941 mitgeteilt, dass er notdienstverpflichtet werde. Da reichsdeutsche Ärzte zunehmend dem Militär zur Verfügung stehen sollten, besetzten die Nazis die dadurch freigewordenen Stellen im zivilen Bereich mit sogenannten volksdeutschen Ärzten. Mit der Verpflichtung Professor Neumanns hatte die Reichsärzteschaft Sauerbruch einen Gefallen tun wollen.

»Ein Volltreffer«, jubelte der Chef, der wusste, dass Neumann von einem seiner großen Vorbilder, dem französischen Chirurgen René Leriche, ausgebildet worden war.

Offenbar hatte Sauerbruch erwartet, dass auch der Franzose, wie ihn bald alle nannten, Feuer und Flamme für seine neue Stelle sein würde. Doch das stellte sich schnell als Irrtum heraus. Zwar operierte der schwarzhaarige, gepflegte Franzose gewissenhaft und mit großem fachlichem Interesse an Sauerbruchs Seite, doch von Freude konnte bei ihm keine Rede sein.

Dass er sogar eine Aversion gegen alles Deutsche hegte, erfuhr Lily, als sie Neumann, der in die freie Dienstwohnung neben ihr gezogen war, versehentlich bei einem Telefonat belauschte. Er führte es von einem Fernsprecher aus, der am Ende des Ganges mit den Dienstwohnungen an der Wand hing. Auch Lily rief von hier aus einmal die Woche bei ihrer Familie in Danzig an. Neumann hatte gerade Mittagspause und glaubte wohl, allein zu sein. Lily hatte das Sekretariat im ersten Stock verlassen und war nach unten gegangen, um für eine halbe Stunde ein Nickerchen zu machen. Deutlich hörte sie, wie der neue Arzt auf Französisch mit seiner

Frau in Straßburg telefonierte. Er klagte, er habe Sehnsucht nach der Heimat, und ließ seinem Ärger darüber freien Lauf, dass die Nazis ihn, obwohl er stolzer Franzose sei und nicht mal einen deutschen Pass besitze, gezwungen hätten, für sie zu arbeiten. Da helfe es ihm auch nicht, dass er besser bezahlt werde als zuvor und in Sauerbruch einen Mann gefunden habe, von dem er medizinisch viel lernen könne. »Wenn die mich nicht bald wieder gehen lassen, werde ich Rache üben, und wenn ich dafür ein paar von diesen schrecklichen Deutschen umbringen muss«, sprach er, mit dem Rücken zu Lily stehend, in den Hörer. »Es gibt in Berlin Franzosen, die Widerstand leisten, zu denen werde ich Kontakt aufnehmen.«

Das hätte Lily besser nicht gehört. Sie blieb abrupt stehen, nur noch wenige Schritte von ihrer Tür entfernt. Und jetzt? Sollte sie den Gang zurückschleichen oder einfach weitergehen und so tun, als hätte sie nichts mitbekommen? Sie entschied sich für die zweite Variante. Neumann musste sie allerdings zwangsläufig bemerken, wenn sie ihr Zimmer aufschloss. Und tatsächlich, ohne sich zu verabschieden, hängte er genau in dem Moment den Hörer ein und drehte sich zu Lily um. In seinem Blick konnte sie keine Regung ausmachen, dennoch überkam sie höllische Angst. Neumann war genauso groß und kräftig wie Sauerbruch, dabei aber dreißig Jahre jünger, und er hielt sich für einen Feind beziehungsweise richtigerweise sie für eine Feindin – das hatte sie ja soeben gehört. Schnellen Schrittes stampfte er den Gang entlang auf sie zu und behielt sie die ganze Zeit fest im Blick. Lily stieß die Tür auf, sprang ins Zimmer und knallte die Tür mit der Ferse von innen zu. Wie erstarrt blieb sie dahinter stehen und lauschte. Ihr Herz raste. Bitte geh vorbei, geh bitte vorbei, dachte sie. Er tat es nicht. Genau vor ihrem Zimmer verstummten die Schritte. *Er wird die Tür eintreten und mich umbringen!*

Womit könnte sie sich zur Wehr setzen? Gerade wollte sie sich bücken, um eine leere Milchflasche vom Boden aufzuheben, da ging Neumann weiter. »Es ist eine Sekretärin, sie spricht kein Französisch«, flüsterte er vor sich hin. »Du sorgst dich umsonst.«

Da hatte der Oberarzt sich natürlich getäuscht, und Lily überlegte, wie lange sie ihm verheimlichen könnte, dass sie seine Sprache fast perfekt beherrschte.

Sollte sie Sauerbruch von dem Telefonat erzählen? Er war zwar ein Nazigegner, aber stolzer Deutscher, und gegen den Krieg im Nachbarland hatte er im Grunde nichts einzuwenden. Über die Niederlage Frankreichs hatte er sich jedenfalls mehrfach voller Genugtuung geäußert. Das wusste Lily, denn vor ein paar Monaten hatte sie etliche Briefe getippt, in denen der Chef befreundeten Offizieren zum Sieg gratuliert hatte.

Lily beschloss, erst einmal die Füße stillzuhalten. Sie wollte Neumann auf keinen Fall gegen sich aufbringen. Und das könnte passieren, wenn er erfuhr, dass sie mit Sauerbruch über ihn gesprochen hatte.

5. NERVENARZT IN UNIFORM

Jean Neumann benahm sich Lily gegenüber in den nächsten Tagen und Wochen ganz normal und tauschte sogar ein paar Belanglosigkeiten mit ihr aus. Mit keinem Wort erwähnte er die für sie so unheimliche Begegnung. Ob er sie nur in Sicherheit wiegen wollte? Sie verzweifelte daran, dass man bei ihm nie eine Gefühlsregung erkannte. Seine Aufgabe bei Sauerbruch nahm er aber ernst. Lily hörte beide Männer nach Operationen oft lebhaft miteinander diskutieren und den Verlauf analysieren. Doch Neumann konnte das auch alles nur vortäuschen. Wer wusste schon, was er mit dem französischen Widerstand ausheckte. Immer wieder überlegte Lily, den Chef doch einzuweihen.

Da Neumann allerdings keine Anstalten machte, nachts in ihr Zimmer einzudringen, um sie zu erwürgen, womit sie in den ersten Tagen gerechnet hatte, beschloss sie, sich zu beruhigen. Zumindest schien sie ja wohl nicht die größte Sorge des Oberarztes zu sein. Ob er mittags weiter mit seiner Frau telefonierte, wusste sie nicht, denn sie traute sich nicht mehr, um diese Zeit ihr Zimmer aufzusuchen.

Das, was Lily aber in der ersten Maiwoche des Jahres 1941 widerfahren sollte, war von einer solchen Wucht, dass sie danach lange

Zeit keinen Gedanken mehr an Neumann und das belauschte Telefonat verschwendete.

Das Unglück begann damit, dass sie sich entschloss, eine Vorlesung von Max de Crinis, dem Chefarzt der Psychiatrischen und Nervenklinik an der Charité, zu hören. Sie hatte großes Interesse an der klinischen Psychologie, und Sauerbruch hatte ihr erst empfohlen und dann erlaubt, eine Veranstaltung des Kollegen zu besuchen, der einmal in der Woche in den Hörsaal der Chirurgischen kam, um angehende Chirurgen in die Grundlagen der Neurologie und Psychiatrie einzuführen.

Lily saß in der untersten Reihe des steilen Hörsaals. Direkt neben dem Eingangstunnel, der breit genug war, dass Betten und medizinische Apparate hineingefahren werden konnten. Sie hatte sich bewusst hierher gesetzt, damit sie möglichst von den Blicken der fast ausnahmslos männlichen Medizinstudenten verschont bliebe. Offenbar machte die schönste Frau Danzigs auch in Berlin Eindruck. Wann immer Lily in der Charité auf eine Gruppe Studenten traf, wurde ihr hinterhergepfiffen, oder jemand hatte einen blöden Spruch auf den Lippen. Doch landen konnte bei ihr bisher niemand, da unterschieden sich Danzig und Berlin nicht. Auch die Netten und Charmanten unter den jungen Männern, die sich redlich Mühe gaben, hielt sie auf Abstand. Sie interessierten sie einfach nicht, kamen ihr kindisch und unerfahren vor. Lily fühlte sich eher zu älteren Männern hingezogen, doch selbst mit ihnen hatte sie bisher keinerlei Erfahrungen gesammelt.

»Guten Morgen, meine Damen und Herren«, rief de Crinis, als er den Saal durch den Tunnel betrat. Er atmete tief ein und stieß dann ein langgezogenes »Ahhh« aus. »Wie es hier immer reinlich duftet und in allen Ecken glänzt. Da freut man sich doch so richtig, mal aus dem Mief unseres Hörsaals herauszukommen.«

Die Studenten lachten. Lily fuhr sich durch die braunen Locken und setzte sich aufrecht hin, obwohl sie nicht im Blickfeld des Professors saß, der, das gestand sie sich vom ersten Augenblick an ein, ein stattliches Mannsbild abgab. Von der Sorte, wie sie ihr gefielen. Der Psychiater war groß, hatte breite Schultern, südländisch gebräunte Haut und kaum ergrautes, noch fast volles Haar. Er trug einen modernen Seitenscheitel und war akkurat rasiert. Er hätte auch Schauspieler sein können statt Psychiater. De Crinis wirkt jünger, jedenfalls nicht wie einundfünfzig, dachte Lily, die sich über die Vita des Dozenten erkundigt hatte, soweit es die Personalakten der Charité zuließen. Erst zwei Jahre zuvor hatte er die Nachfolge des von Sauerbruch hochgeschätzten Karl Bonhoeffer als Chefarzt der Psychiatrischen und Nervenklinik angetreten.

De Crinis stellte sich in die Mitte des Saales, sodass einige Studenten, die in der Nähe der Fenster saßen, ihn von der Seite ansehen mussten. Als er seinen weißen Kittel aufknöpfte, erkannte Lily darunter eine sorgfältig gebügelte, perfekt sitzende feldgraue Uniform der Waffen-SS. Auf der Brusttasche blitzte im Schein der hellen OP-Lampe direkt über ihm die goldene Parteinadel der NSDAP auf. Am Hals trug er zwischen den Kragenspiegeln mit SS-Runen das Eiserne Kreuz 1. Klasse. Der hat sich doch extra so positioniert, dachte Lily und war sich gleichzeitig sicher, dass seine militärischen Verdienste bei den Studenten mächtig Eindruck machen würden. De Crinis wusste sich in Szene zu setzen, das stand fest. Er klatschte zweimal laut in die Hände, und es wurde augenblicklich still im Hörsaal.

»Der zweite Teil der Vorlesung über erbbedingte Geisteskrankheiten muss heute leider ausfallen«, verkündete der Psychiater in seinem leichten, aber unverkennbaren österreichischen Akzent. Ein Raunen ging durch den Saal. Lily hörte das Klacken von Schnallen und sah aus dem Augenwinkel, wie die Studenten in ihrer Reihe Bücher und Stifte zurück in ihre Taschen legten.

»Nein, nein«, korrigierte de Crinis. »Sie haben mich falsch verstanden. Ich wollte damit nicht andeuten, dass wir heute keine Vorlesung machen.«

»Schade«, blökte jemand von oben, und wieder erfüllte tiefes männliches Gelächter den Saal.

»Ich glaube, werte Studentenschaft«, fuhr de Crinis fort, »Sie werden das alles andere als schade finden, wenn ich Ihnen den Grund verrate.« Er lächelte auf eine Weise, bei der Lily sich nicht entscheiden konnte, ob sie echt oder gespielt war. »Heute habe ich nämlich die Ehre, Ihnen eine ganz besondere Gastdozentin vorzustellen. Frau Doktor Salvérius, bitte kommen Sie doch nach vorne.«

Lily sah, wie sich auf der durch den Eingangstunnel abgetrennten rechten Hörsaalseite eine zierliche blonde Frau erhob, die einen Arztkittel und eine weiße Schnürhose trug, aber dazu recht unpassend hohe schwarze Stiefel.

»Bitte, Frau Kollegin, überraschen Sie die Berliner Studenten«, sagte de Crinis und wies ihr mit der Hand den Weg zum Rednerpult. Die Frau nickte und ging nach vorne. Ihre Stiefel machten ein klackerndes Geräusch auf den Fliesen des OPs, in dem Sauerbruch sonst seine aufsehenerregenden Operationen an lebenden Patienten vorführte.

Lily selbst hatte dem Chef immer noch nicht dabei zugeschaut, aber alle redeten von der Exzentrik und Dynamik, mit der er sich Gehör und Respekt bei den Studenten verschaffte. Lily ärgerte sich, dass nun eine unbekannte Gastdozentin referieren sollte, wo sie doch zumindest einen anderen Chefarzt hatte reden hören wollen.

»Verehrte Studierende«, begann die eingeladene Frau, nachdem sie das Mikrofon weit heruntergeschraubt hatte. »Mein Name ist Doktor Anna Salvérius. Ein paar wenige Worte zu mir. Ich arbeite als Chemikerin für eine geheime wissenschaftliche Abteilung des Reichsforschungsrates. Unsere Aufgabe ist das Erkennen, Ausschalten und Entwickeln sogenannter biologischer Waffen. Das können zum Beispiel Bakterien oder Chemikalien sein, mit denen der Feind unschädlich gemacht werden kann.« Doktor Salvérius schaute zu de Crinis: »Habe ich wirklich die Erlaubnis?«

»Aber natürlich«, bestätigte der. »Wir haben die ausdrückliche Genehmigung des Führers. Unsere Studenten müssen aufgeklärt werden, denn vielleicht haben sie ja bald erste Opfer dieser neuen Waffengattung zu versorgen.«

Die Studenten im Saal fingen an zu tuscheln. Lily bemerkte ungläubige Mienen. Aber als de Crinis völlig euphorisch applaudierte, fielen alle Anwesenden ein. Tosender Applaus für Frau Doktor Salvérius. Konnte tatsächlich eine Legitimation des Führers ausreichen, um die Anwesenden derart zu beeindrucken? Lily klatschte zaghaft mit, als sich die Chemikerin in alle Richtungen verbeugte wie eine Seiltänzerin im Zirkus nach gelungener Vorführung.

»Danke für Ihr Vertrauen«, sagte Doktor Salvérius und schaute wieder in die Mitte der Ränge. »Es mag Sie erschrecken oder erstaunen, aber ich berichte Ihnen die Wahrheit. Man braucht die Fliegerbomben der *Royal Air Force* kaum zu fürchten, denn die sind nicht das Problem. Der Engländer setzt über unseren deutschen Städten ganz andere Systeme ein.« Die Gastdozentin wirbelte mit den Händen in der Luft herum, als wollte sie Bombenabwürfe simulieren. Dann hielt sie abrupt inne und fragte: »Sie kennen doch sicher alle die sogenannten Kondensstreifen, die Passagierflugzeuge oder militärische Maschinen am Himmel hinterlassen?« Salvérius starrte auf die Ränge, dabei blieb sie regungslos, fast pantomimisch starr.

»Natürlich«, rief ein Student aus einer der oberen Reihen.

»Ja, sicher«, fiel ein anderer ein.

Wie auf Kommando fing die Chemikerin wieder an, ruckartig und wild zu gestikulieren; ihre Hände kreisten fortwährend in der

Luft. »Diese Kondensstreifen sind nämlich gar keine«, sagte sie und lachte. »Es handelt sich um etwas, das wir Chemische Schweife nennen.« Die Doktorin machte eine Wellenbewegung mit ihrer rechten Hand.

»Frau Kollegin, sprechen Sie bedenkenlos fachlich«, forderte de Crinis sie auf. »Wir Mediziner von der Charité haben eine ausgezeichnete Vorbildung und eine besonders gut funktionierende analytische Auffassungsgabe auch für Fachfremdes. Sie können einiges voraussetzen!«

Lily bemerkte, wie de Crinis hinter vorgehaltener Hand lachte, und wunderte sich darüber. Diese ganze Veranstaltung hatte etwas zutiefst Surreales, und sie wusste nicht, worauf das hinauslaufen sollte. Sie hörte weiter zu.

»Chemische Schweife bestehen aus einem toxischen Gemisch aus Bariumsalzen und pulverisiertem Aluminiumoxid. Diese feinsten Metallpartikel werden aus Flugzeugen versprüht, finden sich dann zu perlschnurartigen Gebilden zusammen, die sich fächerförmig ausbreiten und sogenannte Pseudo-Wolken formen. Das, was wir also noch Tage nach einem Fliegerangriff am Himmel beobachten können, sind keine genuinen Wolken, sondern unzerstörbares feinstaubiges Metall, das in der Lage ist, einen Teil des deutschen Sonnenlichts zurück ins All zu transferieren. Langfristig wird uns also der Engländer mit dieser perfiden Methode das Sonnenlicht rauben und gleichzeitig eine Eiszeit über Deutschland ...«

»Das ist doch totaler Schwachsinn!«, unterbrach ein Student. Lily drehte sich um. Mehrere Zuhörer waren aufgestanden, schüttelten die Köpfe oder tippten sich mit dem Zeigefinger gegen die Stirn. Die Jungs hatten recht – das, was die Gastdozentin da von sich gab, war doch kompletter Irrsinn.

»So, ich glaube, es reicht, Frau Salvérius«, rief de Crinis und wies mit der Hand zur Tür am Ende des Hörsaaltunnels.

»Nein, ich bin noch nicht fertig.« Salvérius' Bewegungen wurden gehetzter. Plötzlich schrie sie: »Sie müssen mir zuhören, wir werden alle sterben, achtet auf den Himmel!«

»Schluss jetzt!« De Crinis lachte wieder und machte eine abschätzige Bewegung mit der Hand in Richtung Ausgang. Lily sah, wie zwei Pfleger in weißen Kitteln hereinstürmten. Sie liefen auf die Gastdozentin zu, die sich an ihrem Rednerpult festkrallte, als fürchte sie um ihr Leben. Vor ihrem Mund hatte sich Schaum gebildet. Die geschwollenen Adern an ihrem Hals traten rötlich hervor. »Glauben Sie mir«, krächzte sie und spuckte in den Saal. »Der Himmel ... Himmler. Vertrauen Sie mir. Ich bin die Tochter von Himmler.«

Anna Salvérius stieß einen gellenden Schrei aus, als einer der Pfleger ihr eine Spritze in den Hals stach, zuckte dann zusammen, und ihre Rede ging über in ein leises Wimmern. Eine Krankenschwester, die nicht der Chirurgischen angehörte, schob einen Rollstuhl durch den Tunnel in den Hörsaal. Einige Studenten klatschten, andere schauten entgeistert, so als ob sie durch eine Prüfung gefallen wären. De Crinis flüsterte den Pflegern etwas zu, worauf diese die taumelnde Frau in den Rollstuhl setzten und aus dem Saal fuhren.

»Was soll denn dieser Blödsinn?«, rief jemand.

»Hollermann, du Einfaltspinsel! Hast du das nicht verstanden?«, gab ein anderer lauthals zurück. »Das war genial, einfach grandios!«

De Crinis wies mit dem Zeigefinger auf den Studenten, der sich zuerst geäußert hatte. »Genau, Hollermann. Hören Sie auf Ihren Kommilitonen. Ich finde auch, das war eine ganz grandiose Vorstellung.« Er rieb sich die Hände und sprach den anderen Studenten an. »Und wie heißen Sie?«

»Walter Milewski, Herr Professor«, rief der junge rotblonde Student, den Lily schon ein paar Mal im Kittel auf dem Gang vor dem Sekretariat gesehen hatte.

»Was haben wir denn soeben erlebt, Herr Kollege Milewski?«, fragte de Crinis.

»Na, ich würde meinen, den Beginn des zweiten Teils der Vorlesung über erbbedingte Geisteskrankheiten, der eigentlich ausfallen sollte.«

»Exakt!« De Crinis schnippte mit den Fingern und drehte sich auf einem Bein einmal um die eigene Achse. Die Studenten fingen erneut an zu klatschen. Einige stampften sogar mit den Füßen auf den Boden. Auch Lily war beeindruckt von diesem Anschauungsunterricht, obwohl sie noch nicht alles verstand.

»Frau Anna Salvérius ist natürlich weder Doktorin noch Chemikerin, auch wenn sie fest davon überzeugt ist, beides zu sein«, erklärte de Crinis. »Nun, manchmal ist sie auch ein Mann, anderntags ein Kind. Ich konnte nicht mit Sicherheit vorhersagen, ob sie uns heute eben diese Rolle anbieten würde, aber ich habe es gehofft.« Er fuhr sich mit den Fingern durch die Haare. »Es gibt selbstverständlich auch keine britischen Flugzeuge, die chemische Schweife versprühen, um den Deutschen einen kalten Winter zu bescheren. So intelligent sind die Tommies nicht!«

Der Saal tobte vor Lachen, bis de Crinis mit erhobenen Händen um Ruhe bat. »Das, was wir jetzt witzig finden, hat natürlich einen ernsten Hintergrund. Seien Sie bitte sensibel genug, um festzustellen, dass Frau Salvérius schwer erkrankt ist. Niemand hat verdient, so leben zu müssen. Aber um zu verstehen, was Geisteskrankheit bedeutet, war es mir heute ausgesprochen wichtig, Ihnen vorzuführen, dass man diese Menschen nicht sofort als solche erkennen kann. Ich will meinen, dass bis zu einem gewissen Zeitpunkt jeder von Ihnen geglaubt hat, Frau Salvérius sei eine Forscherin.« De Crinis zeigte auf die Ränge und nickte auffordernd.

Als Lily sich umblickte, sah sie einen Studenten, der sich meldete. »Was hat Frau Salvérius? Welche Krankheit ist das?«, fragte er.

»Das soll Thema der Vorlesung sein«, antwortete der Psychiater. »Wir kommen nun also zum theoretischen Teil.« Er lief zur Tafel und schrieb mit einem Stück Kreide: *Hysterische Schizophrenie.* Nachdem er sich den Staub von den Händen geklopft hatte, referierte er: »Die hysterische Schizophrenie ist, wie Sie erahnen können, eine erbbedingte Geisteskrankheit. Frau Anna Salvérius ist ein außergewöhnlicher Fall. Auch daher habe ich mich für das kleine Experiment entschlossen, das Sie mir hoffentlich nicht übelnehmen. Wie Sie weiter erahnen können, ist die hysterische Schizophrenie eine Mischung zweier Krankheitsformen. Kann uns jemand zunächst erklären, was wir in der modernen Medizin unter Schizophrenie zu verstehen haben?« Der Professor schaute sich im Saal um und zeigte dann auf einen Studenten.

»Guten Morgen, Herr Professor«, sagte der junge Mann, der aufgestanden war. »Eine Art Paranoia ist das, die in Etappen verläuft.«

»Gut, danke«, sagte de Crinis. »Paranoia ist ein interessantes Stichwort. Also, Wahnvorstellungen können, müssen aber nicht Teil der Schizophrenie sein. Wir sprechen allerdings nicht von Etappen, sondern von Schüben. Die Schizophrenie, anderswo auch als *Dementia praecox* bezeichnet, beschreibt eine in Schüben verlaufende, schleichende Idiotie. Der Patient steigert sich in einen Wahn hinein, von dem er bald selbst so überzeugt ist, dass es kein Zurück mehr gibt. Besonders an Frau Salvérius ist, dass sie in verschiedene hysterische Rollen schlüpft – also eine Art gespaltene multiple Charakterlichkeit entwickelt, die aber immer von Hysterie bestimmt ist. Man könnte umgangssprachlich sagen: Diese Menschen verblöden auf Raten.« De Crinis malte ein paar Pfeile an die Tafel. »Zugutekommt den Betroffenen, dass sie davon selbst nichts mitkriegen. Der Leidensdruck ist nur zu beobachten, wenn sie isoliert sind und niemand ihnen zuhört. Lässt man die Geisteskranken in ihrer sich selbst auferlegten Rolle, meist eine Berühmtheit, agieren und reden, merken sie nicht, dass diese erblich bedingte, tragische Krankheit ihr komplettes Gefühls- und Willensleben zerstört.«

Lily erschauderte. Von so etwas hatte sie noch nie gehört. Wie schrecklich! Manchmal hatte auch sie so verrückte Ideen, formulierte Sätze in der dritten Person, wenn sie über etwas nachdachte. War das schon eine abnormale Abweichung in ihrem Gefühlsleben?

»Für unsere Veranstaltung ist wichtig zu wissen, dass die Schizophrenie eben erblich bedingt ist«, fuhr de Crinis fort. »Wir unterscheiden sie deutlich zum Beispiel von Kriegsneurosen oder depressiven Verstimmungen, die nicht erblich bedingt sind, weshalb bei ihnen auch die Chance auf Heilung besteht. In etwa sieben bis zehn Prozent aller Fälle von Schizophrenen, die sich fortpflanzen, ist zumindest ein Kind ebenfalls betroffen. Was die Notwendigkeit einer Sterilisation dieser Patienten zweifelsfrei verdeutlicht.« De Crinis kratzte sich am Hinterkopf. »Man stelle sich nur einmal vor: Wie soll denn ein deutsches Kind klar denken lernen, wenn seine Mutter ihm erzählt, Schönwetterwolken seien englische Metallsplitter, die uns Deutschen die Sonne stehlen?«

Lily erwartete Gelächter, doch das blieb aus. Anscheinend machten sich die anderen auch Gedanken.

»Ich möchte nun kurz noch auf die Hysterie zu sprechen kommen, die bei Frau Salvérius ebenfalls deutlich zu erkennen war.« De Crinis schrieb das Wort an die Tafel. »Es ist für uns Psychiater häufig schwer, die Hysterie von der Schizophrenie abzugrenzen. Hysterie kann nämlich, muss aber nicht Teil einer schizophrenen Erkrankung sein. Zu fast neunzig Prozent kommt die Hysterie bei Frauen vor. Ähnlich wie ein Hypochonder redet sich die hysterische Frau vor allem in Liebesdingen ein, wenn ein Mann sie verschmäht, dass dieser in Wahrheit doch in sie verliebt sei. Wenn der Mann beispielsweise eine Beziehung beendet, kann man sehr deutlich die hysterischen Ausfälle der betroffenen Frau erleben, die nicht nur die Seelenebene erreichen, sondern auch körperliche Symptome hervorrufen.«

Lily bemerkte, wie die beiden Männer rechts und links von ihr zustimmend nickten.

»Meine Herren, denken Sie also daran, wenn eine Dame, mit der sie nur einmal ein Lichtspieltheater besucht haben, von ihnen anschließend verlangt, sie zur Frau zu nehmen«, fuhr de Crinis in seinem Vortrag fort. »Wenn dieses Weibsbild dann ohnmächtig wird, zu zittern beginnt oder sogar Lähmungserscheinungen zeigt, wenn Sie sie mit der Realität konfrontieren, dann haben Sie es eindeutig mit Hysterie zu tun!«

Lily fühlte sich unbehaglich. Sie war noch nie so richtig verliebt gewesen, aber sie las oft und gerne Liebesromane, und häufig fing sie schon beim Lesen an zu zittern, wenn ein Mann, nachdem er bekommen hatte, was er wollte, keine Rücksicht mehr auf die Gefühle der Frau nahm und einen Rückzieher machte. Die weibliche Reaktion war doch dann echtes Gefühl und nicht Hysterie? Zumindest ja wohl nicht immer!

Lily spürte ein Ziehen im Brustkorb, das sie immer dann befiel, wenn ihr etwas ungerecht vorkam. Das kannte sie schon von klein auf. Es war der Ungerechtigkeitsschmerz. Sie nahm all ihren Mut zusammen und reckte ihre Hand nach oben. De Crinis bemerkte das sofort und rief in den Saal: »Meine Herren, ich fürchte, da will sich eine junge Studentin beschweren. Hören wir doch mal, was sie zu sagen hat.« Er nickte Lily zu. »Bitte, hübsches Fräulein.«

»Herr Professor de Crinis«, sagte Lily, »danke für Ihren spannenden Vortrag. Ich bin keine Studentin und auch nicht so gebildet wie die anderen hier. Aber ich will Ihnen sagen, dass ein Zittern oder wenn eine Dame in Ohnmacht fällt, nachdem sie einen Korb bekommen hat, also wenn ein Mann nach einem Liebesspiel schon gleich nichts mehr von ihr wissen will, durchaus eine natürliche Reaktion sein kann.«

Ein Raunen ging durch den Saal. Vereinzelt hörte Lily aber auch klatschende Hände.

»Nun, Fräulein ... Wie ist Ihr Name?«, fragte de Crinis.

»Den möchte ich hier vor den versammelten Männern lieber nicht bekanntgeben«, antwortete Lily.

»Na, nun werden Sie aber mal nicht gleich hysterisch«, sagte de Crinis und bekam wieder Applaus.

»Sehr witzig«, flüsterte Lily und fühlte den Stich in ihrer Brust erdrückend heftig.

»Sie denken als Frau unter den Männern hier, Sie würden diskriminiert?«, fragte de Crinis. »Dabei ist es eine Tatsache, dass fast nur Frauen an Hysterie leiden. Oder haben Sie in einem Film schon mal einen Mann beobachtet, der schreiend und heulend, zitternd und bibbernd durch die Gegend läuft, wenn seine Angebetete die Liebe nicht erwidert?«

Lily musste sich eingestehen, dass sie so etwas noch nie gesehen hatte. Sie wollte sich nun, da sie sich zu Wort gemeldet hatte, aber auch nicht vorschnell geschlagen geben. »Möglicherweise sind Frauen und Männer einfach unterschiedlich? Rein genetisch?«

»Oh, gewiss«, sagte de Crinis. »Darum geht es ja.« Der Psychiater kam auf sie zu und flüsterte: »Ich bin beeindruckt. Nicht nur von ihrer schönen linken Gesichtshälfte, die schwärmerisch und leidenschaftlich den weiblichen Kortex widerspiegelt. Sie sind eine Frau wie aus einem Bilderbuch, kerngesund und bei klarstem Verstand.« Er beugte sich über ihr Pult und sprach leise weiter: »Im Grunde haben Sie ja auch recht, Fräulein. Es ist ein abartiger Wesenszug eines Mannes, wenn er nur auf das Eine aus ist. Das lässt sich vor allem bei den jungen Herren feststellen. Ich werde das in einer folgenden Sitzung zum Thema machen.« De Crinis lächelte sie an, und ihr Herz begann heftig zu klopfen.

Hatte sie den Professor eben noch für eitel gehalten, so musste sie sich nun eingestehen, dass er durchaus charmante Züge besaß. Und obendrein war er attraktiv. Man konnte sich in seinen braunen Augen richtig verlieren. Außerdem wusste er so viel. Dass er sie ernst nahm, ihr beipflichtete und sogar ihren weiblichen Rat schätzte, gefiel ihr umso mehr.

»Danke, Herr Professor, wie nett von Ihnen«, sagte Lily und merkte kurz darauf, dass sie ihm ihre linke Gesichtshälfte entgegenhielt. Ja, sie war fasziniert von diesem Menschen. Ob das gut war, konnte sie aber nicht sagen.

De Crinis schaute ihr immer noch direkt in die Augen. Er flüsterte: »Kommen Sie doch heute Nachmittag um siebzehn Uhr ins Café Salvarsan. Ich würde Ihnen gerne Ihre Schönheit wissenschaftlich erklären und Ihnen gleichzeitig beweisen, dass ein älterer, erfahrener Mann wie ich noch ganz andere Dinge an einer jungen, intelligenten Frau zu schätzen weiß. «

Lily musste schlucken. Mit so einem Angebot hätte sie nie gerechnet. De Crinis schien wirklich ernsthaftes Interesse an ihr zu haben. Das fühlte sich ganz anders an als die Anbiederungsversuche, die sie von Studenten gewohnt war. Viel besser. Sie nickte dem Professor zu und lächelte zurück.

6. DAS LINKE GESICHT

Das zwischen der Neurologie und dem Küchentrakt gelegene Salvarsan bot außerhalb der üblichen Essenszeiten kleine Stärkungen für jedermann. So hatte sich das Café, das ausgerechnet nach einem Medikament gegen die Geschlechtskrankheit Syphilis benannt worden war, zu einem beliebten Treffpunkt für Ärzte und Schwestern gemausert, die bei Kuchen oder Sekt miteinander liebäugeln wollten.

Zum Glück zeigte sich de Crinis ganz von seiner charmanten Seite. Bei Buletten und Berliner Weiße mit Schuss überschüttete er Lily regelrecht mit Komplimenten über ihren scharfsinnigen Intellekt, mit dem sie seine Vorlesung bereichert hätte. Er referierte über das bewundernswerte Wesen der Frau und beeindruckte Lily mit packenden Geschichten aus dem Klinikalltag in der Psychiatrie und aus dem Ersten Weltkrieg, an dem er als junger Soldat teilgenommen hatte. Auch an ihrem Leben zeigte er reges Interesse, erkundigte sich nach ihrer Ausbildung, ihren Eltern und ihrer Heimatstadt Danzig. Es entwickelte sich eine angenehme Plauderei, und als sie sich verabschiedeten, dachte Lily, dass sie so etwas gerne noch einmal wiederholen würde.

Dass es so schnell gehen würde, hatte sie allerdings nicht geahnt. Schon am darauffolgenden Tag nämlich fand sie eine goldene

Packung ihrer Lieblingspralinen *Die Unvergleichlichen* vor der Tür ihrer Dienstwohnung. Natürlich, dachte Lily, warum sonst hätte er sie fragen sollen, was sie gerne naschte und trank. Bevor sie den Briefumschlag öffnete, den er auf die Schachtel geklebt hatte, war ihr bereits klar, dass sie eine Einladung auf ein Glas ihres Lieblingsweins erwartete. De Crinis betonte in blumig-pfiffigen Worten und fehlerfreiem Schreibstil, als wie anregend er ihr Gespräch im Café empfunden habe und dass er es gerne bei einem Glas französischen Rotweins fortsetzen würde. Mit etwas mehr Zeit. Er lud sie für den kommenden Samstagabend in sein Büro ein. Der Pförtner der Psychiatrischen Klinik wisse dann Bescheid, werde sie hereinlassen und ihr den Weg zeigen.

Obwohl es Lily etwas irritierte, dass er sie nicht wieder ins Salvarsan einlud, sondern in sein Büro, und das auch noch am Abend, musste sie nicht lange überlegen. Er hatte ihr Interesse geweckt, und keine Frau wäre wohl so dumm gewesen, die Einladung eines der berühmtesten praktizierenden Psychiater des Landes auszuschlagen. Lily war neugierig, sie fühlte sich gerade abends oft einsam und litt an Heimweh. Da kam ihr eine solche Ablenkung gerade recht. Außerdem dachte sie, der Chefarzt würde es wohl kaum wagen, ihr in seinem Büro an die Wäsche zu gehen. Er hatte schließlich Frau und Kinder. Sie hatte also nichts zu befürchten, aber bestimmt viel zu gewinnen.

Lily schaute auf die Uhr, sie hatte noch eine halbe Stunde, um sich zu schminken. Bis zur Nervenklinik war es nicht weit, und ein paar Minuten konnte sie ruhig zu spät kommen. De Crinis würde schon nicht hysterisch werden. Da hatte er sicher allein aus fachlicher Sicht etwas dagegen. Lily schmunzelte bei dem Gedanken. Sie kniete sich vor ihre Frisierkommode, holte aus der Schublade die Schminkutensilien und breitete sie auf der Ablage aus. Sie kippte den schwenkbaren Ganzkörperspiegel etwas nach hinten, sodass sie sich von oben bis unten im Blick hatte. Alles saß perfekt. Schlichte Eleganz. Sie hatte ihren blauen, knielangen Rock angezogen, darüber trug sie eine weiße Bluse mit Schmetterlingsärmeln.

Lily steckte sich mit einer Nadel die braunen Haare hoch und puderte ihr Gesicht. Nicht zu stark, damit man die Sommersprossen auf Nase und Wangenknochen noch gut sehen konnte. Männer mochten die besonders an ihr. Lily war vom Hauttyp das genaue Gegenteil von de Crinis. Schon als Kind hatte sie auffallend blasse Haut gehabt. Ihre ältere Schwester Erna, die ihr ähnlich sah, sagte immer, sie beide hätten Porzellanhaut. Das klingt edel, dachte Lily, zog ihre Augenbrauen nach, bemalte ihre Lippen mit einem kräftigen Rot und trug ordentlich Wimperntusche auf. Ihre grünen Augen kamen so hervorragend zur Geltung. »Siehst aus wie Schneewittchen«, sagte sie laut und freute sich darüber. Sie ging zur Garderobe. Einen Mantel brauchte sie nicht für den kurzen Gang, aber einen Hut wollte sie aufsetzen. Sie entschied sich für den aus blauem Stroh geflochtenen Bolero-Hut, warf einen letzten Blick in den Spiegel, schnappte sich ihre Handtasche und machte sich klopfenden Herzens auf den Weg.

Durch den Hinterausgang gelangte Lily in den kleinen Garten der Chirurgischen Klinik, in dem tagsüber Patienten spazieren gingen oder sich von Schwestern schieben ließen. Sie atmete tief ein und aus. Welch herrliche Luft. Sie schaute nach oben in den Himmel und erkannte über dem riesenhaft wirkenden OP-Gebäude den hellen Mond und ein funkelndes Meer aus Sternen. Jetzt aber los!

Sie lief die kleine Straße in Richtung Norden. Auf dem Gelände war es fast ganz still. Nur wenn sie genau darauf achtete, hörte Lily das hohe Zischen, das aus den Kesseln der Kochküche herüberschallte, in denen die Frauen schon das Mittagessen für morgen zubereiteten. Auch in der Fleischküche und im Gemüseputzraum wurde nachts gearbeitet. Lily bog in den kleinen Weg ein, der zur Psychiatrischen führte. Hinter einigen Fenstern brannte Licht. Von weit her hörte sie eine Eule rufen. Es war ihr etwas unheimlich, also beschleunigte sie ihre Schritte. Die Fenster im Sockelgeschoss und im Erdgeschoss waren mit schweren Gittern versehen. *Was ist das?* Lily blieb stehen. »Hilfe! Hilfe! Hilfe!« Eine tiefe männliche Stimme ertönte aus einem der unteren Zimmer. Ob sich da wirklich jemand in Not befand? Sie schaute in die Richtung, aus der das Wehklagen kam. Dabei bemerkte sie an einem Fenster in der oberen Etage eine junge Frau, die sie anstarrte und ihr zuwinkte. Als sie gerade zurückgrüßen wollte, hörte sie einen gellenden Schrei aus dem Keller und erschrak fürchterlich. Das war zu gruselig. Sie rannte weg vom Gebäude, machte einen Bogen über die Wiese und lief von dort bis vor den Haupteingang der Klinik. Wirklich nicht die schönste Umgebung für eine Verabredung, dachte sie. Aber so war das eben. Sie lebte auf dem Gelände eines Krankenhauses, und dazu gehörte nun mal auch die Nervenklinik. Lily ging die Stufen hoch, die zu einer schmiedeeisernen Gittertür führten. Sie ließ sich nicht öffnen, und so betätigte Lily eine Glocke, die neben dem Tor hing. Zweimal zog sie an dem Seil, bis sie hörte, wie kurz nacheinander mehrere Türen im Inneren des Gebäudes aufgesperrt wurden. Das Licht im Durchgang hinter dem Tor leuchtete auf, und schließlich trat ein Mann mit blauer Schirmmütze an das Gitter. Er schloss auf, machte einen freundlichen Eindruck.

»Guten Abend, Fräulein.«

»Guten Abend, ich möchte zu ...«

»De Crinis. Ich weiß Bescheid. Darf Ihren Namen nicht wissen, ist besser so.«

»Warum?«, fragte Lily.

»Fragen Sie den Herrn Professor«, sagte der Pförtner. »Willkommen jedenfalls in der Psychiatrie. Ich habe die Lichter überall angemacht.« Er deutete auf die Wendeltreppe in der Mitte der hohen Halle. »Sie müssen eine Etage nach unten gehen, sich dann links halten und den Gang entlang. Das Zimmer vom Herrn Professor ist das letzte auf der linken Seite.«

»Bei uns sind im Sockel die Dienstwohnungen«, sagte Lily. »De Crinis hat sein Büro dort unten?« Sie wunderte sich.

Der Pförtner grinste. »Nein, nein, das ist sein Privatraum.«

»Ach?«

»Sie werden es schon finden.« Der Pförtner suchte einen Schlüssel an seinem Bund heraus, schloss eine Tür auf und sagte, bevor er verschwand: »Ich wünsche Ihnen viel Spaß und anschließend eine gute Nacht.«

Also wirklich, was denkt denn der Pförtner, was ich hier will? Lily schüttelte den Kopf und lief die Treppe hinunter.

De Crinis öffnete ihr, und sie sah ihn überrascht an. Sie hatte ihn eher in Abendgarderobe erwartet. Zwar trug der Psychiater keinen Arztkittel, dafür aber seine Uniform. Eigentlich hatte Lily sich keine Verabredung mit einem Soldaten gewünscht. Nun gut, immerhin hatte er sich für sie ordentlich mit Parfum eingesprüht. Es roch sogar ganz gut, nicht penetrant, im Gegenteil. Als de Crinis sie mit zwei Küsschen auf die Wangen begrüßte, nahm sie Mandarine, Magnolie und Zedernholz wahr.

»Kommen Sie nur rein, verehrtes Fräulein Hartmann.« De Crinis trat zur Seite und hielt ihr die Tür auf.

Der Raum war von gleicher Bauart wie ihr Zimmer. Eine typische Dienstwohnung, etwa zwanzig Quadratmeter groß, allerdings gab es hier statt eines abgetrennten Badezimmers nur ein Waschbecken. Darüber hing ein Bild vom Führer. Das Bett stand auf der rechten Seite, darauf lag eine samtrote Tagesdecke. Auf einem flachen Holztisch davor standen zwei Flaschen Rotwein und zwei Gläser, Kerzen brannten. An der rechten Wand hing ein gerahmtes Bild, das den Stadtplan von Graz zeigte. Seine Heimat.

»Bitte, setzen Sie sich doch auf das Bett, ist gemütlicher«, sagte de Crinis und zog sich selbst einen Stuhl an den Tisch.

Lily setzte sich auf die Matratze und bemerkte sofort die tiefe Ausbeulung in der Mitte. Als sie die Beine übereinanderschlug, quietschte die Federung. De Crinis erhob sich wieder und lief zu einer schmalen, hohen Eckkommode neben dem Fenster. Dort stand ein Grammophon. Das hier ist wirklich alles andere als ein Arbeitsraum, dachte Lily und schaute sich weiter um. Einen Schreibtisch gab es ebenso wenig wie Bücher. Auf dem Nachtschrank entdeckte sie allerdings ein Porträt von Heinrich Himmler. Keins von de Crinis' Frau, keins von seinen Kindern. Das gefiel Lily nicht mehr so gut. Ob sie einen Fehler gemacht hatte, sich hier mit ihm zu treffen?

»Ich hoffe, Sie mögen Negermusik«, sagte de Crinis und legte eine Platte auf. »Ich sage Ihnen, so wie Louis Armstrong die Trompete bläst, das kann kein Weißer. Ich mag die Neger, leidenschaftliche Musiker und sportlich, meine Güte. Ich erinnere mich an Jesse Owens. Das war ein Erlebnis bei der Olympiade!« Mit zwei Fingern balancierte er vorsichtig die Nadel auf die Schellackplatte. »Ich weiß gar nicht, was die Amerikaner gegen die Neger haben, die sollten sich lieber über ihre Juden aufregen. Ich denke, wir in Deutschland sind denen eine Nasenlänge voraus.« De Crinis drehte sich zu ihr um und ließ die Hüften kreisen. »Aber nun Schluss mit Politik, soll ja ein entspannter Abend werden.« Mit den Füßen wippend, wartete er auf den Liedtext, den er dann gekonnt mitsang: *»Jeepers creepers, where'd ya get those peepers? Jeepers creepers, where'd ya get those eyes?«*

Er kann sich wunderbar zur Musik bewegen, dachte Lily, während sie ihn beobachtete, aber irgendwie erschien ihr das auch etwas zu aufreizend. Immer noch tanzend, knöpfte er sich die Uniformjacke auf, warf sie über die Stuhllehne und setzte sich dann in seinem weißen Hemd, das ebenfalls akkurat gebügelt war, wieder an den Tisch. Er schnappte sich eine der Flaschen, warf sie mit der rechten Hand hoch, fing sie auf und entkorkte sie sauber.

»Ein Château Sisqueille«, sagte er und schenkte ein. »Kommt direkt aus Paris. Wie schön, dass die Stadt jetzt uns gehört. Sie kennen Paris?«

»Nur aus Büchern und von Bildern«, sagte Lily, die natürlich wusste, dass er die Frage nicht ernst gemeint haben konnte.

»Oh, Sie sollten mich mal begleiten auf eine Fahrt. Die Seine im Mondschein wird Ihnen gefallen!«

Lily nahm ihr Glas und trank einen Schluck. Was für ein Geschmack. Welch intensive Süße. Sie schmeckte Marmelade, Gewürznelken und Lorbeer. Als sie schluckte, merkte sie, wie sich eine wohlige Wärme geradewegs in ihrer Speiseröhre und in ihrem Magen ausbreitete.

»Hui«, sagte sie. »Stark.«

»Nicht wahr?« De Crinis roch an seinem Glas. »Ein guter Jahrgang, achtzehneinundsiebzig. Wahrscheinlich war die Rebe getränkt mit dem Blut tapferer deutscher Soldaten.«

»Also, Blut schmecke ich keins«, sagte Lily, die sich nicht provozieren lassen wollte. »Ich schmecke aber die Lorbeeren des großen Sieges ganz deutlich heraus!«

De Crinis lachte laut. »Sie haben einen schneidigen Humor, mein Fräulein Hartmann.«

Lily rang sich ein Lächeln ab. Was für einen Mist gab sie da von sich? Eigentlich sollte sie jetzt besser gehen.

»Vermisst Sie Ihre Gattin heute Abend gar nicht?«, fragte sie, um de Crinis an das eheliche Treuegelöbnis zu erinnern, von dem er ihr noch im Salvarsan unaufgefordert berichtet hatte.

»Oh, bitte«, antwortete de Crinis. »Nicht das Thema heute Abend. Meine Frau und ich befinden uns in einer Krise. Ich gehe auf Abstand, deswegen habe ich mir hier auch diesen Rückzugs-ort eingerichtet. Ich denke, meine Frau ist ganz froh darüber.«

»Ach? Und wie viele Kinder haben Sie?«

»Fräulein Hartmann, wären Sie so reizend und würden mich bitte Max nennen?«

»Ich weiß nicht, ob ...«

»Das ist schon in Ordnung, Lily«, sagte de Crinis. »Wir arbei-ten doch an verschiedenen Stellen und wollen Freunde sein. Das möchten wir doch sein, oder?« Er trank einen Schluck und schau-te sie dann durchdringend an.

Lily zuckte mit den Schultern, sie fühlte sich plötzlich etwas neben der Spur. »Ja, natürlich.«

»Dann wollen wir nicht über Familiendinge sprechen. Stoß an mit mir! Wir trinken auf Graz und Danzig, auf die Heimat, einver-standen?« De Crinis erhob sich und setzte sich neben Lily auf die Matratze. Instinktiv rutschte sie ein Stück zur Seite. Er reichte ihr das Weinglas, und sie stießen an, während er ihr tief in die Augen schaute, sodass Lily eine Gänsehaut bekam. Sein Blick lähmte sie, zog sie gleich wieder in seinen Bann.

»Auf das wunderschöne Danzig und auf die Schönheit der preußischen Frauen«, sagte de Crinis.

»Auf das vermutlich wunderschöne Graz und die Schönheit der Alpen«, konterte Lily und trank ihr Glas aus. Merkwürdig, dass sie so schnell auf den Alkohol reagierte. Der Wein musste wirklich stark sein. Ganz deutlich bemerkte sie, wie ihr schwin-delig wurde. Ihre Wangen glühten. Das sah auch der Gastgeber.

»Du hast ja ganz rote Bäckchen bekommen, meine hübsche Lily«, sagte de Crinis und streichelte ihr mit dem Handrücken über das Gesicht. »Wie ich vermutet hatte, sehr viel deutlicher auf der leidenschaftlichen linken Gesichtshälfte.«

De Crinis fuhr mit der Hand an ihrem Hals hinunter und weiter über ihre Bluse, wobei er ihren Büstenhalter streifte. Lily wollte die Berührungen nicht, fühlte sich aber außerstande, sie abzuwehren. Genoss sie beinahe.

»Max«, hauchte sie, als er sich zu ihr vorbeugte. Hatte sie wirklich Max gesagt? Was war denn los mit ihr?

»Oh, Lily, meine Hübsche«, stöhnte de Crinis. Er küsste sie auf den Mund, während seine Hand unter ihren Rock fuhr. Lily spürte das Kribbeln seiner Zunge auf ihren Lippen und öffnete den Mund. Das Streicheln auf ihrem nackten Oberschenkel ließ ihren Unterleib vibrieren. Was tat sie da? Sie konnte nicht mehr klar denken. Alles war so neu. De Crinis drückte sie aufs Bett, der Schwindel in ihrem Kopf wurde immer stärker. Sie erkannte noch sein Gesicht ganz nah vor ihrem, dann verlor sie die Besinnung.

Als Lily erwachte, sah sie, dass es draußen schon hell war. De Crinis war weg. Sie erschrak. Was war passiert? Sie konnte sich nicht erinnern. Ach, du meine Güte! Hatte sie etwa? Unter der Decke betastete sie ihren Körper. Oh nein, oh nein. Dann sah sie es: Über dem Stuhl hingen ihr Rock und ihre Bluse, sorgfältig zusammengelegt. Aber nicht von ihr, sie faltete ihre Kleidung anders. Und da, auf der Sitzfläche, lagen Unterhose und Büstenhalter. »So ein Mist«, brummte sie. Was hatte sie getan? Sie schlug sich an die Stirn. Dabei bemerkte sie, dass sie ihre Armbanduhr noch trug. Wie spät war es denn überhaupt? Sie drehte ihr Handgelenk um. Halb sieben. Sie musste los. In einer Stunde sollte sie im Büro sein, und sie wollte jetzt nur noch eins: schnell duschen.

Lily zog sich an, wusch sich die Hände am Waschbecken und richtete eilig ihre Haare, setzte den Hut auf und nahm die Handtasche. Leise schloss sie die Tür von außen. Nur raus aus diesem Horrorhaus. Sie hatte es beinahe bis zur Treppe geschafft, als ausgerechnet die vorderste Tür aufging. Eine junge Frau etwa in ihrem Alter trat heraus. Sie trug zivil. »Na, so was«, sagte sie. »Guten Morgen. Ich würde mal sagen, willkommen im Club de Crinis.« Sie lachte dreckig, und Lily wurde augenblicklich übel. Ohne ein Wort lief sie an der Frau vorbei, die Treppe hoch, aus dem Gebäude, zurück zur Chirurgischen.

Den ganzen Tag über konnte sich Lily nicht konzentrieren. Immer und immer wieder versuchte sie, sich daran zu erinnern, was geschehen war. Wie konnte es sein, dass sie nach nur zwei Gläsern Wein so weggetreten gewesen war? Er hatte sie berührt an ihrer intimsten Stelle, und sie hatte es noch schön gefunden? Er musste sie nackt gesehen haben. Das konnte doch eigentlich nur bedeuten, dass ... Meine Güte! Sie dachte an die Frau auf dem Gang und ekelte sich plötzlich vor sich selbst. So hatte sie sich das, worüber alle sprachen, nicht vorgestellt. Sie könnte ja nun auch keiner Freundin erzählen, wie es gewesen war, wenn sie gar nichts mehr wusste.

Je länger sie nachdachte, desto mehr verwandelte sich das Unverständnis in Bezug auf ihr eigenes Verhalten in Wut auf de Crinis, der ihren Rausch schamlos ausgenutzt hatte. Er hatte ihr im Salvarsan den Gentleman vorgespielt, um sie in sein Zimmer zu locken und dort gefügig zu machen. Wie hatte sie nur so naiv sein können? Wie viele Frauen waren denn in diesem de Crinis-Club? So ein gewissenloser Mensch!

Aber hatte sie wirklich Geschlechtsverkehr gehabt? Mit einem Psychiater? Es fühlte sich untenherum nicht so an, wie es eigentlich müsste. Ihre Schwester hatte das anders beschrieben.

Die Antwort auf ihre brennendste Frage fand sie am Abend vor ihrer Tür. Wieder lag eine goldene Packung *Die Unvergleichlichen* auf der Fußmatte. Mit einem Brief. Sie nahm das Geschenk, setzte sich damit auf ihr Bett und las:

Liebste Lily,

welch wunderschöne Nacht wir hatten. Auch wenn du schnell nicht mehr so wirklich anwesend warst. Welch drahtigen, schlanken Körper du doch hast, deine Brüste sind … Entschuldige bitte. Ich erschrecke dich vermutlich. Mach dir bitte keine Sorgen, ich habe dich nicht defloriert, nur eine kurze Weile zwischen deinen Schenkeln verbracht. Ich muss schon sagen, die ganze linke Seite ist bei dir sehr viel leidenschaftlicher. Betrifft nicht nur dein Gesicht, auch deine Beine. Gerne würde ich das intensivieren. Ich hoffe, du kommst nächste Woche um die gleiche Zeit wieder vorbei. Dann sehen wir mal, ob du bereit bist, noch tiefer in die Praxis vorzudringen. Du weißt ja, wo du mich findest, der Pförtner weiß Bescheid.

Dein sich nach dir heißblütig sehnender Max

»Verfluchtes Schwein«, stieß Lily hervor und zerriss den Brief. Der wird mich nicht noch einmal sehen, dachte sie. Eine Weile zwischen meinen Schenkeln. Der hat doch eine totale Meise. Igitt! Bah! Widerling!

Wenigstens hatte er nicht mit ihr geschlafen. Und dazu würde es auch nicht kommen. »Nie und nimmer!«, rief sie und duschte ein weiteres Mal, bevor sie zu Bett ging.

Lily antwortete nicht auf den Brief und auch nicht auf einen weiteren, der eintrudelte, nachdem sie de Crinis' Einladung nicht gefolgt war. Nur schwer gelang es ihr, das Erlebte zu vergessen. Schließlich meldete sich der Psychiater zum Glück auch nicht mehr bei ihr. Doch bald sollte Lily Dinge über ihn erfahren, die alles bisher Geschehene weit in den Schatten stellten.

7. PETERCHENS FAHRT

»Machen Sie sich keine Sorgen, Fräulein Theodore«, sagte Max de Crinis zu der aufgelösten Pflegerin des Sonnenhauses, einer Erziehungsanstalt für geistig zurückgebliebene Kinder. »Ihr Peterchen ist ein interessanter Fall. Deswegen und weil in der Kinderklinik kein einziges Bett mehr frei ist heute Abend, bleibt er auf der psychiatrischen Station in meiner Obhut.«

»Aber was hat er denn nur?«, fragte Fräulein Theodore, die ihren Schützling am Morgen mit starken Bauchschmerzen in die Notaufnahme der Charité gebracht hatte.

»Die Untersuchungsergebnisse kommen morgen früh«, antwortete de Crinis. »Da müssen wir auf das Labor warten.«

»Aber er wird doch nicht sterben?« Fräulein Theodore, die den dreizehnjährigen Peter Kramer, seit er vor acht Jahren von seinen überforderten Eltern zur Fürsorge in das Sonnenhaus gegeben worden war, intensiv betreute, liebte den Jungen, als wäre er ihr eigener Sohn.

Peter war einer der schwersten Fälle des Hauses, er litt unter mongoloidem Schwachsinn, hatte einen Herzfehler und Sprachstörungen. Er nannte seine Pflegerin Mama Scheska, weil sie mit Vornamen Francesca hieß, er das Wort aber nie so richtig aussprechen konnte.

»Er ist so ein lieber Junge, ich lasse ihn ungern alleine. Er ist mein größter Schatz.«

»Das verstehe ich sehr wohl«, sagte de Crinis. »Aber Sie können nicht in seinem Zimmer bleiben, solange wir nicht wissen, ob er etwas Ansteckendes hat.«

»Darf ich denn hier auf dem Flur warten bis morgen früh?«, fragte Francesca. »Die Erlaubnis vom Sonnenhaus hätte ich.«

De Crinis überlegte und kratzte sich an der Stirn. »Wissen Sie was? Ich glaube, ich habe da eine recht passable Lösung. Ich miete hier im Haus nämlich ein hübsches kleines Zimmer, dort könnten Sie übernachten.«

»Das wäre tatsächlich möglich?« Francesca freute sich über das Angebot. So könnte sie ihr Peterchen gleich morgen früh wecken.

»Natürlich«, sagte de Crinis. »Ich bringe Sie eben runter. Bei der Gelegenheit können wir zusammen einen ganz ausgezeichneten Wein trinken, den ich da zufällig aufbewahre. Sie haben übrigens eine besonders hübsche linke Gesichtshälfte. Hat Ihnen das schon mal jemand gesagt? Aus welcher italienischen Region stammen Sie?«

Blöde Spaghetti-Zicke, dachte de Crinis, als er keine halbe Stunde später die Treppen zur Chefetage wieder hinauflief. »Ich trinke keinen Alkohol, mäh, mäh.« Er äffte die Frau nach, die vor ein paar Minuten wutentbrannt und panisch aus seinem Kuschelzimmer, wie er es nannte, gerannt und zurück in ihr Sonnenhaus geflüchtet war. »Was haben Sie mir da in mein Wasserglas gekippt? Das nehme ich nicht an. Mäh, mäh. Lassen Sie die Finger von meinem Busen, mäh!«

Na, mit der heißblütigen italienischen Liebe zum kleinen Peter konnte es wohl doch nicht so weit her sein, wenn Tante Theodore sein Zimmer derart verschmähte.

De Crinis setzte sich an seinen Schreibtisch, öffnete eine Flasche Cognac, die er im untersten Fach aufbewahrte, und goss sich
davon ein. Er kippte zwei Gläser herunter und bediente sich ein
drittes Mal. Scharfes Zeug! Er bevorzugte Wein. Spiritus gab es nur,
wenn es schnell gehen musste, wenn er Kopfschmerzen hatte. Er
hatte welche, seit eben. Irgendwie lief alles nicht mehr so glatt wie
früher. Erst hatte ihm die wunderschöne, aber zu sensible Sekretärin von Sauerbruch einen Korb verpasst, und nun meinte sogar
eine durchschnittlich hübsche Pflegerin, ihn einfach so abweisen
zu können. Das konnte er sich nicht bieten lassen. De Crinis nippte
erneut an seinem Glas, dann zog er die Mappe mit den Röntgenbil-
dern des Tages zu sich heran und öffnete sie. Auf dem obersten Bild
las er den Namen seines jüngsten Patienten: Peter Kramer.

De Crinis knipste die Tischlampe an, hielt die Aufnahme gegen das Licht und strich mit dem Daumen über den schwarzen
Schatten, ein für Mongoloide typisches Kennzeichen einer Hirn-
anomalie. Was für ein Schwachsinn, dachte de Crinis und trank
das dritte Glas in einem Zug aus. Peterchen, du armer irrer Junge,
welches Pech für dich, dass du eine so garstige Pflegerin hast.
Davon wollen wir dich lieber schnell erlösen.

De Crinis nahm den Hörer des Tischfernsprechers ab und wählte die private Nummer seines Assistenzarztes Richard Fischer.

»Ja, de Crinis hier. Können Sie eine Sonderfahrt nach Görden
organisieren?«

»Guten Abend«, sagte Fischer. »Ich bin erstaunt. Hieß es nicht
ausdrücklich von Ihnen: niemand aus der Charité?«

»Es ist eine Ausnahme, eine absolute Ausnahme.«

»Na gut, mir soll das doch nur recht sein.« Fischer lachte.
»Männlich, weiblich. Wie alt ist der Patient?«

»Dreizehn geworden, männlich.«

»Dreizehn, aha. Dann geht es wohl erst zur Voruntersuchung?«

»Fischer, Sie Idiot!«, bellte de Crinis in den Hörer. »Spreche ich jiddisch? Ich habe gesagt, direkt weg, nichts anderes, und auch in keine andere Pflegeanstalt. Er muss sofort entsorgt werden!«

»Aber ... ja gut«, stotterte Fischer. »Zu wann denn?«

»Morgen früh, vor Schichtbeginn. Zimmer siebzehn. Peter Kramer.«

»Herr Professor, wie soll das gehen? Ich kriege doch den Bus gar nicht voll, und wir haben Anweisungen von ganz oben ...«

»Ich *bin* ganz oben!«, schrie de Crinis, goss sich das vierte Glas ein, trank und sagte dann leiser: »Jedenfalls für Sie, Fischer, wenn Sie hier noch länger arbeiten wollen.«

»Ich muss sehen, was ich tun kann.« Fischers Stimme klang weinerlich. »Vielleicht, wenn wir vorher noch in Brandenburg, also, wenn zufällig ein Transport für morgen, ähm, ich sehe nach, ob ...«

»Es reicht, Fischer!« Was bildete sich dieser Hornochse eigentlich ein? »Wenn ich um acht Uhr an meinem Schreibtisch sitze und erfahre, dass da noch ein kleiner, schwachsinniger Lümmel auf Zimmer siebzehn liegt, war es das für Sie hier in der Charité!« Verärgert knallte er den Hörer auf die Gabel.

»Mama Scheska fahrn? Mama Scheska fahrn? Mama Scheska?« Peter bekam keine Antwort. Er spürte heftige Stiche in seinem Bauch, aber das waren andere als gestern. Es fühlte sich so an, als würde ihm ein böser Mensch immer und immer wieder in den Bauch piksen. Peter war traurig. Er wollte unbedingt zu Mama Scheska, auch wenn er jetzt in einem tollen grauen Bus mitfahren durfte, und auch wenn der Spielzeug-Feuerwehrwagen, den ihm die Oma, die neben ihm saß, geschenkt hatte, so rot glänzte. Ob er den behalten durfte? Noch nie hatte er ein Feuerwehrauto gehabt. Kein eigenes! Manchmal ließ ihn sein Freund Hans mit seinem spielen, das er von einer echten Mama zum Geburtstag bekommen hatte.

»Mama Scheska fahrn?« Peter überlegte. Der Weg nach Hause war ganz schön weit heute, und er musste mal Pipi. Er entschied sich, am Rock der Oma zu ziehen, auch wenn die vielleicht böse werden würde. »Mama Scheska fahrn? Mama Scheska fahrn?«

Die Frau mit den weißen Haaren drehte sich zu ihm um. Sie war böse. »Hör zu, du Bengel. Der Bus hält gleich kurz an, dann steigen noch andere Kinder ein, die alle zu Mama Scheska fahren wollen. Es dauert nicht mehr lange.«

»Anne Kinner?« Peter mochte Kinder gerne. Er beschloss, ruhig zu sein und das Pipi anzuhalten. Er wollte auf keinen Fall, dass die Oma noch böser wurde.

Die anderen Kinder sahen komisch aus und machten merkwürdige Sachen. Einer spuckte im Bus rum, und Peter wunderte sich, warum der keinen Ärger bekam. Ein anderer lachte ununterbrochen, obwohl nichts lustig war, und irgendwer machte immer Muh, wie eine Kuh. Vielleicht fand der, der die ganze Zeit lachte, das so witzig. Aber es war nicht witzig. Einer, den sie neben ihn gesetzt hatten, versuchte, ihm sein Feuerwehrauto wegzunehmen, ohne zu fragen. Ganz schön frech! Er gab es ihm natürlich nicht und redete mit keinem mehr, bis der Bus endlich anhielt.

Die Oma sagte, er müsse jetzt erst mal duschen, bevor er zu Mama Scheska könne, damit er auch fein aussehe. Das fand er schon wieder merkwürdig. Er duschte einmal in der Woche, wie alle im Sonnenhaus. Aber diese anderen Kinder sollten sich auch waschen, und so zogen die Oma und noch zwei andere Omas, die dazugekommen waren, die Kinder aus. Peter konnte das alleine, er war ja kein kleines Kind mehr, kam sich aber plötzlich so vor.

»Weißt du vielleicht, wann das Wasser endlich kommt?«, fragte das kleine blonde Mädchen, das zitternd neben ihm auf der Bank im Duschraum saß. »Mir ist so kalt nämlich.« Sie sah niedlich aus und schaute ihn mit großen Augen an. Ein Mädchen hatte er noch niemals nackt gesehen. Zu Hause mussten Buben und Mädel immer zu unterschiedlichen Zeiten unter die Dusche.

»Weiß leider nich«, sagte Peter. »Wie heißu?«

»Irma«, antwortete das Mädchen, das jetzt weinte und irgendwen rief, den Peter nicht kannte. Die kleine Irma tat ihm leid. Er rutschte an sie heran und legte ihr seinen Feuerwehrwagen auf den Schoss. »Kanns mal haben, du bis lieb!«

Als Irma gerade nach dem Feuerwehrwagen greifen wollte, zuckte sie ganz schrecklich zusammen. Auch Peter hatte sich erschrocken. Es zischte laut von überall her.

»Kein Wasser, kein Wasser«, hörte er einen Jungen schreien, der auf der Bank gegenüber saß. Er klatschte in die Hände. Vielleicht wollte er gar nicht duschen und freute sich, dass es nicht spritzte. War die Dusche kaputt?

Peter wurde immer trauriger. Er wollte jetzt endlich zu Mama Scheska und nicht mehr duschen, schon gar nicht ohne Wasser. Er nahm Irmas Hand und sah wenige Augenblicke später erstaunt mit an, wie sie kopfüber einfach von der Bank auf den Boden fiel, wie eine Puppe. Über die grünen Kacheln lief ganz viel Blut, das noch mehr glänzte als der Feuerwehrwagen. Die hatte sich doch bestimmt wehgetan?

Alle Kinder auf der Bank vor ihm und die, die mit ihm auf seiner Seite saßen, schrien laut und husteten. Da fiel plötzlich noch einer einfach auf den Boden, und dann noch einer. Peter bekam Angst. Er wollte auch schreien, aber er bekam keine Luft. Sein Hals und seine Nase brannten, als wenn er ganz doll erkältet wäre, nur viel schlimmer. Es tat so weh in der Brust. Das Feuerwehrauto verschwamm vor seinen Augen. Mama Scheska, hilf mir! Das ist nicht gut hier!

Dann wurde es plötzlich dunkel, und Peter merkte gar nichts mehr.

8. MÖRDERISCHE TROSTBRIEFE

»Es tut mir aufrichtig leid«, sagte Oberschwester Hildegard, als sie Francesca zwei Wochen nach Peters Verschwinden aus der Charité einen Brief überreichte. Francesca ahnte bereits, dass das Schreiben etwas mit dem Jungen zu tun hatte. Sie lief hinaus in den Garten, setzte sich auf ihre Lieblingsbank unter der großen Eiche und las:

14. Juni 1941

Sehr geehrte Schwestern des Sonnenhauses,

zu unserem tiefen Bedauern müssen wir Ihnen mitteilen,
dass Ihr Pflegesohn Peter Kramer, der am 3.6.1941 auf
ministerielle Anordnung in unsere Anstalt verlegt werden
musste, unerwartet bereits am selbigen Tag infolge einer
bakteriellen Infektion verstorben ist. Bei seiner schweren
unheilbaren Erkrankung bedeutet sein Tod Erlösung für ihn.
Auf Anweisung der Ortspolizeibehörde musste aus seuchen-
polizeilichen Erwägungen heraus der Verstorbene sofort
eingeäschert werden.

Wir bitten um Mitteilung, an welchen Friedhof wir die Über-
sendung der Urne mit den sterblichen Überresten des Heimge-
gangenen durch die Ortspolizeibehörde veranlassen sollen.

Die Kleidungsstücke des Verstorbenen, die keinen besonderen
Wert darstellten und die bei der Desinfektion gelitten haben,
wurden der nationalsozialistischen Volkswohlfahrt überwiesen.
Heil Hitler!
gez. i. A.
M. Schiller, Kinderfachabteilung Görden, Brandenburg/Havel

Der Schmerz, den Francesca in den nächsten Tagen durchlitt, war
grauenvoll. Wieso hatte de Crinis ihren Jungen so schnell verlegen lassen? Hätte er nicht besser in der Charité behandelt werden
können? Über eine Kinderfachabteilung Görden fand sie keine Informationen. Niemand kannte dieses Heim. War den Ärzten in
der Charité ein Fehler unterlaufen, den man auf diese Weise vertuschen wollte?

Vielleicht hätte sich Francesca irgendwann mit ihrem Verlust
abgefunden, wenn nicht Oberschwester Hildegard sie zehn Tage
nach der Todesnachricht noch einmal zu einem Gespräch über
den Jungen in ihr Büro zitiert hätte. In großer Sorge erzählte die
Oberschwester, dass mehrere Eltern von behinderten Kindern
ähnliche Briefe erhalten hatten, nachdem ihre Jungen und
Mädchen, angeblich zu Therapiezwecken, in die ominöse
Anstalt Görden gebracht worden und dort plötzlich verstorben
waren. Hildegard wollte noch einmal genau von Francesca
wissen, was sich in der Nacht vor Peter Kramers Verschwinden
abgespielt hatte und wie Max de Crinis ihr gegenüber aufgetre-
ten war.

Francesca brauchte eine Weile, bis sie während des Erzählens
selbst die Zusammenhänge herstellte, die ihr vorher nicht
bewusst gewesen waren.

»Schwester Hildegard«, flehte sie schließlich, »bitte sagen Sie
mir, ob de Crinis auch andere Kinder hat verschwinden lassen!«
Hildegard zögerte. »Ich möchte damit nichts zu tun haben. Das ist

gefährlich, sehr gefährlich. Was ich Ihnen erzählt habe, dürfen Sie an niemanden herantragen!«

»Aber wir können doch nicht ...« Francesca stotterte. »Das ist Mord, das geht doch nicht.«

»Wir können es nicht ändern, wir suchen aber Hilfe über die Kirchen«, wiegelte Hildegard ab.

Francesca liefen Tränen über die Wangen. »Dann sagen Sie mir doch bitte wenigstens, ob de Crinis damit etwas zu tun hat.«

»Kindchen!« Die Oberschwester nahm Francescas Hand. »Sie haben das nicht von mir, ist das klar? Versprechen Sie es!«

Francesca nickte. »Ich verspreche es!«

»De Crinis begutachtet Kinder und sucht sie für den Transport aus, er wurde dabei von einer unserer Schwestern gesehen. Ich verrate Ihnen den Namen nicht. Es ist gefährlich. Sehr gefährlich.«

Francesca hielt dicht, sie sprach mit niemandem über das, was die Oberschwester ihr mitgeteilt hatte. Aber von nun an hatte sie nur noch ein Ziel: Sie wollte den Mann umbringen, der ihr Peterchen in den Tod geschickt hatte, weil sie nicht mit ihm hatte schlafen wollen. Und das so schnell wie möglich.

Als am nächsten Wochenende ihr Freund Herrmann während seines Heimaturlaubes zu Besuch kam und neben ihr eingeschlafen war, nahm sie seine Pistole, lief damit in die Charité und gelangte unter einem Vorwand in de Crinis' Büro.

Warum die Waffe nicht funktionierte, als sie vor seinem Schreibtisch stand und den Abzug drückte, konnte sie sich später nicht erklären. Das würde man ihr im Untersuchungsgefängnis, in dem sie jetzt einsaß, auch nicht mitteilen. Doch eines wusste Francesca genau: Wie auch immer das Urteil gegen sie lauten würde, keine Strafe könnte schlimmer sein als die Tatsache, dass es ihr nicht gelungen war, dieses Schwein zu töten. Das konnte sie sich nicht verzeihen!

In der Woche nach dem Attentatsversuch auf Professor Max de Crinis sprach die ganze Klinik im Privaten kaum über etwas anderes. Besonders Lily ließ der Vorfall keine Ruhe. Auch sie hatte sich insgeheim vorgestellt, de Crinis etwas anzutun, das aber natürlich nicht in die Tat umgesetzt. Vielleicht war der Frau, die auf ihn gezielt hatte, etwas noch Schlimmeres passiert als ihr? Ohne Weiteres traute sie dem Psychiater jetzt zu, eine hilflose Frau zu vergewaltigen. Sie musste mit ihr sprechen, um verhindern zu können, dass de Crinis weitere Opfer fand. Das größte Problem bestand allerdings darin, den Namen der Attentäterin herauszufinden, denn der wurde bewusst geheim gehalten. Sie hatte nur gehört, dass die Frau Patientin von de Crinis gewesen sei.

Lily beschloss also, ihrer Kollegin Luise von dem Abend zu erzählen, den sie mit dem Psychiater verbracht hatte, und dass der ihr offenbar etwas in den Wein geschüttet hatte, um sie gefügig zu machen. Sauerbruchs medizinische Sekretärin war schockiert und wollte Lily bei deren Vorhaben unterstützen. Sie schlug vor, ihren Freund Alfred Mescher hinzuzuziehen, und lud Lily und den Oberpfleger auf Kaffee und Schokoladenkekse ins Sekretariat ein. Luise erzählte Alfred natürlich keine Details, fragte ihn nur, wem man in der Psychiatrischen trauen könne, wenn man etwas Bestimmtes herausfinden wolle. Ohne lästige Nachfragen zu stellen, nannte er einen Kollegen, den psychiatrischen Pfleger Eckart. Alfred arrangierte auch ein Treffen zwischen Eckart und Lily im Café Salvarsan. Bei einer kalten Limonade erfuhr sie den Namen der Deutsch-Italienerin, die zwar nicht selbst Patientin gewesen war, aber ihren Sohn bei de Crinis in Behandlung gehabt hatte. Mehr wusste Eckart nicht. Aber das reichte.

Lily brauchte nun nur noch den Wärter des Untersuchungsgefängnisses an der Lehrter Straße in Moabit zu bezirzen. Sie sprach zwar kein Italienisch, aber in einer Mischung aus Französisch mit russischem Akzent und gebrochenem Deutsch schaffte sie es, sich dem wachhabenden Polizisten als Maria Theodore, Schwester von Francesca, zu verkaufen. Besuch war möglich. Zwar nur nach Anmeldung und Prüfung der Identität, aber der Wärter drückte ein Auge zu, als Lily ihrer Verzweiflung darüber, dass sie ihren Ausweis im Hotel liegen gelassen hatte, südländisch lebhaft Ausdruck verlieh. Ein wahrer Freund und Helfer. Manchmal ist es so einfach mit den Männern, dachte sie und lernte Francesca kennen.

Als Lily nach einer halben Stunde aus der Haftanstalt trat, lief sie eilig hinter das nächste Gebüsch und übergab sich. Wenn das, was Francesca Theodore ihr erzählt hatte, stimmte, dann war de Crinis weit mehr als ein Vergewaltiger, dann war er ein Mordgehilfe, und die Nazis waren eine Bande von Verbrechern, wie sie Deutschland noch nie gesehen hatte. Ohne lange zu überlegen, beschloss Lily, Sauerbruch noch am selben Tag einzuweihen. Wenn überhaupt jemand etwas tun konnte, dann er.

Der Professor versuchte zunächst, sie zu beruhigen, und stellte den Geisteszustand der verhinderten Attentäterin infrage. Da nahm Lily all ihren Mut zusammen und beichtete ihrem Chef auch, was de Crinis ihr selbst angetan hatte. Sauerbruch tobte fürchterlich, wollte gleich zu dem Psychiater rübergehen und ihm die Hölle heiß machen. Lily brauchte eine Weile, um ihn davon abzubringen. Sie erklärte, dass sie jetzt nicht wichtig sei, dass es um Menschen gehe, die von den Nazis ermordet würden. Schließlich hatte sie ihn so weit, und er versprach, Informationen darüber einzuholen, was es mit den toten Kindern auf sich hatte.

Kreidebleich saß Sauerbruch drei Tage später vor Lily. »Ich habe die ganze Nacht nicht geschlafen«, sagte er.

»Es stimmt also?«, fragte Lily.

»Es sind Zigtausende! Nicht nur Kinder, auch Erwachsene, überall im Land.« Sauerbruch knallte die Faust auf den Tisch. »Angeblich unwertes Leben. Ist das nicht Wahnsinn? Sie bringen Menschen um, nur weil sie geistige Störungen haben.«

»Wie grauenvoll«, seufzte Lily. »Man muss doch was dagegen tun können!«

»Und das werden wir«, versprach Sauerbruch. »Worauf du dich verlassen kannst. Ich habe die ganze Nacht telefoniert, Pastor Braune und Friedrich von Bodelschwingh eingeweiht. Wir haben zu dritt eine Beschwerde an Justizminister Schlegelberger aufgesetzt. Darauf muss er reagieren. Wir müssen sie unter Druck setzen mit allen Mitteln!« Sauerbruch faltete die Hände und schaute aus dem Fenster. »Mein Gott, mein Gott. Diese Nazis, dieser Hitler. Sie sind noch viel schlimmer, als ich dachte.«

Lily wagte für eine Weile nicht, etwas zu sagen. Sie wusste, dass ihr Chef sich ernsthaft Gedanken machte, vielleicht Gewissensbisse hatte, weil er nach der Machtübernahme Hitlers ein Bekenntnis der Hochschulprofessoren zum Führer mit unterzeichnet hatte. Und seine Titel stellte er sicher auch wieder infrage.

»Wie machen die das denn?«, fragte Lily schließlich.

»Perfide ist das. Willst du es wirklich wissen, Liebchen?« Er schaute sie mit traurigen Augen an.

»Ich muss es wissen!«

»Es läuft seit letztem Sommer unter strengster Geheimhaltung. Ich weiß das aus dem Umfeld höchster Parteikreise. Die NS-Führungsebene ist in Kenntnis all dieser Vorgänge!« Er machte eine Pause. »Hitler hat verfügt, dass alle Psychiatrien und Pflegeheime einer dafür vorgesehenen Dienststelle Auskunft über den Schweregrad der Behinderungen ihrer Schützlinge abzugeben haben. Ein Kreis aus Ärzten, darunter offenbar unser aufgeblasener de Crinis, entscheidet dann darüber, welche Menschen als nicht mehr lebenswert gelten.«

»Ärzte?«, staunte Lily.

»Nicht zu glauben, oder? Ich schäme mich dafür, dass Angehörige meines Berufsstandes sich vor den Karren dieser Mörder spannen lassen.« Sauerbruch stöhnte. »Die Ausgewählten werden unter einem medizinischen Vorwand abgeholt und in Lager gebracht, wo sie versterben. Sie werden dort umgebracht! Führerbefehl! Wir müssen das stoppen!«

»Was können wir denn tun?« Lily spürte ein klein wenig Hoffnung in sich aufkeimen. Es tat gut zu erleben, dass es um sie herum noch Leute mit Anstand gab. Dass ihr Chef zu diesen Menschen zählte, machte sie stolz.

»Ich erarbeite einen Plan, aber ich brauche Hilfe«, fuhr Sauerbruch fort.

»Um was geht es?«

»De Crinis, er muss aufhören. Er entscheidet über Leben und Tod. Das kann nicht im Geiste der Charité sein. Ich habe bestätigt bekommen, dass er den Jungen dieser Italienerin hat abholen lassen.«

Lily konnte immer noch nicht fassen, wie sie sich in diesem Mann anfangs so hatte täuschen können. Dass er sie angefasst hatte, darüber würde sie nicht so schnell hinwegkommen. Wenn überhaupt jemals.

»Ich habe auch die Mittwochsgesellschaft in Kenntnis gesetzt, und sämtliche Mitglieder sind sich einig, dass wir an höchster Stelle intervenieren müssen.«

Lily überlegte. »Kann die Mittwochsgesellschaft denn auch etwas gegen de Crinis ausrichten?«

»Nicht in der Klinik«, sagte Sauerbruch. »Deshalb brauchen wir hier ab sofort einen inneren Zirkel von Unterstützern, Menschen, die bereit sind, sich gegen die Nazis zu stellen. Ich kann die Leute von der Gesellschaft nicht zu Ärzten oder Pflegern machen. Wir müssen in der Charité einen eigenen Widerstand aufbauen, wenn es bei uns solche Mordsgehilfen wie den Kollegen de Crinis gibt.«

Beim Stichwort Widerstand schoss Lily der Name Neumann in den Kopf. Wie hatte sie den Franzosen vergessen können? Genau der war ja bereit zu so was. Vielleicht hätte sie Sauerbruch doch besser von dem mitgehörten Telefonat berichtet. Aber es war noch nicht zu spät. »Ich glaube, Professor Neumann käme dafür infrage.« Kurz stockte sie, gab sich dann jedoch einen Ruck. »Er hasst uns Deutsche, aber wenn man ihm klar machen könnte, dass nicht alle so sind. Dass die Nazis die Bösen sind ...«

Sauerbruch lachte zum ersten Mal an diesem Tag, und Lily befürchtete schon, etwas Falsches gesagt oder sich lächerlich gemacht zu haben. »Liebchen, Neumann *ist* im Widerstand. Er ist auf unserer Seite, die ganze Zeit über, seit er hier ist. Und nein, er hasst die Deutschen nicht, vielleicht ist dein Französisch ja doch nicht so gut und du hast da etwas falsch verstanden.«

»Er hat mit Ihnen darüber geredet? Über seine Pläne mit der Résistance?«

»Wir haben viel geredet«, antwortete Sauerbruch. »Er hasst Hitler und sucht nach Möglichkeiten, aus Deutschland rauszukommen. Ich verstehe ihn und lasse ihn gewähren. Aber jetzt arbeiten wir mit ihm zusammen. Ich habe ihm auch als Erstem von de Crinis erzählt.«

»Puhh«, stöhnte Lily.

»Was Neumann betrifft, mach dir keine Sorgen. Du darfst ihn auch gerne mal in seiner Muttersprache ansprechen.«

»Er hat Ihnen alles erzählt? Dass ich ihn belauscht habe?« Lily spielte verlegen mit einer Haarsträhne.

»Und ob«, bestätigte Sauerbruch. »Er weiß auch, dass du ihn verstanden hast.« Der Chef lächelte immer noch. »Und dass er von dir nichts zu befürchten hat, weil du mein bestes und gerechtestes Fohlen im Stall bist.«

»Oh«, sagte Lily. »Danke, Herr Professor!«

»Ich habe längst eine Liste derer zusammengestellt, die sich engagieren könnten, und auch schon kurze Gespräche mit allen geführt.« Sauerbruch nahm seine Brille ab und wischte mit einem Tuch, das er aus der Jackentasche gezogen hatte, die Gläser sauber. »Wir haben keine Zeit zu verlieren. Bei dir bin ich einfach davon ausgegangen, dass du mit im Bunde bist. Ich meine, du weißt ja eh schon so viel und hast dein Herz am rechten Fleck.«

»Natürlich bin ich dabei«, sagte Lily. Sie fühlte sich geehrt.

9. DER ERSTE DONNERSTAG

Für den nächsten Abend um halb acht hatte Sauerbruch sämtliche Leute in das Archiv des Röntgenraumes eingeladen, mit denen er seinen Widerstand planen wollte. Mit Professor Jean Neumann hatte Lily gerechnet. Außerdem waren der Oberpfleger Alfred Mescher und Margot Sauerbruch gekommen. Im Stuhlkreis, der hier zwischen den mit Patientenakten vollgestellten Regalwänden aufgestellt worden war, hatte auch der Klinikapotheker Klaus Brandt Platz genommen. Ein unscheinbarer, aber freundlicher Mann, mit dem Lily immer ein paar Worte wechselte, wenn er die Medikamentenschränke neu befüllte. Sie hatte vollstes Vertrauen in das Urteilsvermögen ihres Chefs bei der Auswahl seiner Leute. Doch über Doktor Wetterstein wunderte sie sich. Er saß auf seinem Stuhl, kaute, leckte sich die Finger und schob belegte Schnittchen mit Wurst, Käse und Schmalz auf seinem Teller hin und her. Er war der Einzige, der sich vorab unbekümmert am Buffet bedient hatte. Jemand hatte eine weiße Tischdecke über eine Krankenliege drapiert und hölzerne Platten mit kleinen Brothappen, Fleischbällchen, Käse und kalten Hühnerschenkeln darauf angerichtet. Unter der Liege bemerkte Lily eine blaue Kiste mit Weißbierflaschen. Sauerbruch selbst kam zehn Minuten zu spät zur Verabredung.

»Meine Damen und Herren, wir schreiben den siebzehnten Juli einundvierzig«, sagte der Chef, nachdem er sich auf den letzten freien Stuhl gesetzt hatte. »Welchen Wochentag haben wir heute, Liebchen?«

»Donnerstag«, antwortete Lily.

»Dann möchte ich euch alle – und Sie, Herr Professor Neumann – im Donnerstagsclub begrüßen!«

Sauerbruch duzte jeden, außer den Franzosen. Lily war noch nicht dahintergekommen, warum.

»Ihr seid meine tapfersten Mitstreiter«, fuhr Sauerbruch fort. »Mein innerer Zirkel in der Charité. Fühlt euch geehrt! Ihr seid hier unten, weil ich euch vertraue.«

»*Merci, Monsieur*«, sagte Neumann und schaute Sauerbruch an. Wie immer ließ er keine Gefühlsregung erkennen.

»Sie, Herr Professor Neumann, wissen«, Sauerbruch nickte dem Franzosen zu, der direkt neben ihm saß, »ebenso wie alle anderen, worum es geht. Ich hatte mit jedem vorab ein Einzelgespräch.« Er schlug sein rechtes Bein über das linke. »Nun, nachdem ich weiß, dass ihr zum Widerstand bereit seid, werde ich im Detail berichten, was ich herausgefunden habe. Seit Anfang letzten Jahres fahren unter höchster Geheimhaltung graue Omnibusse mit der Aufschrift *Gemeinnützige Krankentransportgesellschaft* in das Städtchen Arnsdorf bei Dresden. Darin befinden sich geistig behinderte Menschen, aber auch psychisch Erkrankte und solche, die den Verstand verloren haben. Sie tragen Zwangsjacken. Es sind Kinder darunter!« Sauerbruch schluckte, holte tief Luft und fuhr fort. »Wenn ein solcher Bus dort eintrifft, wartet da schon unser bereits früher kaum geschätzter und heute – zumindest in dieser Runde – verachteter Psychiatrie-Chef Max de Crinis. Er geht zusammen mit drei anderen Gutachtern die Listen und mitgelieferten Krankenakten der Passagiere durch. Dieses Gespann des Bösen entscheidet sodann, welche der Businsassen noch zur Arbeit taugen – diejenigen werden entweder in ihre Anstalt zurückgeschickt oder kommen in ein Arbeitslager – und welche nicht lebenswert sind, wie sie es nennen. Den anderen droht, wie unserem Patienten Peter Kramer, die Tötungsanstalt Görden. Und das ist nicht die einzige Einrichtung dieser Art. Überall in unserem Land werden Behinderte aussortiert und feige ermordet.«

»*Mon dieu!*«

»Wer augenscheinlich schwer behindert ist, hat gleich verloren. Einige wenige werden noch persönlich begutachtet. Wer von ihnen nicht den Kriterien für schützenswertes Leben entspricht, wird in fürchterliche Anstalten verlegt, wo er sogleich duschen muss. Aus den Duschkabinen kommt niemand wieder lebend heraus. Das in den Raum eingeleitete Kohlendioxid tötet innerhalb von circa drei Minuten. Anschließend werden die Menschen sofort im anstaltseigenen Krematorium verbrannt.«

»Oh mein Gott«, stieß Lily hervor.

Sauerbruch nickte ihr zu und sprach einige Sekunden später weiter. »Angehörige erhalten Sterbeurkunden und Trostbriefe, in denen sie von einem plötzlichen und unerwarteten Tod erfahren. Die Aktion läuft reichsweit. Die Organisation, die sich darum kümmert, trägt den Decknamen Zentraldienststelle T4, benannt nach ihrem Sitz an der Tiergartenstraße Nummer vier, hier in Berlin. Eine Schande!« Sauerbruch starrte für einen Moment zu Boden, strich sich über die Augenbrauen und fuhr dann fort. »Organisiert von Reichsleiter Philipp Bouhler, überwacht von Reichsgesundheitsführer Leonardo Conti, angeordnet von Adolf Hitler. Und hier liegt das Problem, denn dadurch ist das alles sozusagen legitimiert.«

Das eingetretene Schweigen im Raum löste Margot Sauerbruch nach einigen Minuten auf. »Aber wir lassen es nicht mehr zu!«

»Meine wunderbare Ehefrau hat recht.« Sauerbruch ergriff wieder das Wort. »Wir gehen deutschlandweit, es gibt wohl ein halbes Dutzend dieser Tötungsanstalten, von mehreren Tausend, wenn nicht gar von Zehntausenden Opfern aus. Meine Informationen sind gesichert. In der Mittwochsgesellschaft, die euch bekannt ist, haben wir uns darauf geeinigt, dass auf der Stelle etwas dagegen unternommen werden muss. Das wurde auch schon in die Wege geleitet. Aber wir hier in der Charité müssen de Crinis schnellstmöglich stoppen. Ich weiß nur noch nicht genau, wie wir das am besten anstellen. Margot überwacht ab sofort die Kinderklinik. Von da kommt keiner mehr in die Neurologie, ohne dass wir davon erfahren. Über Neuaufnahmen werde ich persönlich informiert. Wir können nur hoffen, dass de Crinis nicht vorhat, schon bald ein weiteres Kind aus seiner Klinik abholen zu lassen. In den nächsten Tagen steht das erstmal nicht an, soweit mir Alfred Mescher berichtet hat.«

»Auf meinen Freund Eckart ist Verlass, er hat Einblick in die Pläne und weiß über alle Verlegungen Bescheid«, erklärte Mescher.

Mit dem rothaarigen Pfleger hatte Lily sich kurz vor dem Treffen noch unterhalten können. Er hatte sie eindringlich gebeten, Luise aus der ganzen Sache herauszuhalten. Nicht, weil er ihr nicht traute, sondern weil er sie schützen wollte. Seit zwei Jahren waren die beiden ein Paar, und obwohl Mescher mit seinen erst achtundzwanzig Jahren fast sieben Jahre jünger war als Luise, fand Lily, dass sie sehr gut zueinander passten. Sie respektierte seinen Wunsch und hatte versprochen, Luise nichts von dem zu erzählen, was sie in ihrer Widerstandsgruppe besprechen würden.

»Danke, mein treuer Alfred.« Sauerbruch nickte dem Oberpfleger zu. »Falls jemand von euch noch praktische Ideen hat, wie man de Crinis dauerhaft stoppen kann, lasst es mich wissen. Was mich selbst betrifft, ich werde jetzt den rechtlichen Weg bestreiten. Morgen Nachmittag habe ich einen Termin beim Justizminister. Ich habe nicht locker gelassen und werde Franz Schlegelberger alles auf den Tisch legen, was ich erfahren habe. Die Verantwortlichen für diese Verbrechen werden hoffentlich bald vor Gericht gestellt, sofern es noch so etwas wie Recht gibt in diesem verdorbenen Land. Meine Freunde von der Gesellschaft nehmen außerdem Kontakt zu einflussreichen Leuten im In- und Ausland auf.« Sauerbruch schaute jeden Einzelnen in der Runde eindringlich an. »Der Donnerstagsclub findet sich ab sofort jeweils einen Tag nach den Treffen der Mittwochsgesellschaft zusammen, und zwar immer zur selben Zeit am selben Ort, nämlich donnerstags abends um halb acht in diesem Raum. Dann tauschen wir uns über Neuigkeiten und anstehende Aktionen aus.« Der Chef wies mit dem Zeigefinger auf die Tür. »Wer nicht dabei sein will, der möge sich jetzt bitte erheben und den Raum verlassen. Ich kann nicht erwarten, dass ihr alle freiwillig eure Karriere oder sogar euer Leben riskiert. Von meiner Seite aus wird das keine beruflichen Konsequenzen haben. Wer bleibt, bleibt für immer. Überlegt es euch gut!«

Für ein paar Sekunden war es wieder völlig still im Röntgenraum.

»Ich bleibe«, sagte Mescher. »Sie sind der Chef, Herr Professor.«

»Genau«, pflichtete Klaus Brandt ihm bei. »Ich helfe, wo ich kann. Dieses Unrecht darf nicht fortgeführt werden!«

»Ich bin dabei, ohne jeden Zweifel«, sagte Lily.

»Auf mich können Sie zählen, Herr Kollege«, sprach Neumann. »Ich begrüße das persönlich sehr. *Vive la résistance!*«

Wetterstein würgte eilig einen Bissen herunter und sagte dann: »Selbstverständlich bin ich auch dabei. Auf so etwas habe ich lange gewartet.«

»Also gut«, sagte Sauerbruch. »Wir sind einander mehr oder weniger gut bekannt. Glaubt mir, ich kenne und vertraue jedem Einzelnen, und deswegen könnt ihr euch auch untereinander vertrauen.«

»Das können wir«, sagte Margot, klatschte einmal in die Hände und stand von ihrem Stuhl auf. »Bedient euch bitte am Buffet, stärkt euch. Ich werde meinen Mann jetzt nach Hause fahren. Er muss sich ausruhen für sein Gespräch beim Justizminister.« Sie streichelte ihm über die Schulter.

»Meine Frau hat recht, ich sollte mal ein paar Stunden schlafen«, sagte Sauerbruch und schaute dann Mescher an. »Du hast mich ausgetragen für die Hühnlein-OP morgen? Wer hat das Kommando?«

»Das hat Herr Professor Neumann, Doktor Wetterstein assistiert.«

»Gut, dann viel Glück auch dafür«, sagte Sauerbruch und ließ sich von Margot an der Hand hochziehen. »Wird ja wohl nichts schiefgehen, bei so einer simplen OP.« Bevor er mit seiner Frau aus dem Raum ging, blickte er sich noch einmal um. »Die wichtigste Regel unserer neuen Gemeinschaft lautet: Wir verlieren anderen gegenüber kein Wort über den Donnerstagsclub. Sprecht es mir nach!«

»Wir verlieren anderen gegenüber kein Wort über den Donnerstagsclub.«

»Komm, ist gut jetzt, Ferdinand, beruhige dich«, sagte Margot und schob ihren Mann aus der Tür.

Nachdem der Chef gegangen war, stand Wetterstein auf. Lily dachte, er wollte direkt zum Buffet stürzen, stattdessen aber sprach er in ihre Richtung.

»Der Zeitpunkt ist gekommen«, begann er. »Ich bitte euch, nun auch mir ein paar Minuten zuzuhören. Danach müsst ihr eine wichtige Entscheidung treffen.«

»Ich verstehe nicht«, sagte Brandt.

»Das will ich ja gerade ändern«, antwortete Wetterstein.

Lily war erstaunt. So viele Sätze hintereinander hatte sie den hungrigen Assistenzarzt noch nie sprechen hören.

»Ich fürchte, die erste Aktion des Donnerstagsclubs muss ohne Professor Sauerbruch stattfinden, denn er darf davon nichts wissen.« Wetterstein senkte die Stimme. »Ich werde morgen jemanden töten.«

Für einen Augenblick war es so still im Raum, dass Lily das Rattern der Maschinen in der Wäscherei hören konnte, die am Ende des Traktes lag.

»Ich verstehe wohl nicht richtig«, sagte Neumann schließlich und schaute seinen Kollegen entsetzt von der Seite an. »Wen? Ist das etwa ein Witz? Damit wollen wir nichts zu tun haben!«

»Kein Witz«, antwortete Wetterstein gelassen. »Ich habe einen Auftrag.«

»Das ist mir jetzt zu blöd.« Neumann stand auf, doch sofort erhob sich auch Mescher und stellte sich ihm in den Weg.

»Hören Sie erst zu, Herr Professor, bitte!«

Neumann schüttelte den Kopf und setzte sich wieder.

»Mescher und Margot wissen Bescheid«, fuhr Wetterstein fort. »Ich arbeite für den russischen Geheimdienst, so wie Sie für die französische Résistance, Herr Kollege. Möglicherweise sind die Russen einfach nicht so zimperlich, wenn es um den Widerstand gegen diese verbrecherischen Nazis geht.«

»Tsss! *Effronterie!*« Neumann tippte sich mit dem Zeigefinger an die Schläfe. »Wen wollen Sie töten und warum?«

»Ich werde den Korpsführer des Nationalsozialistischen Kraftfahrkorps, Adolf Hühnlein, der morgen wegen eines gebrochenen Handgelenkes zur OP kommt, ins Jenseits befördern. Beziehungsweise werde ich seinen Tod während des Eingriffes nicht verhindern und den Exitus zulassen.«

»Ha! Warum sollten wir da mitmachen?«, empörte sich Neumann.

»Hühnlein ist Beauftragter für den motorisierten Transport der Kriegswirtschaft und bringt mit seinen Lkw-Kolonnen den

Krieg im Osten buchstäblich erst so richtig ins Rollen. Damit ist er für den Tod Zigtausender Menschen, Russen und Deutscher, verantwortlich.« Wetterstein schaute seinen Kollegen eindringlich an. »Aber ich verstehe, wenn Sie sich an Ihren medizinischen Eid halten wollen. Sie sind eben kein Mörder wie ich. Im Normalfall hätte ich auch gar nichts gesagt, der Exitus wäre einfach so von mir herbeigeführt worden. Hühnlein ist nicht der erste hohe Nazi, den ich auf die Art beseitige. Ich kann das natürlich nicht so oft machen, aber nun ist die Gelegenheit wieder einmal da.«

»Ich hatte Professor Sauerbruch nicht so verstanden, dass das hier ein Mörderclub werden soll«, sagte Neumann und schaute zu Lily hinüber. »Oder?«

»Nein«, bestätigte sie, bemerkte aber sogleich an Wettersteins entschlossenem Blick, dass er sich nicht von seinem Plan abbringen lassen würde. Und wenn es stimmte, dass Mescher, der sich das alles ruhig anhörte, und selbst Margot Bescheid wussten, dann konnte es sich nur um eine wichtige Angelegenheit handeln. Obwohl auch ihr unwohl bei dem Gedanken war. Da hatte Luise also die ganze Zeit recht gehabt damit, dass Wetterstein etwas vor ihnen verbarg.

»Ich verantworte das«, fuhr der Assistenzarzt fort. »Sie, Herr Professor Neumann, können, während ich die Sache erledige, aus dem OP gehen. Wichtig ist nur, dass Sie später mit Ihrer Kamera kommen.« Er räusperte sich. »Ich will Sie nicht länger auf die Folter spannen. Der tote Hühnlein nutzt nicht nur den Russen, sondern auch uns.«

»Da bin ich jetzt gespannt«, sagte der Franzose, der sich auf dem Stuhl zurückgelehnt hatte und die Beine lang ausstreckte. Mit seiner Stichelei über die Résistance scheint Wetterstein ihn bei seiner Ehre gepackt zu haben, dachte Lily, die wusste, dass ihr Zimmernachbar eine professionelle Fotokamera besaß und in seiner Freizeit häufig damit auf dem Gelände herumstreifte, um Motive zu suchen.

»Hühnlein und de Crinis sind einander spinnefeind«, erläuterte Wetterstein. »Da geht es um allerlei Persönliches. Streit um ein Autowettrennen, nicht bezahlte Schulden, Anschwärzen bei der SA-Führung, Sachbeschädigung, Bedrohung, Theatralik, das geht seit drei Jahren so.«

»De Crinis weiß nicht, dass Hühnlein herkommt«, meldete sich Mescher zu Wort. »Und ich habe den OP-Plan so erstellt, dass nur Sie beide, Herr Professor Neumann und Doktor Wetterstein, sowie ich mit dem Patienten befasst sein werden. Und wenn er danach sowieso tot ist, können wir das ja auch nutzen für unsere Sache.«

»Ich weiß nicht«, zögerte Neumann. »Und wie? Was hat das mit meiner Kamera zu tun?«

»Gehen wir davon aus, dass Hühnlein also morgen aufgrund einer plötzlich aufgetretenen Komplikation mit seinem Herzen verstirbt«, übernahm Wetterstein wieder. »Kommt vor bei einer Narkose, das ist ja bekannt. Hühnlein ist eh schwerer Alkoholiker und hat miserable Blutwerte. Das ist alles erklärbar!« Der Assistenzarzt schaute Lily an. »Der Chef ist nicht im Haus, er wird sein Bestes geben beim Justizminister, aber ich fürchte, selbst jemand wie er wird nicht viel ausrichten können.«

»Zumindest können wir uns nicht darauf verlassen«, warf Mescher ein.

»Genau«, sagte Wetterstein. »Wir müssen schnell handeln, das hat er selbst gesagt. Hühnlein kommt uns wie gerufen.« Er schaute wieder zu Lily. »Du musst versuchen, de Crinis abends in den OP zu locken.«

»Ich?« Lily erschrak und spürte augenblicklich einen bitteren Geschmack im Mund. »Ich hatte eigentlich nicht vor, überhaupt noch mal mit diesem Widerling ...« Sie schluckte und schüttelte sich.

»Es wird das letzte Mal sein«, versprach Wetterstein. »Meinst du, du bekommst das hin?«

Lily pustete Luft aus. »Ich ... ungerne ... aber ja, wenn es sein muss. Nur, wie soll ich das denn machen?«

»Was wir genau tun werden und wer wann seinen Auftritt hat, das erkläre ich euch jetzt.« Lily hörte Margots Stimme hinter sich und drehte sich um. Sie hatte gar nicht mitgekriegt, dass die Frau vom Chef zurückgekommen war. »Der Wagen ist nicht angesprungen, war so geplant, mein Mann sitzt im Taxi«, sagte sie, ging zum Buffet, holte zwei Flaschen Weißbier aus der Kiste, öffnete sie und reichte sie Lily und Neumann. Dann holte sie noch drei Flaschen für Mescher, Brandt und Wetterstein, bediente sich schließlich selbst und begann mit den Instruktionen, die sie am Abend vorher mit dem Pfleger und dem Assistenzarzt geplant hatte. Margot hatte die beiden davon in Kenntnis gesetzt, dass ihr Mann in seiner Widerstandsgruppe einen Mord als Mittel nicht gutheißen würde. So hatten sich die drei für die Beseitigung des Problems de Crinis eine ganz andere Strategie überlegt.

10. OPERATION HÜHNLEIN

»Ich komme in Teufels Küche, wenn ich hier mit dir gesehen werde«, flüsterte de Crinis, nachdem er Lily mit zwei Küsschen begrüßt hatte. »In meinem Zimmer ist das was anderes ...« Er streichelte ihr über die linke Wange, und Lily musste aufpassen, dass der Würgereiz, den sie empfand, nicht zu einer Entleerung ihres Magens führte. »Ich mit dir hier nachts in der Chirurgischen.« De Crinis grinste breit. »Wenn das nicht eine Fantasie wäre, die mich selbst so über alles reizen würde, ich wäre sicher nicht hier.«

»Das weiß ich, Max«, antwortete Lily und versuchte, sich an einem Lächeln. Margots Plan, den Chefarzt der Psychiatrie zu einem angeblichen Tête-à-Tête hierher in den kleinen Garten auf der Rückseite der Klinik zu bestellen, bedeutete für sie die größte Überwindung in ihrem bisherigen Leben. Sie dachte an Francesca und ihr Peterchen und wollte genau für diese beiden stark sein, wollte verhindern, dass weitere unschuldige Kinder ermordet wurden. Also sagte sie, um eine ernsthafte Wirkung ihrer Worte bemüht: »Es tut mir leid, Max, dass ich mich einfach nicht mehr gemeldet habe. Es war nicht wegen dir! Du hast nichts falsch gemacht. Ich war einfach schüchtern. Aber jetzt bin ich sicher: Ich will es wirklich, mit dir, da drin.« Lily zeigte auf den Hintereingang des OP-Trakts. Sie fühlte sich erbärmlich, war sich aber von Anfang an darüber im Klaren gewesen, dass sie de Crinis nur mit einer solchen Perversion würde hierher locken können. Unfassbar, dass er wirklich glaubte, sie sei so durchtrieben und dermaßen hinter ihm her. Zum Glück für sie und den Donnerstagsclub hatte er diese Schwäche für Frauen, die ihn wohl nicht mehr klar denken ließ.

»Du siehst übrigens bezaubernd aus«, sagte er, zog Lily zu sich heran und fasste ihr mit beiden Händen an den Po. »Ich könnte es gleich hier tun.«

Innerlich angewidert, drückte Lily den Psychiater von sich weg. »Nein, Max, ich will mein erstes Mal auf diesem OP-Tisch, und du willst das doch auch.« Sie zerrte an seiner Uniform und schob ihn ins Gebäude. Während sie vor ihm die Treppe hochging, bemühte sich Lily, mit dem Hintern zu wackeln. Sie musste jetzt alles geben, fast war es geschafft. Wenn ihr Plan aufging, würde sie nie wieder etwas mit diesem Widerling zu tun haben.

»Ich kann es nicht erwarten, dich zu spüren«, sagte Lily, nachdem sie die kleine Tür zum OP-Vorraum geöffnet hatte. »Mach das Licht an, Max, ich will alles sehen.«

Sie wusste, dass de Crinis den Schaltkasten erst würde suchen müssen, lief eilig durch den Vorraum und verharrte an der Schwelle zum Operationssaal. Als das Licht anging, wartete sie zwei Sekunden, dann schrie sie aus Leibeskräften: »Ahhhhh!«

»Was ist denn mit dir?«, fragte de Crinis, der ihr gefolgt war und sie jetzt von hinten packte. Als er über ihre Schulter schaute, rief er: »Um Gottes willen, warum liegt da denn noch ein Patient auf dem Tisch? Sind die denn alle wahnsinnig geworden in dieser Anstalt?«

Lily hielt sich mit beiden Händen den Mund zu und tat so, als würde sie am ganzen Körper zittern. De Crinis betrat den Saal und näherte sich dem OP-Tisch. Es lief genau nach Plan. Er schaute erst den Patienten an, dann auf die Operationstafel und wieder auf den toten Korpsführer. »Das gibt es doch nicht! Das ist ja unfassbar!« Er tastete am Hals des Toten.

»Was ist denn los?« Lily lief zu ihm. Gespielt verängstigt, starrte sie auf die Leiche. Hühnlein ruhte mit geschlossenen Augen im grellen Licht der OP-Lampe. Sein Oberkörper war in sterile weiße Laken gehüllt, der linke Arm lag glattrasiert und mit braunem Jod eingerieben bis zur Schulter frei auf dem breiten Tisch. Wetterstein hatte die Wunde sauber vernäht. Die Instrumente auf dem Beistelltisch waren gereinigt und sortiert worden. Der Hals des Korpsführers wies deutlich sichtbare rote Würgemale auf.

»Das ist Adolf Hühnlein!«, stieß de Crinis hervor.

»Der Name sagt mir nichts«, log Lily.

»Er ist tot!«

»Sieht ganz so aus.«

»Wie lange habe ich mir das gewünscht?« De Crinis lachte laut. Als er sie anschaute, glaubte Lily, in die Augen eines komplett Wahnsinnigen zu sehen. Sie stellte sich vor, wie ein besserer Arzt in einer fernen Zukunft für genau diesen Wahn eine wissenschaftliche Bezeichnung und Erklärung finden würde. Die Krankheit, die den Psychiater befallen hatte, war wohl noch nicht entdeckt oder zumindest noch nicht beschrieben worden.

Lily schielte so unauffällig wie möglich in die Ecke neben der Tür und wandte sich dann wieder de Crinis zu. »Wer ist das denn?«

»Hühnlein, haha, Hühnlein, Adolf«, kicherte de Crinis. »Der größte Schaumschläger der deutschen Geschichte. Ein verkappter roter Genosse in braunem Gewand, der glaubt, mit seinem Automobil raketengleich zum Mond und zurück fliegen zu können.«

»Na, so was, ist ja unerhört«, sagte Lily.

»Das kommt daher, weil er den Rekord auf der Reichsautobahnstrecke hält. Von Berlin nach München in rund vier Stunden.«

»Das ist doch gut!«

»Was?« De Crinis schaute Lily fragend an. »Ach so. Ja, natürlich ist es das. Aber darum geht es nicht. Er ist der Korpsführer des NSKK und nutzt das schamlos aus. Alle Rennfahrer müssen bei ihm Mitglied sein, aber er befördert nur die auf der Karriereleiter, die ihm einen Batzen Geld zahlen. Das ist Wettbewerbsverzerrung und eine Schweinerei! Er ist ein Betrüger und Hochstapler!« De Crinis gab Hühnlein eine saftige Ohrfeige, hielt dann inne. »Aber warum liegt er hier?«, fragte er. »Hast du gewusst, dass er operiert werden musste? Warum hat er Würgemale am Hals? Gab es einen Attentatsversuch? Was ist mit seiner Hand?«

Lily zuckte mit den Schultern. »Für OPs bin ich nicht zuständig, keine Ahnung, wirklich nicht.«

»Wie oft habe ich mir vorgestellt, diesen Mann eigenhändig zu töten«, sinnierte de Crinis. »Nun ist mir jemand zuvorgekommen, wie es scheint.«

Jetzt ist der Moment, dachte Lily. Sie drehte sich um und zwinkerte kurz in Richtung des zweiten OP-Tischs, der mit weißen Laken verhüllt war. Es lag nun an ihr. »Du könntest doch nie jemanden töten Max«, sagte sie.

Er lachte wieder laut auf. »Hast du eine Ahnung, vielleicht habe ich das ja schon!«

»Das glaube ich nicht. Vielleicht auf Befehl, aber nicht mit deinen eigenen Händen.«

De Crinis sah sie an. »Glaubst du etwa, ich bin feige? Das hier hätte ich vollbringen können! Du hast keine Ahnung, zu was ich in der Lage bin, Schätzchen.«

»Dann zeig es mir!«

»Was?«

»Wie wurde dieser Mann umgebracht, den du so sehr hasst?«

»Erwürgt, siehst du doch.« De Crinis deutete auf Hühnleins Hals.

»Zeig mir, wie das geht«, hauchte Lily und drückte ihren Busen an de Crinis' Oberarm.

»Er ist tot, fühl seinen Puls!«

»Das meine ich nicht. Ich will sehen, wie du es machen würdest. Ich weiß nicht, wie ich es sagen soll.« Lily streichelte ihm über die Brust.

»Es macht dich heiß?« De Crinis starrte sie an. »Das ist es! Du bist pervers!«

Lily zuckte mit den Schultern.

»Du durchtriebenes Luder«, keuchte er. »Ich habe es geahnt. Also gut, schau genau hin, dann wird es dir gleich umso heftiger kommen!« Er legte beide Hände um Hühnleins Hals und drückte so fest zu, dass der Mund des Toten aufklappte und die Zunge herausgedrückt wurde.

»Wahnsinn!«, stieß Lily hervor und schaute sich wieder verstohlen um. Neumann war hinter dem zweiten OP-Tisch aufgestanden und drückte genau in diesem Moment auf den Auslöser. Der Blitz blendete sie, und während des folgenden Blitzlichtgewitters hielt sie die Augen geschlossen. Der Franzose schoss sicher ein Dutzend Bilder.

»Was zum Teufel!«, keifte de Crinis. Lily öffnete die Augen und sah, wie der Psychiater auf Neumann zustürzte.

»Ganz ruhig!«, rief Margot, die hinter dem ebenfalls verhüllten dritten Tisch aufgesprungen war. De Crinis hielt inne und schaute die Frau des Chefs an. »Sachte, sachte, Herr Kollege.« Margot richtete eine Pistole auf ihn.

»Margot, ich verstehe nicht!«

»Für Sie immer noch Frau Doktor Sauerbruch! Und jetzt ganz langsam die Hände über den Kopf, de Crinis!«

»Ich? Was ist?« Er schaute Lily an. »Hast du damit was zu tun?«

»Schnauze!« Margot zielte immer noch auf den Psychiater. Langsam hob er beide Hände über den Kopf.

Neumann zerlegte bereits in aller Ruhe das Kamerazubehör in seine Einzelteile, ohne de Crinis auch nur eines weiteren Blickes zu würdigen. Lily war stolz auf die beiden. Auf den Franzosen, weil er sich trotz seines Ethos' hatte überzeugen lassen, bei der Aktion mitzumachen, und auf Margot, weil sie so unfassbar robust auftrat. Was für eine Frau!

»Was soll das alles?«, fing de Crinis wieder an. »Seid ihr total verrückt geworden?«

»Oh nein, keineswegs«, korrigierte Margot ihn. »Ich muss Sie enttäuschen, de Crinis, unsere liebe Lily hatte nie vor, sich mit Ihnen einzulassen. Schon gar nicht im OP meines Mannes. Wie kommen Sie bloß auf so etwas?«

De Crinis schien allmählich zu verstehen. »Du verdammtes Flittchen«, zischte er.

Lily war langsam rückwärtsgegangen und konnte sich jetzt hinter Margots Rücken verstecken. Neumann schloss seine Kameratasche, lehnte sich mit dem Rücken an die Tür zum Vorraum und verschränkte die Arme. Er verfolgte jede Bewegung des Psychiaters.

»Was ist los? Warum ist Hühnlein hier? Warum ist er tot?« De Crinis zitterte inzwischen am ganzen Körper.

»Na, Sie haben ihn doch gerade eben erwürgt«, klärte Margot ihn auf.

»Was?« De Crinis schüttelte den Kopf. »Das stimmt nicht. Er war tot. Fragen Sie die Sekretärin!«

»Das brauche ich nicht«, erwiderte Margot ungerührt. »Ich vertraue ganz auf das, was mir die Fotografien zeigen werden. Schließlich war ich ja nicht dabei.«

»Ich habe aber nichts gemacht!«

»Interessiert mich nicht. Ich frage mich gerade eher, was der

Führer wohl dazu sagen wird, dass Sie Hühnlein ermordet haben. Zu dumm auch, dass Sie Ihre Streitigkeiten in aller Öffentlichkeit austragen mussten. Vielleicht hat man Ihren Rennfahrer-Freund ganz einfach nicht befördert, weil er zu langsam war. Meine Güte, selbst *Das Reich* hat über Ihre dämlichen Verschwörungen berichtet. Nur gut, dass der Führer mehr von Herrn Hühnlein hält als von Ihnen. Ich übrigens auch!«

»Der Führer? Was? Wieso?« De Crinis' Knie schlotterten.

»Schnauze!« Margot fuchtelte wieder mit der Pistole herum.

»*Garde ta bouche fermée*«, sagte Neumann leise, aber bestimmt, schaute de Crinis böse an und legte den Zeigefinger an seine Lippen.

»Ich bin sicher, nach Ihren öffentlichen und ganz offenbar nicht gerechtfertigten Zornesausbrüchen gegenüber dem Korpsführer hier wird Hitler nicht die geringsten Zweifel daran haben, dass Sie der Mörder sind«, fuhr Margot fort.

»Das ist Heimtücke!«, empörte sich de Crinis. »Warum tun Sie mir das an? Hühnlein hat betrogen, das weiß jeder. Damit werden Sie außerdem nicht durchkommen, wenn Sie das dem Führer schicken.«

»Damit werden wir durchkommen«, sagte Margot. »Das wissen Sie auch selbst. Und was dieser Hühnlein hier angeblich gemacht hat oder nicht, spielt für uns überhaupt keine Rolle. Nicht die Geringste.«

»Was wollen Sie denn dann?« De Crinis' Gesicht lief rot an. »Das ist doch Nötigung! Sie Erpresserin, Sie!«

»Psst«, zischte der Franzose.

De Crinis deutete auf Lily, die hinter Margots Rücken hervorlugte. »Wenn es um die da geht. Ich werde sie in Ruhe lassen. Mir ist die Lust vergangen, gehörig!«

»Es geht nicht um die da«, erklärte Margot. »Die können wir schon selbst schützen.«

»Was wollt ihr dann alle, ihr Hysteriker?«

»Es gibt Menschen, die sich nicht selbst schützen können und die Sie in den Tod schicken.« Margot entsicherte die Pistole.

»Ich verstehe nicht«, stammelte de Crinis. »Hören Sie auf damit!«

»Leugnen Sie es gar nicht erst. Wir wissen alles über Görden, Arnsdorf und T4.«

»Ich tue nur meine Arbeit«, stotterte de Crinis. »Der Führer hat das angeordnet. Ich tue nur meine Pflicht. Ich erlöse doch diese Menschen von ihrem unsäglichen Leid!«

»Das bezweifle ich«, erregte sich Margot. »Und diese dämliche Entschuldigung werden wir auch nicht gelten lassen.«

De Crinis antwortete nicht. Er ließ den Kopf hängen.

»Vollkommen egal, auf wessen Mist das mit den Morden gewachsen ist«, erklärte Margot. »Entscheidend ist, dass Hitler große Stücke auf Hühnlein hält. Sie wird er wegwerfen wie eine scharfe Handgranate. Und Sie werden dabei draufgehen! Denken Sie doch an Ihre Karriere. Soll es das wirklich schon gewesen sein mit dem großen de Crinis? Was werden die Geschichtsbücher wohl über Sie schreiben? Soll denn alles umsonst gewesen sein?«

»Ich verstehe immer noch nicht, was Sie von mir wollen.« De Crinis lief eine Träne über die Wange.

»Dann will ich Ihnen das jetzt erklären«, sagte Margot scharf. »Erstens werden Sie nicht ein einziges Mal mehr nach Arnsdorf fahren, noch sonst wohin, wo Menschen mit Behinderungen begutachtet werden, und zweitens werden Sie niemanden mehr aus diesem Krankenhaus dorthin oder woanders hin überweisen, wo Menschen umgebracht werden.«

»Das tue ich sowieso nicht«, erwiderte de Crinis mit zittriger Stimme. »Das mit dem Jungen. Das war eine Ausnahme. Ich weiß, dass Sie den Kramer-Bengel meinen. Sehen Sie, ich weiß das. Das zeigt doch, dass ich nur einen dahin geschickt habe ...«

»Es reicht«, polterte Margot. »Niemanden mehr! Haben wir uns verstanden? Ansonsten werden wir dem Führer die Beweisfotografien von dem Mord, den Sie eindeutig begangen haben, zukommen lassen. Von Hühnleins Ableben weiß bis jetzt noch keiner. Also, entweder Sie haben ihn umgebracht, oder er ist heute wegen einer Kreislaufkrise während seiner Hand-OP verstorben.« Margot wies mit dem Zeigefinger auf den Toten. »Hühnlein war schwerer Alkoholiker, Niere und Leber waren so kaputt, dass er die harmlose Narkose nicht überlebt hat. Theoretisch möglich, meine ich. Beweisführung kein Problem, wir haben die Laborwerte und die Röntgenaufnahmen.«

De Crinis starrte zu Boden, mittlerweile tropfte ihm Sabber vom Kinn auf die Kacheln. In diesem Moment wusste Lily, dass der Psychiater am Ende war. Erledigt, ein für alle Mal. Diese erbärmliche Kreatur! Sie hatten ihn geknackt. Der würde keine Menschen mehr in den Tod schicken. Und keine Frauen mehr missbrauchen.

»Ich habe wohl keine Wahl«, stammelte er. »Ich werde mich von der Aktion verabschieden, auch wenn das bei Himmler keinen guten Eindruck hinterlassen wird und vielleicht sogar meine Beförderung zum SS-Standartenführer gefährdet.« Er schniefte lauter. »Aber ich krieg das hin, krieg das schon hin!«

In der Woche nach dem OP-Zwischenfall ließ de Crinis verlautbaren, dass er keine Vorlesungen mehr in der Chirurgischen Klinik abhalten werde. Als Grund nannte er berufliche Engpässe. Die angehenden Chirurgen mussten fortan in den Hörsaal der Psychiatrischen und Nervenklinik kommen, um ihn zu hören. Immer noch galten seine Veranstaltungen als interessant. Der eine oder andere unter den langfristigen Zuhörern allerdings wunderte sich, dass der Professor das Thema Mongolismus fortan komplett ausklammerte.

Sauerbruch nahm den Tod Hühnleins gelassener auf als erwartet. Vielleicht etwas zu geschäftsmäßig, wie Wetterstein befand. Er spekulierte, ob der Chef von sich aus etwas ahnte, oder ob ihn Margot nicht doch heimlich eingeweiht hatte. Niemand ging dieser Vermutung aber weiter nach.

Natürlich kam, nachdem Sauerbruch den Todesfall am nächsten Tag gemeldet hatte, ein SS-Arzt in Begleitung zweier Gestapo-Polizisten in die Charité, um Fragen an Sauerbruch zu richten. Der Chef erklärte und belegte dem Kollegen die Komplikationen während der Narkose wie abgesprochen mit dem vorab schon kritischen Gesundheitszustand des Korpsführers. Champagner und Zigarren taten ein Übriges. Der Chirurg sprach den Herren sogar sein herzliches Beileid aus, wie Lily vom Sekretariat aus mithören konnte. Die Leiche Hühnleins wurde ohne viel Aufhebens abgeholt, und zwei Tage darauf erhielt er in München ein Staatsbegräbnis, zu dem auch der Führer erschien und ein paar Worte sprach.

Sauerbruchs Intervention beim Justizminister blieb zwar wie erwartet zunächst ohne Folgen, doch bald hatten sich die Nachrichten über die in Lagern getöteten Kranken im ganzen Reich herumgesprochen. Im Sommer 1941 warfen alliierte Bomber Flugblätter über Deutschland ab, in denen sie vor dem organisierten Mord an Behinderten warnten. Während das noch von manchen als Kriegspropaganda abgetan wurde, brachte eine Rede des sogenannten Löwen von Münster schließlich die Wende. Am 3. August 1941 erklärte Bischof Clemens Kardinal Graf von Galen in der Münsteraner Kirche St. Lamberti in einer flammenden Predigt: »Seit einigen Monaten hören wir Berichte, dass aus Heil- und Pflegeanstalten für Geisteskranke auf Anordnung von Berlin Pfleglinge, die schon länger krank sind (...) zwangsweise abgeführt werden. Regelmäßig erhalten dann die Angehörigen nach kurzer Zeit die Mitteilung, der Kranke sei verstorben, die Leiche sei verbrannt, die Asche könne abgeliefert werden.«

Justizminister Schlegelberger informierte Sauerbruch telefonisch darüber, dass er Hitlers Berater angewiesen habe, etwas dagegen zu unternehmen. Schließlich sah sich der Führer, dem bereits andere, noch mörderischere Pläne wichtiger waren, so unter Druck gesetzt, dass er am 24. August Reichsleiter Bouhler die mündliche Anweisung erteilte, die sogenannte Aktion Gnadentod offiziell zu beenden. Sauerbruch triumphierte, und auch wenn er wusste, dass de Crinis nie wieder ein Kind in den Tod schicken würde, behielt er ihn im Auge. Da sie beide weiterhin zwangsweise als Chefärzte an der Charité zusammenarbeiten mussten, konfrontierte er ihn aber nie persönlich mit seinem Wissen über dessen Beteiligung an den Krankenmorden.

Unter der Auflage, dass sie Deutschland unverzüglich zu verlassen habe, ließ die Gestapo auch Francesca Theodore frei. Professor de Crinis hatte seine Anzeige zurückgezogen und der Gerichtsbarkeit mitgeteilt, die Strafverfolgung werfe in diesem Fall mehr Probleme auf, als sie löse.

Nur widerwillig ließ sich Sauerbruch von Lily das Versprechen abnehmen, dass er den Kollegen de Crinis auch nicht wegen der sexuellen Übergriffe auf seine Sekretärin und weitere Frauen zur Rede stellen würde. Er akzeptierte ihren Wunsch, die Sache nicht hochkochen zu lassen, riet ihr aber in aller Form, dem Psychiater von nun an aus dem Weg zu gehen.

11. TOUCHÉ

Das Aufnahmegerät klickte, und Bauer entnahm die volle Kassette. Es war die fünfte und der zweite Abend des Interviews mit Lily Kolbe.

»Machen wir eine Pause?«, fragte sie, als er nicht gleich eine neue Kassette einlegte, wie sonst immer.

»Unbedingt«, sagte Bauer. »Das sind Geschichten, die Sie mir erzählen, da würde Hollywood neidisch werden.«

»Ach, vergessen Sie Ihre Traumfabrik«, sagte Lily. »Von mir bekommen Sie nur Realität geliefert.«

Bauer saß mit hängenden Armen in seinem Sessel und starrte auf das Diktiergerät.

»Mister Bauer?«, fragte Lily. »Hallo?«

Der Journalist zuckte zusammen. »Ach, entschuldigen Sie, Frau Kolbe ... Die Sache mit dem Jungen. Dem kleinen Peter, das ist wirklich fürchterlich alles.« Er fuhr sich mit den Fingern durch die Haare, öffnete dann die Klappe des Rekorders.

»Möchten Sie auch etwas trinken, ein Glas Wein vielleicht?«, fragte Lily und stand auf.

»Wie bitte?«, stammelte Bauer und schaute sie mit geröteten Augen an. »Ach so, nein, keinen Alkohol bitte, habe ich mir abgewöhnt.«

»Wie, trinken Sie etwa gar nicht?« Lily dachte an ihren eigenen Konsum und konnte sich das kaum vorstellen.

»Nein, nie«, antwortete Bauer, »*neither on Christmas, nor Easter. A glass of water would be fine!*«

Dass ausgerechnet einen Journalisten vom Format eines Eddie Bauer ihre Erzählung derart mitnehmen würde, hätte Lily nicht erwartet. Er schien nicht mal gemerkt zu haben, dass er in seine Muttersprache gewechselt war. Wenn so jemanden das schon mitnimmt, dann tue ich wohl genau das Richtige, dachte Lily und ging zur Tür. »*Vam vodu s gazom ili bez?*«, fragte sie ihn auf Russisch, ob er sein Wasser mit oder ohne Kohlensäure bevorzuge. Eigentlich nur aus Spaß, um sein Englisch zu kontern. Nach dem Krieg hatte Lily ihre Kenntnisse der russischen Sprache vertieft und beherrschte sie mittlerweile ganz gut.

»*Gazirovannuyu*«, antwortete Bauer und legte die nächste Kassette ein.

Interessant, dachte Lily auf dem Weg zur Küche. Russisch sprechenden Amerikanern war sie selten begegnet in ihrem Leben.

Sie nahm zwei Gläser und eine Flasche Muscadet aus dem Regal über der Spüle, entkorkte den Wein und holte dann eine Flasche Mineralwasser mit Sprudel aus dem Kühlschrank. Anschließend brachte sie alles auf einem Tablett ins Arbeitszimmer.

»Danke sehr«, sagte Bauer, als sie ihm Wasser eingegossen und wieder Platz genommen hatte. Er trank einen großen Schluck. »Ahhh!«

»Sie sprechen Russisch?«, fragte Lily.

»*Da*«, sagte Bauer und grinste überrascht. Er schien sich nicht zu erinnern.

»Ungewöhnlich für einen amerikanischen Journalisten«, entgegnete Lily, während sie sich Wein eingoss.

»Genauso ungewöhnlich wie für eine deutsche Sekretärin, würde ich mal behaupten«, antwortete Bauer, der plötzlich wieder ganz aufgeweckt wirkte.

»*Touché!*« Lily schmunzelte. »Also, wo machen wir weiter? Was wollen Sie hören? Haben Sie Fragen?«

»Um ehrlich zu sein«, sagte Bauer, »habe ich gar nicht mit einer so langen Vorgeschichte gerechnet.«

»Ich weiß, Sie sind wegen Fritz hier.«

»Genau, aber ich wollte natürlich nicht unterbrechen. Es gehört alles zusammen, richtig?«

»So ist es«, sagte Lily. »Wir nähern uns meinem Mann auch an. Der Donnerstagsclub hat seine Tätigkeit aufgenommen, und nachdem de Crinis erledigt war, suchten wir nach neuen Möglichkeiten, Widerstand zu leisten. Wir wollten mehr tun als das, was im Klinikalltag möglich war.«

»Was konnten Sie denn im Alltag überhaupt machen?«, fragte Bauer.

»Na, zum Beispiel haben wir gegen die strikte Anweisung der Nazis Juden bei uns operiert.«

»Moment«, sagte Bauer. »War denn das damals noch möglich? Irgendwann gab es doch die Deportationen nach Auschwitz und in andere Vernichtungslager.«

»Die waren seit Oktober einundvierzig voll im Gange«, antwortete Lily. »Wir wussten damals natürlich noch nichts von dem Massenmord, und auch Auschwitz hatten wir namentlich noch nicht gehört. Wie die meisten anderen Menschen glaubten ja auch die Juden selbst, dass sie in Arbeitslager kämen. Sie sind ganz normal und ruhig mit Koffern zum Güterbahnhof Grunewald gelaufen und von da mit der Reichsbahn abgefahren.«

»Aber einige haben es dann doch geahnt?« Bauer trank einen weiteren Schluck aus seinem Glas.

»Nicht die Vergasungen, falls Sie das meinen«, erklärte Lily.

»Aber dass das kein Zuckerschlecken werden würde in den Arbeitslagern, das war sicher allen klar.« Sie wandte den Blick von Bauer ab und starrte abwesend auf das Etikett der Weinflasche. »Viele hofften wohl, dass es nicht so schlimm werden würde. Es konnte ja keiner mehr raus aus Deutschland, also, sich ins Ausland absetzen. Das war zweiundvierzig nicht mehr erlaubt, wie so vieles andere auch nicht.« Lily goss sich nach, dieses Thema nahm sie immer wieder mit, und jedes Mal, wenn sie über das Schicksal der Juden nachdachte, fragte sie sich, ob sie nicht doch mehr hätten ahnen können oder müssen. »Zum Beispiel durften deutsche Ärzte eben keine Juden mehr behandeln«, fuhr sie fort. »Und schon gar nicht in einem deutschen Krankenhaus.« Der Wein riecht säuerlich, dachte sie, trank aber dennoch einen Schluck. »Aber das war mit Sauerbruch nicht zu machen. Er hat bis Kriegsende jeden Juden behandelt, der es in die Charité schaffte. Alle Angestellten auf der Chirurgischen wussten das auch. Keiner hat sich getraut, etwas dagegen zu sagen oder gar zu protestieren. Viele hatten allerdings Angst, dass man uns erwischen könnte.«

»Das hat Sie doch alle in große Gefahr gebracht«, sagte Bauer erstaunt.

»Wissen Sie«, fuhr Lily fort, »Sauerbruch hat jeden Antisemitismus von Anfang an abgelehnt. Er hatte doch so viele jüdische Freunde und empfand es als ungerecht und abscheulich, wie sie von den Nazis nach und nach aus dem gesellschaftlichen Leben gedrängt wurden. Er hatte schon zu Beginn der NS-Zeit, als das noch möglich war, Dutzenden jüdischen Ärzten Stellen im Ausland besorgt. Vor allem in der verbündeten Türkei. Und er war Arzt, zu mir hat er mal gesagt, Krebs ist Krebs, es gibt weder einen jüdischen Krebs, noch einen arischen. Entsprechend behandelte er alle Patienten gleich. Und sorgte auch nach der Behandlung dafür, dass Juden sich verstecken konnten in Berlin. Das hat er alles organisiert, durch seine vielen Kontakte und über die Mittwochsgesellschaft.«

»Wahnsinn«, sagte Bauer.

»Außerdem haben wir uns in unserem Netzwerk über alles Wichtige ausgetauscht. Was plant die Wehrmacht? Gibt es Aktionen der Résistance? Wen haben die Nazis auf dem Kieker? Solche Dinge. Und wir haben BBC gehört. In der Charité gab es auch ein Medienarchiv. Sauerbruch hat seine Vorlesungen immer mitschneiden lassen, die Bänder konnten sich Studenten dann entleihen. Und die mussten auch abgetippt werden. Das war eigentlich Luises Aufgabe.«

»Weil es medizinisch war?«

»Genau, aber so spannend stellte sich das nun auch wieder nicht dar. Und Luise wusste ja, dass ich mindestens dreimal so schnell schrieb wie sie. Also habe ich das übernommen, weil mir das die Möglichkeit zur Spionage eröffnete. Unser Assistenzarzt Wetterstein war technisch begabt, er hat zwischen den Tonbandgeräten im Medienarchiv einen kleinen Radiosender eingerichtet, den ich gehört habe. Ich habe heimlich mitgeschrieben, was die BBC berichtet hat. Wir wussten also über die tatsächlichen Kräfteverhältnisse zwischen den Kriegsparteien ziemlich genau Bescheid. Die Antenne musste ich nach Wettersteins Anweisungen immer wieder abbauen und den Sender verstecken, wenn ich das Archiv verließ. In der Charité gab es schon ein paar widerliche Nazis, de Crinis war da nicht der Einzige, da war Vorsicht geboten. Denn zum Archiv hatte theoretisch jeder Zugang.« Lily nippte an ihrem Weinglas, der saure Geruch war verflogen. »Wir informierten uns also, so gut wir konnten, und taten, was wir konnten. Bald wollten wir nichts dringender als sabotieren. Irgendwie den Krieg stoppen. Da wir nicht darauf warten konnten, dass sich hohe Nazis oder Generäle bei uns behandeln und aushorchen ließen, mussten wir unseren Radius erweitern. «

Lily stellte ihr Weinglas ab, nahm eine Zigarette aus der Packung, pustete auf den Filter und zündete sie an. »Wir suchten nach etwas beziehungsweise nach jemandem, mit dessen Hilfe wir den Krieg verkürzen konnten. Und damit kommen wir jetzt zu Fritz Kolbe. Sind Sie bereit?«

Bauer schaute auf das Diktiergerät. »Unbedingt, ja!«

»Also, dann«, sagte Lily und lehnte sich auf ihrem Schreibtischstuhl zurück. »Mitte April dreiundvierzig. Ich erinnere mich, das Wetter war schrecklich, tagelang nur Regen, und der ganze Matsch auf den Straßen ...«

12. FRITZ KOLBE

Lily schlug den Pelzkragen ihres grünen Mantels hoch und schüttelte sich. Was für ein Wetter! Der April macht, was er will, dachte sie. Wobei er sich in diesem Jahr eindeutig vorgenommen hatte, nur Regen zu machen. Von Frühjahr keine Spur.

Nachdem Lily in Höhe des Propagandaministeriums durch den braunen Matsch auf der breiten Wilhelmstraße gehüpft war, klappte sie ihren Schirm zusammen. Eiligen Schrittes lief sie die letzten Meter an der mit Hakenkreuzfahnen geschmückten Außenmauer des Auswärtigen Amtes entlang. Auf den Stufen zum Eingang klopfte sie den Schmutz von ihren Stiefeln und hielt einen Moment inne. Eigentlich sollte jetzt alles ganz einfach gehen. Der Mann, an den sie sich heranmachen sollte, hieß Fritz Kolbe und war Mitarbeiter von Karl Ritter, dem Botschafter zur besonderen Verwendung. Das klang unspektakulär, war es aber nicht, wie Jean Neumann ihr gestern Abend erneut ausführlich erklärt hatte. Ritter fungierte nämlich als offizieller Verbindungsmann zwischen Außenminister Joachim von Ribbentrop und dem Oberkommando der Wehrmacht. Somit war er über alle Entwicklungen an der deutschen Kriegsfront informiert. Bei seinem Mitarbeiter Kolbe liefen täglich die Geheimen Reichssachen ein, die unter gar keinen Umständen in fremde Hände, am allerwenigsten natürlich in die des Feindes fallen durften. Monatelang waren Neumann und Wetterstein auf der Suche nach einer geeigneten Person gewesen, über die man an militärische Informationen herankommen könnte. Als sie auf Fritz Kolbe stießen, holte der Franzose Erkundigungen über ihn ein, folgte ihm heimlich mit seiner Kamera und beschrieb ihn in seinen Berichten für den Club als unauffällige, nicht ideologisierte Person. Vor dem Krieg war Kolbe Vizekonsul in Südafrika gewesen. Als sich Südafrika aber dann auf die Seite Großbritanniens stellte, begegnete man deutschen Diplomaten zunehmend mit Misstrauen und hinderte sie an ihrer Arbeit. Kolbe hatte es deswegen vorgezogen, seine Karriere im Deutschen Reich fortzusetzen, während sich seine von ihm damals schon getrennt lebende Frau dazu entschlossen hatte, mit dem gemeinsamen Kind in Afrika zu bleiben. Der Mittwochsgesellschaft war es gelungen, Kolbes Ex-Frau in Kapstadt ausfindig zu machen und einen Einheimischen mit etwas Geld dazu zu bringen, sie auszuhorchen. Mit verblüffendem Ergebnis: Kolbe hielt nichts vom Nationalsozialismus, er war immer völlig unpolitisch gewesen, wollte bloß einer geregelten Arbeit nachgehen und vor allem eins nicht: an die Front! Er verabscheute alles Kriegerische.

»An dieser Stelle gilt es, ihn aufzuweichen, zu knacken«, hatte Wetterstein beim vorletzten Treffen des Donnerstagsclubs betont. »Über die Sinnlosigkeit des Krieges kommt ihr ins Gespräch. Außerdem hat Kolbe zwei Schwächen: eine für das Schachspiel und eine für junge, blonde Frauen. Hier kommst nur du infrage, Lily Hartmann.«

»Ich bin aber nicht blond«, hatte Lily sofort erwidert.

»Genau aus dem Grund habe ich dir einen Termin beim besten Damenfriseur der Stadt gemacht.« Wetterstein hatte sie stolz angegrinst. »Frau Doktor Sauerbruch ist zwar blond, aber die können wir wohl kaum auf Kolbe ansetzen. Ich bin sicher, dass würde weder ihr noch dem Chef gefallen.«

Das hatte Lily eingesehen. Und obwohl sie nie vorgehabt hatte, sich überhaupt jemals die Haare blondieren zu lassen, so musste sie sich nach ihrer Verwandlung eingestehen, dass sie bezaubernd aussah. Die Haarfarbe passte zu ihrem Teint und den grünen Augen. Die ganze Woche über hatte man sie in der Klinik mit Komplimenten überhäuft. Nicht nur für die neue Farbe, sondern auch für den glamourösen Schnitt.

»Hollywood-Wellen«, hatte Luise gesagt. »Wie Greta Garbo, damit kriegst du jeden Mann!«

Dass ihr die Studenten nun gar nicht mehr von der Seite wichen, hatte Lily in Kauf genommen, für die Sache. Sie erwartete keinen zweiten de Crinis und fühlte sich vom Donnerstagsclub beschützt. Sie würde ein paar Mal mit diesem Kolbe ausgehen, und für den Notfall wäre Neumann immer in ihrer Nähe. So hatten sie es besprochen. Doch zuvor galt es erstens, überhaupt an Kolbe heranzukommen, und zweitens, ihn von sich zu überzeugen. Für beides hatte sie sich einen Plan zurechtgelegt.

Lily atmete einmal tief durch und betrat dann das Außenministerium. Trotz Neumanns genauer Beschreibung brauchte sie eine Weile, um den Gang zu finden, der zur Visastelle führte. Am Schalter arbeiteten drei weibliche Angestellte hinter Glasscheiben. Lily blickte sich um, fand den Wartenummernspender. Sie zog ein Billett und setzte sich auf einen freien Platz. Etwa ein Dutzend Menschen wartete bereits darauf, aufgerufen zu werden; sie hatte also noch genug Zeit, alles in Gedanken erneut durchzuspielen. Sie öffnete ihre Handtasche, entnahm ihr die braune Mappe und schlug sie nur etwa bis zu einem Viertel auf, damit die beiden Männer in braunen Anzügen, neben die sie sich gesetzt hatte, keinen Blick auf die Fotos von Kolbe erhaschen konnten.

Neumann ist wirklich ein ausgezeichneter Fotograf, dachte Lily. Er hatte es geschafft, Kolbe von allen Seiten zu fotografieren. Auf einem Bild wirkte der Mann, auf den sie angesetzt war, als schaue er direkt in die Kamera, doch der Franzose hatte versichert, dass er zu keinem Zeitpunkt bemerkt worden war. Kolbe schien, den Fotografien nach zu urteilen, ein ziemlich kleiner, aber keineswegs unattraktiver Mann zu sein. Er war glattrasiert, besaß ein ausdrucksstarkes Profil und hatte helle, wahrscheinlich blaue Augen. Er trug Krawatte, einen breitkrempigen Hut und einen hellen Nadelstreifenanzug. Unter seiner linken Achsel klemmte eine Zeitung. Auch Neumanns Kamera musste ausgezeichnet sein. Derart scharfe Bilder hatte Lily selten gesehen. Sie konnte sogar erkennen, dass es sich bei der zusammengerollten Zeitung um ein englischsprachiges Medium handeln musste.

»Die Nummer achtundvierzig an Platz zwei.« Nach etwa einer Dreiviertelstunde Wartezeit hörte Lily eine der Frauen ihre Nummer durch das Mikrofon aufrufen. Es ging los. Eilig nahm sie ihre Tasche und lief zu dem Schalter.

»Was kann ich für Sie tun, Fräulein?«, sagte die Dame, die sich hinter ihrer Scheibe um ein Lächeln bemühte.

»Ich möchte ein Visum beantragen.«

»Na, so was«, sagte die Angestellte, und das Lächeln verschwand umgehend. »Das wollen hier alle. Die wenigstens kriegen eins.«

Zimtzicke, dachte Lily, kein Wunder bei so einer Arbeit. »Es soll in die Schweiz gehen.«

»Na, dann müssen Sie ja eine wichtige Person sein, wenn Sie glauben, auch noch in ein neutrales Land reisen zu dürfen.« Die grauhaarige Dame reichte ihr ein zweiseitiges Formular durch den Schlitz und sagte: »Schauen Sie erst kurz drüber, ob Sie alle Fragen verstehen. Damit sich das hier nicht so staut. Gleich herrscht nämlich Feierabend-Panikbetrieb.« Sie reichte Lily auch einen Bleistift hindurch. »Dann füllen Sie alles an dem Tisch dort drüben aus und legen mir zuletzt Ihre Ausweispapiere vor.«

»Oh, nein«, sagte Lily. »Das Visum ist nicht für mich, sondern für meinen Chef. Ich bin die Privatsekretärin von Professor Sauerbruch.«

»Tja, dann tut es mir leid für Sie, so läuft das nicht. Ich kann erstens nicht überprüfen, ob Sie das wirklich sind, und zweitens müsste der Herr Professor selbst kommen, wenn er ein Visum beantragen will.« Sie tippte sich mit dem Finger gegen die Schläfe. »Wenn ich krank bin, schicke ich ja auch nicht meine Tochter zur OP in die Charité.«

Lily hatte gehofft, dass sie auf eine unfreundliche Angestellte treffen würde. Diese hier schien perfekt zu sein. Verbohrt und gehässig wie sie war, würde sie sich ausgezeichnet provozieren lassen.

»Hören Sie, Frau ...?«

»Ilse Triphaus ist mein Name«, sagte sie in einer Mischung aus genervtem und arrogantem Ton.

Lily öffnete ihre Handtasche und zog einen Brief hervor. »Ich habe hier eine Bescheinigung von Herrn Professor Ferdinand Sauerbruch, die Ihnen ...«

»Ich habe mich doch wohl klar ausgedrückt«, krächzte Frau Triphaus. »Das ist gegen alle Vorschriften, das kann ich nicht machen!«

Ist es nicht, und das können Sie sehr wohl, dachte Lily und wappnete sich für die folgende Szene, die sie in den letzten Tagen mehrfach vor dem Spiegel eingeübt hatte. »Dann verlange ich, auf der Stelle und sofort Herrn Fritz Kolbe zu sprechen. Im Namen der Charité tue ich das!«

Frau Triphaus schaute sie entgeistert durch die Scheibe an. Eine solch heftige Gegenwehr war ihr anscheinend noch nicht untergekommen.

»Entschuldigen Sie, Fräulein«, sagte sie unsicher. »Herr Kolbe ist seit einem Jahr nicht mehr Chef der Visastelle.«

»Er ist doch noch hier im Hause beschäftigt, oder nicht?« Lily wurde etwas lauter als nötig. Als sie Getuschel hinter sich hörte, drehte sie sich um und sah, dass sie alle Blicke auf sich zog. Besonders die der braunen Herren.

»Ja, aber, er ist nicht ...«, stammelte die Angestellte.

»Melden Sie mich an, Befehl von Professor Sauerbruch«, rief Lily. »Sie können doch nicht im Ernst verlangen, dass mein Chef hier persönlich erscheint. Sie wissen wohl nicht, wer er ist.«

»Doch, natürlich weiß ich das, jeder kennt doch den Professor.«

»Da haben Sie es«, sagte Lily etwas versöhnlicher. »Jeder kennt ihn, und er hat viele einflussreiche Freunde, auch in diesem Hause. Wenn Ihnen die Arbeit hier Freude bereitet oder Sie damit Kinder zu ernähren haben, sollten Sie mich jetzt bei Herrn Kolbe anmelden. Denn der Professor will es so. Er hat gesagt, wenn es Probleme gibt, dann wird das so und so gemacht.« Um ihren Worten Nachdruck zu verleihen, schlug Lily noch einmal mit der flachen Hand auf den Tresen. Vielleicht war das übertrieben, aber sie musste diesen Moment der Einschüchterung der Frau Triphaus nutzen, bevor die auf die Idee kam, jemand anderen zurate zu ziehen. »Also, können Sie oder können Sie nicht?«, fragte Lily. »Wollen Sie oder wollen Sie nicht?«

»Ist ja gut«, sagte die verunsicherte Angestellte. »Beruhigen Sie sich, ich rufe in seinem Büro an und frage nach, ob er Sie empfängt.« Sie deutete in den Wartebereich. »Bitte nehmen Sie noch einmal einen Moment Platz. Ich gebe Ihnen Zeichen, wenn ich ihn erreicht habe.«

»Sie stammen aus Danzig?«, fragte Fritz Kolbe, an dessen Schreibtisch Lily Platz genommen hatte, um das Formular für ihren Chef auszufüllen.

»Oh, Sie lesen mit, und das noch über Kopf«, antwortete Lily und zwinkerte dem Diplomaten zu, der heute einen schicken blauen Kreidestreifen-Anzug trug. Sie bemerkte, dass ihr Gegenüber verlegen den Blick senkte und ihn sofort wieder auf sie richtete, als sie weiterschrieb.

Nachdem Frau Triphaus ihn angerufen hatte, war Kolbe zur Visastelle gekommen, vermutlich im Glauben, dort ein lästiges Problem klären zu müssen und die betreffende Person abzuwimmeln. Warum sollte er sich in seiner jetzigen Position mit Visa-Angelegenheiten beschäftigen, mochte er gedacht haben. Als er Lily aber gesehen hatte und sie ihm das erste Mal zugezwinkert und mit ihren kirschrot geschminkten Lippen angelächelt hatte, musste sie bei der folgenden kurzen Unterhaltung nicht mal den Namen Sauerbruch erwähnen. Das hatte sie selbst erstaunt. Kolbe hatte Frau Triphaus beruhigt, Lily ohne Umschweife in sein Büro geführt und ihr sogar einen Kaffee bringen lassen. Das lief alles verdammt gut.

»Ja, wissen Sie, Fräulein Hartmann«, sagte Kolbe, »ich bin selbst aus Pommerellen, komme aus der Nähe von Danzig und habe sofort gespürt, dass auch Sie dort an der schönen Ostsee Ihre Wurzeln haben müssen. Ich glaube ja, dass wir Kaschuben uns unterbewusst immer erkennen.« Er schluckte. »Es war für mich eine aufregende Begegnung, und augenblicklich gingen die Heimatgefühle mit mir durch.«

Jetzt musste auch Lily schlucken. »Sie sehen mir sogar an, dass ich kaschubische Vorfahren habe, oder haben Sie nur gut geraten? Meine Großeltern stammen tatsächlich aus der Kaschubei.« Wenn das Kolbes Versuch war, ihr den Hof zu machen, dann fand Lily das ziemlich originell. Von einer schicksalhaften Begegnung, was sie betraf, hatten schon einige Männer gesprochen. Ob Kolbe ihr wirklich bereits in der Wartehalle angesehen hatte, dass sie aus Pommerellen stammte, konnte sie zwar nicht mit Gewissheit sagen, denn er hatte ja auf dem Formular ihren eingetragenen Geburtsort gelesen. Allerdings schien seine Gefühlsregung echt zu sein. Sie nahm ihm die Verbundenheit mit ihr ab, da sie selbst gerade das sonderbare und gleichzeitig schöne Gefühl überkam, so etwas ebenfalls zu spüren.

»Leben wir nicht in seltsamen Zeiten?« Kolbe schaute sie durchdringend an. Seine Augen waren tiefblau. Sie gefielen Lily. »Jetzt sollen wir die Heimat auf einmal Reichsgau Danzig-Westpreußen nennen.« Einen Moment lang schien er seinen Gedanken nachzuhängen. »Ich habe Ihren minimalen Akzent erkannt«, erklärte er schließlich. »Meine Mutter ist Kaschubin.« Er machte eine Pause und zog seinen roten Schlips mit weißen Pünktchen zurecht. »Was natürlich alles nicht heißen soll, dass mir Ihre Schönheit nicht imponieren würde. Aber das hören Sie sicher täglich.«

Kolbe stellte sich ihr als ein Mann mit Gefühlen vor, etwas Besseres konnte Lily gar nicht passieren. Sie schauten sich eine ganze Weile schweigend an, und sie unterließ fortan das gespielte Zwinkern.

»*Wor de Ostseewellen trecken an de Strand. Wor de geelen Blöme bleuhn int gröne Land.*« Kolbe begann leise zu singen, und in Lilys Herz ging der so schmerzlich vermisste Frühling auf. »*Wor de Möwen schrieen gell int Stormgebrus ...*«

Wie lange hatte sie das Lied, das ihr die Mutter schon vorgesungen hatte, als sie im Kinderstühlchen gesessen hatte, nicht mehr gehört? »*Dor is mine Heimat, dor bün ick to Hus*«, fiel sie in den Gesang ein.

Als sie beide inbrünstig alle Strophen gemeinsam gesungen hatten, ergriff Lily Kolbes Hand. Er ließ es zu. Sie hatte ihre Mission vergessen, war aber gleichzeitig nah dran, sie zu erfüllen. Ihr Tag nahm eine Wendung, mit der sie so niemals gerechnet hätte.

»Aber Sie sind ja nicht hier, um mit mir über die Heimat zu klönen«, sagte Kolbe, nachdem sie sich noch eine Weile auf Plattdeutsch unterhalten hatten. »Wir wollen ja, dass der Herr Professor Sauerbruch zu seinem Vortrag in die Schweiz reisen kann.«

»Aber natürlich«, sagte Lily und füllte das Formular zu Ende aus. Kurze Zeit später fragte sie scherzhaft: »Soll ich mit Heil Hitler unterzeichnen?«

Kolbe schaute sie erst ernst, dann verwirrt an, dann begann er laut zu lachen. »Wissen Sie was, Fräulein Hartmann? Schreiben Sie doch auf Pommerisch: *For de Föhrer, mine Danzig und dat Vaderland.*«

Lily prustete los, unterschrieb und reichte ihm dann die Unterlagen.

»Ob ich denn wohl auch mal einen Termin bei dem Herrn Professor zur Untersuchung bekomme?«, fragte Kolbe, als er Lily wenig später zur Tür begleitete. »Sie erledigen doch bestimmt die Terminsachen, und ich habe schmerzvolle Probleme mit meinem rechten Knie zu beklagen.« Er rieb sich das Bein. »Außerdem ist Sauerbruch der Beste. Ich halte viel von ihm, auch wenn ich ihn persönlich nicht kenne. Wir wähnen aber einen gemeinsamen Freund an unserer Seite. Georg Schreiber heißt der. Ich spiele Schach mit ihm, und er redet in den höchsten Tönen über Ihren Chef.«

»Sauerbruch ist ein fantastischer Arzt«, sagte Lily. »Und das mit dem Termin, das lässt sich sicher machen. Kann aber etwas dauern, bei dem vollen Kalender.« Sie drehte sich zu Kolbe um, und ihr Herz begann zu klopfen. »Schade eigentlich. Ich hoffe, das mit Ihrem Knie ...«

»Nun«, unterbrach Kolbe. »Vielleicht machen wir uns mal einen privaten Termin, um erneut von der Heimat zu plaudern? Ich kenne da ein Restaurant, wo man die vorzüglichsten Danziger sauren Klopse bekommt. Wie zu Hause bei Muttern.«

»Das, das ... wäre wunderbar«, sagte Lily und spürte, wie sich die Härchen auf ihren Unterarmen aufstellten.

»Fein«, antwortete Kolbe. »Ich muss diese Woche noch eine kleine Dienstreise antreten. Aber wie wäre es am nächsten Donnerstag?«

»Donnerstags kann ich nie«, sagte Lily und fügte eilig hinzu: »Aber am Freitagabend hätte ich Zeit, oder auch Samstag.«

»Das passt mir ebenfalls ausgezeichnet«, sagte Kolbe. »Ich darf Sie dann abholen? Freitagabend um acht am Eingang zur Charité?«

»Ja, gerne.«

Kolbe küsste Lily auf die Wangen, versprach ihr, das Dokument für Sauerbruch sofort zu bearbeiten und das gewünschte Visum per Post zustellen zu lassen, und sagte zum Schluss: »Auf baldiges Wiedersehen, Lily Hartmann!«

13. VON LIEBE UND VERTRAUEN

Neumann und Wetterstein erzählte Lily noch am selben Abend von ihrem Treffen mit Kolbe. Sie erwähnte, dass er wie erwartet auf sie angesprungen war. Sie verriet nicht, dass sie ihn selbst so sympathisch und aufregend gefunden hatte. Das ging die Männer erstens nichts an, zweitens sollte das ihre Mission ja nicht gefährden. »Er ist absolut kein Nazi«, erklärte sie. »Und wir haben uns für Freitag in der kommenden Woche verabredet. Er ist sehr offen, sicher werde ich ihm einiges entlocken können.«

Am Donnerstag weihte sie die anderen Mitglieder des Clubs ein.

»Geh es ruhig an, Liebchen«, empfahl Sauerbruch. »Mach ihm schöne Augen, schenk ihm genug Wein ein bei eurem Rendezvous. Tu aber nichts, was du nicht selbst willst.«

»Frag ihn, wie sein Tag im Ministerium so läuft«, riet Wetterstein. »Nicht zu aufdringlich. Versuche herauszufinden, mit was er sich beschäftigt.«

»Ob ihm seine Arbeit Spaß macht«, ergänzte Neumann. »Vielleicht hat er etwas zu kritisieren. Möglicherweise brennt ihm etwas auf der Seele, worüber er reden will. Er darf aber unter keinen Umständen Verdacht schöpfen. Wenn er noch nicht gleich sprechen will, lass es sein, verabrede dich ein nächstes Mal mit ihm, taste dich heran!«

Die vielen Ratschläge machten Lily noch einmal deutlich, welch wichtige Aufgabe ihr zugedacht worden war.

»Ach, fast hätte ich es vergessen«, sagte sie zu Sauerbruch, als er den Röntgenraum gerade verlassen wollte. »Kolbe erwähnte, er und Sie hätten einen gemeinsamen Freund.«

»Da bin ich aber gespannt.« Sauerbruch blieb in der Tür stehen. »Wer ist es denn?«

»Ein Georg Schreiber. Die beiden spielen zusammen Schach.«

Sauerbruch schaute Margot an, die noch auf ihrem Platz saß und sich gerade mit Mescher ein neues Bier aufgemacht hatte. Lily dachte jedes Mal, wenn sie die beiden zusammen sah, dass Bier eigentlich nicht zu einer eleganten Dame wie Margot passte. Sie mutmaßte, dass die Frau Doktor in Gesellschaft ihrer wohlhabenden Freundinnen sicher andere Getränke wählte. Für Mescher hingegen, der aus München stammte, galt Weißbier nach Feierabend als Grundnahrungsmittel. Das wusste Lily von Luise.

»Na, so was«, sagte Margot, nachdem sie einen Schluck getrunken hatte und den Flaschenboden auf ihr Bein drückte. »Schachbrüder also!«

»Ein gutes Zeichen?«, fragte Lily.

»Das kann man wohl sagen«, antwortete Sauerbruch. »Schreiber ist ein ehrenwerter Mann, Kirchenhistoriker, und er war Zentrums-Politiker. Außerdem stand er beim SD unter Beobachtung wegen einiger hitlerkritischer Schriften. Ich glaube, neununddreißig haben sie bei ihm sogar mal eine Hausdurchsuchung gemacht.«

»Oh.«

»Ich kann mir kaum vorstellen, dass Botschafter Ritter weiß, mit wem Kolbe da Schach spielt.« Sauerbruch reichte Lily die Hand. »Da bleib mal dran, Liebchen. Über Schreiber kommt ihr ins Gespräch! Vielleicht haben die beiden noch ein paar Bauern auf dem Feld stehen, mit denen wir gar nicht gerechnet haben.«

Kolbe erwies sich in jeder Hinsicht als Glücksfall. Der Abend im edlen Restaurant Zoppot hätte reizender und aufschlussreicher kaum sein können, nicht nur, was die Danziger Küche betraf. Lily hatte Pommerschen Kartoffelsalat mit hausgemachtem Sauerteigbrot bestellt und danach Klopse. Kolbe aß süßsauren Gurkensalat und Wels in Meerrettichsoße, dazu gebratene Pfifferlinge. In ihrer Heimat ganz bescheidene Speisen, im Zoppot auf kostbarem Service angerichtet und der feinen Berliner Gesellschaft, die es sich trotz erster Luftangriffe auf ihre Stadt nicht nehmen ließ, den noch vorhandenen Luxus zu genießen, als Delikatessen angepriesen. Kolbe trank Rotwein, während Lily den ganzen Abend bei Wasser blieb. Nach dem Zwischenfall in Max de Crinis' Zimmer hatte sie keinen Alkohol mehr angerührt, und das sollte auch so bleiben.

Sie hatten sich, schon bevor sie in die Speisekarte schauten, gegenseitig das Du angeboten, und Fritz erzählte ganz freiwillig von seinen bisherigen und aktuellen Tätigkeiten für den nationalsozialistischen Staatsapparat. Lily staunte, dass der Diplomat aus dem Plaudern kaum herauskam.

»In Ritters Vorzimmer ist die Arbeit angenehm«, sagte ihre Begleitung, als das Dessert gebracht wurde. Süße Kirschsuppe mit Grießklößen. Sie rochen genauso sommerlich und fruchtig wie bei Lilys Großmutter. »Auf der Visastelle habe ich es nicht ausgehalten.«

»Kein Wunder, bei dieser Frau Triphaus«, sagte Lily, der Fritz das Gefühl gab, dass auch sie ganz offen sprechen konnte.

»Ach, die ist gar nichts. Was meinst du, wer da Visa beantragt. Von den Nazis entsandte Experten, die in den besetzten Gebieten nach Kunstgegenständen suchen und sie für das Reich beschlagnahmen sollen. Die feinen Herren Politiker hängen sich die kostbarsten Bilder in ihre Büros. Journalisten reisen in die besetzten Gebiete, um die ausländische Presse zu infiltrieren, oder halten Vorträge über die krude Rassenideologie.«

»Und was hast du so zu schaffen bei dem Herrn Ritter?«, fragte Lily und bemühte sich, nicht aufdringlich zu wirken.

»Eigentlich ist das ganz einfach«, erklärte Fritz. »Bei mir laufen den ganzen Tag über Telegramme von deutschen Auslandsvertretungen ein. Ich muss sie lesen, auswerten und Ritter das Wichtigste vorlegen. Das ist überaus interessant. Ich bin wohl der Einzige, der nicht in der NSDAP ist, aber über alles, was den Kriegsverlauf und die Stimmung an der Front betrifft, Bescheid weiß. Ritter vertraut mir voll und ganz.« Kolbe schenkte sich Wein nach, vergaß auch nicht, Lily Wasser einzugießen. »Fantastisch, die Kirschen, nicht wahr?«

»Ich liebe sie!«

»Na, so schnell geht das?« Kolbe lachte.

Lily überlegte, grinste dann. »Die Kirschen meine ich, nicht Sie. Außerdem sind wir doch längst beim Du.«

Kolbe nickte. »Ach, Lily, ich mag dich. Es ist mit dir so eine vorzügliche Abwechslung für mich. Tagein, tagaus diese Nazipost. Ich denke schon immer, dass ich nicht ganz ungefährlich lebe. Manchmal wundert es mich, wenn ich auf diplomatischen Reisen im Ausland verweile, wegen eiliger Kurierdienste oder so, dass man mich nicht gefangen nimmt. Mit mir könnten die Engländer den Krieg wohl gewinnen, das sage ich dir!«

»So?«

»Wahrscheinlich ahnt keiner, dass so ein kleiner Mann wie ich über so viel Wissen verfügt. Vielleicht haben sie mich auch gerade deswegen an diese Stelle gesetzt.«

Lily wusste, dass sie nicht mehr viel zu tun brauchte. Es machte den Anschein, als wäre Fritz bereit, ihr alles zu erzählen, was sie wissen wollte. Sie hätte ihm sicher jetzt gleich, an diesem ersten Abend, einige für den Club interessante Geheimnisse entlocken können, aber sie wollte es nicht übertreiben. Außerdem hatte sie fest vor, ihren Gesprächspartner, der ihr immer besser gefiel, öfter zu treffen. Er verkörperte die Art erfahrenen Mann, die sie so beeindruckend fand. Intelligent und emotional zugleich. Sie hatte von Beginn an nicht die geringste Sorge gehabt, er könnte ihr etwas zuleide tun.

Als Fritz für einen kurzen Moment aus dem Fenster blickte, gab Lily Neumann, der hinter Fritz' Rücken auf einem Hocker an der Theke Platz genommen hatte, ein zuvor verabredetes Zeichen. Es bedeutete, dass keine Gefahr für sie bestand und er gehen konnte.

»Das ist total spannend alles, aber wir wollen doch nicht den ganzen Abend über die Arbeit sprechen«, sagte sie schließlich, um Fritz zu zeigen, dass sie sich für ihn als Menschen interessierte. »Was machst du denn so in deiner Freizeit?«

Fritz zuckte mit den Schultern. »Nicht viel eigentlich. Schach spielen, und einmal in der Woche gehe ich zum Tennis mit Kollegen.«

»Hast du denn keine Freundin?«

»Nein.« Fritz lächelte, dann huschte ein Schatten über sein Gesicht. »Ich war verheiratet und habe ein Kind. Sie leben in Kapstadt. Meinen Sohn vermisse ich sehr, aber mit meiner Frau habe ich mich nicht mehr verstanden. Und etwas Festes bin ich seit der Trennung nicht eingegangen, bin wohl mittlerweile überzeugter Junggeselle.« Kolbe räusperte sich, hob sein Glas und trank. »Na ja, ein paar Mal bin ich ausgegangen mit Frauen.« Er stellte das Glas zurück auf den Tisch. »Auch ein paar Mal mehr, aber ich durfte nie eine so hübsche und unterhaltsame Begleitung wie dich ausführen.«

Lily spürte, dass ihre Wangen heiß wurden. Wahrscheinlich hatten sie sich schon rot gefärbt. Bei ihrer Porzellanhaut war das nicht zu übersehen. Das könnte auch der Grund gewesen sein, warum Neumann, der soeben an ihr vorbeigelaufen war, mit einem leichten Grinsen und kopfschüttelnd das Lokal verlassen hatte.

»Und was treibst du in deiner freien Zeit?«, fragte Fritz. »Hast du denn keinen Freund? Kann ich mir gar nicht denken. Dich müssen doch die Männer umschwirren wie Wespen einen Honigtopf.«

Lily strich sich verlegen durch die blonden Haare. Sie spürte ein heftiges Kribbeln in der Magengegend. »Nein, nein, einen Freund habe ich nicht. Und Freizeit kenne ich kaum. Manchmal besuche ich das Theater oder das Kino. Meistens mit meiner Kollegin Luise.«

»Kino«, sagte Fritz. »Da war ich schon lange nicht mehr. Mir fehlt wohl eine geeignete Begleitung.«

Die nächste Gelegenheit, sich näherzukommen, bahnte sich an, doch Lily dachte, dass sie nun so einfach auch nicht zu haben sein sollte. »Ach, ich gehe ganz gern alleine ins Kino. Das macht mir gar nichts aus. Da wird man dann überhaupt nicht gestört.«

»Gestört, aha«, murrte Fritz und schaute enttäuscht in sein Weinglas.

Sie musste schnell wieder anziehen. »Oh, Fritz, weißt du was?«, sagte sie und versuchte, ihr schönstes Lächeln aufzusetzen. »In München ist gerade der neue Heinz-Rühmann-Film angelaufen. Mit Drehbuch von Erich Kästner. Er heißt *Ich vertraue Dir meine Frau an*. Du, den musst du dir unbedingt anschauen. Ich habe beim Friseur eine so, so wundervolle Kritik im Film-Kurier gelesen.«

Fritz' Miene hellte sich auf, er trank einen Schluck Wein und sah Lily gespannt an.

»Der ist wie für dich gemacht«, fuhr sie fort. »Also, Rühmann spielt den Peter Trost, einen so überzeugten Junggesellen, dass er sogar eine Firma für Junggesellenbedarf gründet. Er erfindet einen Frühstücksbrotstreichapparat, kannst du dir das vorstellen? Und dann lernt er Ellinor kennen, gespielt von Lil Adina, der tschechischen Schauspielerin, Lil fast wie Lily, ist das ein Zufall. Und dann sind sie im Tennisclub. Du spielst doch Tennis, und Peter Trost muss ...«

»Halt, halt«, rief Fritz und lachte laut auf. »Du hast mich überzeugt, aber wenn ich schon mal wieder ein Lichtspielhaus besuche, möchte ich den Film nicht vorher schon in all seinen Facetten kennen.«

»Ups«, sagte Lily. »Entschuldigung. Aber ich bin doch so begeistert vom Herrn Rühmann.«

»Na, dann gehen wir doch rein in die Vorstellung. Wann?«

Lily blickte enttäuscht auf die Vase mit den blauen Kornblumen, die auf dem Tisch stand. »In Berlin feiert der Film leider erst am achten Juni Premiere. Im Ufa-Palast. Ich wollte mir schon eine Karte organisieren, aber da war nichts mehr zu machen. Es ist doch eine solche Schande, dass sich ständig all die Bonzen die Premierenplätze unter den Nagel reißen!«

»Wenn es darum geht – Karten für die Premiere bekomme ich, auch wenn ich kein Bonze bin. Ich kenne da nämlich jemanden von der Ufa, der schuldet mir einen Gefallen.« Fritz grinste. »Ich weiß, dass für besondere Gäste immer noch etwas frei ist, und, nun ja, zumindest du bist außerordentlich besonders.«

»Ach, Fritz«, rief Lily. »Das ist ja so romantisch von dir. Das würdest du wirklich für mich tun?«

»Oh, ganz sicher«, sagte Fritz. »Aber ein Problem stellt sich da noch.«

»Welches?«

»Der achte Juni, das ist ja noch fast einen Monat hin. So lange kann ich nicht warten. Da möchte ich vorher gerne noch mindestens zweimal mit dir ausgehen, zum Essen. Es ist so schön, in deiner Nähe sein zu dürfen!«

»Abgemacht«, sagte Lily und meinte beides, essen mit Fritz und den Film. »So wahr ich Hartmann heiße.« Sie zog eine Augenbraue nach oben und schaute Fritz eindringlich an: »Wenn das wirklich klappen sollte!«

»Das klappt!«

Am nächsten Tag erstattete Lily zuerst Sauerbruch Bericht. Der konnte kaum glauben, dass Fritz Kolbe so offen Auskunft gegeben hatte.

»Du musst unbedingt dranbleiben«, erklärte er. »Ich habe bei unserem gemeinsamen Freund Georg Schreiber Erkundigungen eingeholt. Er hält Kolbe für einen Mann, den man für den Widerstand gewinnen könnte.«

»Tatsächlich?« Lily freute sich. Das bewies doch einmal mehr seinen guten Charakter.

»Kolbe hat Schreiber auch verraten, dass er Deutschland am liebsten verlassen würde, weil er es mit seinem Gewissen nicht länger vereinbaren kann, für die Nazis zu arbeiten. Schreiber hat ihn dazu angehalten, hierzubleiben, um vielleicht mal was tun zu können, aus seiner Position im Auswärtigen Amt heraus.«

»Und? Was hat er dazu gesagt?«

»Hat nicht mehr darüber gesprochen. Er lehnt zwar die Politik der Nazis ab, hält sich aber bislang an den Eid, den er geschworen hat, und möchte ungern als Defätist oder Verräter gelten.« Sauerbruch nahm Lilys Hand. »Möglich, dass er etwas ängstlich ist. Hilf ihm! Du schaffst das!«

»Also kann ich offensiver werden?«

»Ja, der Mann ist ein absoluter Glücksgriff.«

Lily und Fritz gingen vor der Premiere von *Ich vertraue Dir meine Frau an* noch dreimal miteinander aus. Sie verlebten zwei romantische und unterhaltsame Abende im Zoppot, außerdem lud er sie an einem sonnigen Sonntag – der Mai brachte endlich das heiß ersehnte schöne Wetter – in den Zoo ein. Während sie von Käfig zu Käfig spazierten, erzählte Fritz von seiner Zeit als Verwaltungsbeamter in Madrid und schwärmte von den romantischen Boulevards und Parkanlagen der spanischen Hauptstadt. Er berichtete von seinen Aufgaben in der Botschaft von Kapstadt und von dem überragenden Ausblick, den man vom Kap der Guten Hoffnung genoss. Lily hörte ihm zu und konnte sich alles lebhaft vorstellen. Sie erfuhr Dinge, von denen sie nie gehört hatte, und tat sich schwer, das Gespräch auf Aktuelles zu lenken. Bei all ihrer Bewunderung für Fritz war das aber immer noch ihr Auftrag. Als sie sich schließlich durchrang, ihn noch einmal nach seiner Tätigkeit im Auswärtigen Amt zu fragen, gab Fritz auch hier wieder bereitwillig Auskunft, und diese Erzählungen waren kaum weniger spannend. Auslandsreisen nach Paris und Oslo – Champs-Élysées und norwegische Fjorde –, bei denen er Politiker und andere einflussreiche Leute traf.

Manche seiner Schilderungen erwiesen sich auch für den Club als wertvoll. So erzählte Fritz von Fahrten in die in Ostpreußen gelegene Wolfsschanze, die er im Auftrag Ritters unternehmen musste, um Depeschen an Diplomaten im Gefolge Hitlers zu überbringen. So gelangte Fritz an geheime Orte, die unter strengster Bewachung standen, und hatte sich einen Eindruck davon verschaffen können, wie der Führer lebte und arbeitete.

Lily und Fritz plauderten so lange, bis ein Angestellter sie darauf aufmerksam machte, dass der Zoo bald schließe. Bei Kaffee und Torte hatten sie sich in der Cafeteria auf Plattdeutsch über Göring und Goebbels lustig gemacht und auch über ernste Dinge diskutiert. Über den Krieg, den beide hassten. Fritz hatte gemeint, wenn man die Lage nach der aktuellen Post beurteile, die aus den deutschen Auslandsvertretungen in Ritters Büro eintreffe, sei der deutsche Sieg in weite Ferne gerückt. »Es ist nur eine Frage der Zeit. Wenn die Amerikaner eingreifen, ist der Krieg bald verloren. Und sie werden eingreifen!«

Der 8. Juni kam, und Fritz holte Lily zum Kino ab. Er hatte wie versprochen Karten ergattert, und dann auch noch Logenplätze. Zur Verabredung trug er einen bildschönen blauen Anzug und hielt während der ganzen Vorstellung ihre Hand. Auf der Taxifahrt zurück zur Charité lachten sie gemeinsam über Rühmanns Darbietungen. Als der Fahrer vor dem Krankenhaus hielt, hatte er sicher verstanden, wie ein Frühstücksbrotstreichapparat funktionierte. Sichtlich genervt stieg er aus und öffnete Lily die Tür. Sie nahm ihren ganzen Mut zusammen, drehte sich zu Fritz um und sagte: »Du, willst du nicht mal sehen, wo ich lebe? Komm doch kurz mit auf mein Zimmer. Ich bin noch gar nicht müde.«

Fritz ließ sich das nicht zweimal sagen. So stiegen beide aus und gingen eng umschlungen am Pförtner vorbei, der eine seiner Wurststullen kaute und Lily einen bösen Blick zuwarf. Er war wohl noch genervter von ihr als der Taxifahrer, und das schon seit ihrem ersten Tag an der Charité. Er konnte aber nichts machen. Zwar war es Krankenschwestern strengstens untersagt, Männerbesuch zu erhalten, doch Ärzte und Sekretärinnen konnten in der Hinsicht tun, was sie wollten.

Also führte sie Fritz in ihre kleine Dienstwohnung und zeigte ihm bei Kerzenschein ein Album mit Fotos von ihrer Familie in Danzig. Danach schaltete sie das kleine Radio auf ihrem Nachtschrank ein, setzte sich auf seinen Schoß und küsste ihn. Leidenschaftlich, ohne dass er irgendwelche Anstalten gemacht hatte. Es gefiel ihr, die Initiative selbst ergreifen zu können. Langsam öffnete sie ihre Bluse. Fritz küsste ihre Brüste. Lily spürte, wie sich die Gänsehaut auf ihrem ganzen Körper ausbreitete. Das musste Liebe sein!

Sie wollte diesen Mann mit den ehrlichen blauen Augen. Sie hatte sich verliebt. Und warten wollte sie auch nicht mehr. Sie stand auf, legte sich ins Bett und hob die Bettdecke an. Fritz legte sich zu ihr. Langsam und unter vielen Küssen auf ihren ganzen

Körper zog er sie aus, danach sich selbst. Als er über ihr lag, hatte sie einen völlig klaren Kopf. Der leichte Schwindel, den sie verspürte, war diesmal nicht dem Alkohol oder einem Mittelchen von de Crinis geschuldet, sondern der Erregung unter den Berührungen eines wundervollen Mannes. Und das war so viel besser. Lily ließ sich fallen.

»Es war mein erstes Mal«, sagte sie später, als sie nackt neben Fritz lag, die Beine eng um ihn geschlungen, den Kopf auf seiner Schulter.

»Das habe ich gemerkt«, antwortete er mit einem leicht schelmischen Grinsen.

Lily streichelte die Haare auf seiner Brust. »Es war schön, wunderschön.« Sie seufzte.

»Ich habe dich lieb«, sagte Fritz. »Es ist etwas Besonderes mit dir. Ich möchte das öfter. Ich möchte dich!«

Auch Lily spürte das Verlangen, Fritz an ihrer Seite zu haben, als ihren festen Freund. Das wollte sie in diesem Moment mehr als alles andere. Und genau deswegen quälte sie ihr schlechtes Gewissen. Fritz ahnte ja nicht, dass man sie auf ihn angesetzt hatte. Das konnte sie ihm doch auch nicht sagen. Und sie müsste die anderen ganz bald einweihen, dass da mehr entstanden war. Trotz allem wollte sie aber natürlich ihre Mission erfüllen.

»Du«, sagte sie schließlich. »Nach dem, worüber wir bei unseren Treffen geredet haben, weiß ich, dass du die Nazis nicht ausstehen kannst.«

»Ha, worauf du dich verlassen kannst.« Fritz wickelte eine ihrer Locken um seinen Finger. »Aber wie kommst du jetzt darauf? Kannst du nach deinem ersten Mal nicht an etwas Schöneres denken?«

Sie hob den Kopf und sah ihn an. »Die Lage ist ernst. Die Nazis bringen Menschen um. Sie haben zigtausend Behinderte getötet, und was sie mit den Juden anstellen, die sie mit den Zügen abholen, das mag ich mir gar nicht vorstellen.«

»Ich weiß«, sagte Fritz. »Die Juden sind in Arbeitslagern, und dort müssen sie schuften, bis sie tot umfallen. Und auch an der Kriegsfront passieren so grausame Dinge, dass ich darüber eigentlich nicht sprechen will.«

»Aber du musst darüber sprechen«, sagte Lily und berührte sanft Fritz' Wange. »Dieser Krieg muss gestoppt werden! Denk an die vielen Soldaten, die sinnlos geopfert werden. Stalingrad war doch auch ein großer Verrat.«

»Das war es«, bestätigte Fritz. »Aber Hitler ist wahnsinnig. Er glaubt immer noch, er könnte Russland besiegen.«

»Hast du mal überlegt, in den Widerstand zu gehen?«, fragte Lily unvermittelt. »Etwas zu unternehmen, um diesem Wahnsinn Einhalt zu gebieten?«

»Und ob. Aber ich wüsste nicht, wie und wo.«

»Rede mit Sauerbruch!«

»Warum denn?«, fragte Fritz. »Da fällt mir ein, was ist überhaupt mit dem Termin wegen meines Knies?«

»Entschuldigung«, sagte Lily. »Wir haben gar nicht mehr darüber gesprochen.« Sie verfluchte sich innerlich, dass sie das vergessen hatte. »Die medizinischen Termine macht die Krachliese.«

»Die Krachliese?«

»Ach, egal jetzt«, sagte sie. »Fritz, die schreckliche politische Lage in diesem Land ist wichtiger als dein Knie. Und wegen deiner Beschwerden, er wird dich sofort untersuchen, auch ohne Termin.«

»Aber deswegen soll ich gar nicht mit Sauerbruch sprechen?«

»Nein.« Lily zögerte. »Du, du darfst bitte nichts Falsches von mir denken.«

»Warum sollte ich? Ich weiß ja nicht mal, worum es geht.« Plötzlich runzelte er die Stirn, stieß abrupt Lilys Hand von seinem Gesicht. »Du meinst doch wohl nicht, dein Sauerbruch ist im Widerstand und hat dich auf mich angesetzt? Ist es das? Kann das wirklich sein?« Er schaute sie mit weit aufgerissenen Augen an.

»Nein, Fritz!«, stieß Lily hervor. »Nein, nein, nein!« Sie merkte, wie ihre Augen sich mit Tränen füllten. Ihr Hals war wie zugeschnürt.

»Ist ja gut, ist ja gut«, sagte Fritz beschwichtigend und nahm sie fest in den Arm. »Ich wollte wenigstens kurz schockiert tun, in dem Moment, wo du es mir gestehst. Ich weiß doch, dass du es ernst meinst mit mir. Beziehungsweise, ich hoffe das. Du konntest ja selbst nicht wissen, dass wir uns so gut verstehen würden, als du den Auftrag bekamst, mich auszuspionieren.«

Lily zuckte zusammen. »Du ... du wusstest es? Wie kann das sein?«

Fritz nahm ihre Hand und küsste sie sanft. »Dass du eine Spionin der Charité bist?« Er lächelte. »Ich bin eben aufmerksam. Der große schwarzhaarige Mann, dem du bei unserem ersten Essen im Zoppot ein Zeichen gegeben hast, das war derselbe, der mich zwei Wochen vorher fotografiert hat.«

»Professor Neumann«, hauchte Lily. »Oh, es tut mir so unendlich leid, Fritz. Das hat alles überhaupt rein gar nichts mit meinen Gefühlen für dich zu tun. Bitte glaub mir das!«

»Das tue ich doch.« Zu Lilys Beruhigung grinste Fritz immer noch. »Und dieser ominöse Professor ist bei unseren nächsten Treffen ja auch nicht mehr aufgetaucht.«

»Ich wollte das nicht, dass er uns weiter beobachtet«, sagte Lily und drückte seine Hand fest.

»Habe ich mir gedacht.« Fritz legte sich auf den Rücken, zog ihre Hand an sein Herz, umschloss sie mit beiden Händen. »Spätestens jetzt hätte ich es gewusst. Du hättest doch wohl kaum im Auftrag des Widerstandes mit mir geschlafen, oder?«

»Meine Güte, nein«, stieß Lily hervor und schmiegte ihr Gesicht an seine Brust.

»Jetzt ist doch alles gut«, beruhigte er sie. »Für mich war es nicht schwer, eins und eins zusammenzuzählen. Ich weiß ja von meinem Freund Georg Schreiber, wie Sauerbruch eingestellt ist und dass er Kontakte zum Widerstand unterhält.«

»Ich liebe dich, Fritz«, sagte Lily voller Erleichterung. »Hörst du, ich liebe dich wirklich von ganzem Herzen!«

Nun war sie mit Erzählen dran. Sie setzte sich im Bett auf und zog Fritz am Arm mit hoch. Sie sah ihn ernst an, berichtete ihm alles über den Donnerstagsclub, ließ auch die Operation Hühnlein nicht aus, und endete mit der Rolle, die sie ihm, Fritz, zugedacht hatten. Schließlich sagte sie noch, dass Sauerbruch Bescheid wisse über ihre Gefühle für Fritz und sie nun bereits mehrfach gebeten habe, ihn doch endlich mal mitzubringen, falls er den Mut aufbringe.

»Was für eine Frage!«, empörte sich Fritz. »Wann ist das nächste Treffen?«

»Immer donnerstags.«

»Also übermorgen?«

»Ja. Ist dir das zu früh?«

»Nein, nicht wenn ich heute Nacht bei dir bleiben darf. Darf ich?«

»Oh ja, ich bitte darum.« Sie zog ihn näher zu sich heran. »Aber wir müssen leise sein, der Mann mit den schwarzen Haaren, also Professor Neumann, ist ganz in der Nähe.«

»Wie bitte?« Fritz runzelte die Stirn. »Damit habe ich nun wirklich nicht gerechnet.«

»Er wohnt nebenan.« Lily lachte. »Wir sind Nachbarn, aber er schläft um diese Zeit tief und fest, keine Sorge.«

»Du kleine, freche Spionin.« Fritz schüttelte den Kopf und küsste Lily dann noch lange, bevor beide einschliefen.

14. DER NEUE

»Sei einfach du selbst«, flüsterte Lily ihrem Fritz zu, nachdem er den Stuhlkreis im Archiv des Röntgenraumes abgegangen war und sich jedem per Handschlag und mit Namen vorgestellt hatte. Sie merkte, dass er nervös war. Wetterstein hatte wie immer als Erstes das Buffet geplündert und rührte seelenruhig mit seinem Weißbrot in der Erbsensuppe herum, während er mit vollem Mund kaute. Margot plauderte mit Mescher über Komplikationen bei einer Darmoperation, die sie heute durchgeführt hatten. Beide tranken wie gewohnt Bier.

Apotheker Brandt blätterte in einer seiner üblichen Micky-Maus-Zeitungen, und Professor Neumann saß im weißen Kittel regungslos da und musterte Fritz mit seinen scharfsinnigen braunen Augen. Alles wie immer, nur für *ihn* eben neu.

Sauerbruch kam standesgemäß zehn Minuten zu spät, lief aber sofort freudestrahlend auf Fritz zu. »Es ist mir eine große Ehre, Herr Kolbe«, sagte er, während er ihm ausgiebig die Hand schüttelte und seinen Oberarm mit der anderen Hand gedrückt hielt. »Unser Liebchen ist noch fröhlicher als zuvor, seit Sie beide sich kennen.«

Lily ärgerte sich nicht oft über die Geschwätzigkeit ihres Chefs, aber heute tat sie es. Das war ja direkt peinlich.

»Entschuldigen Sie, Herr Professor«, sagte Fritz. »Die zweite Liege da neben der gedeckten, die mit dem Kochtopf und den Tellern, ähm, eine Anrichte ist das wohl, ist die frei?«

»Aber sicher. Natürlich, fehlt Ihnen was? Soll ich Ihnen schnell etwas rausschneiden?« Sauerbruch lachte.

»Nein, nein«, antwortete Fritz, der den Witz nicht verstanden hatte oder nicht darauf eingehen wollte. »Habe nur etwas dabei, was ich Ihnen zeigen möchte, und brauche dafür etwas Platz.«

»Na dann, bitte, sind ja Rollen drunter.« Sauerbruch stieß Wetterstein mit dem Ellenbogen an. »Mach mal Platz da mit deiner Suppe, du Vielfraß!«

»Ja, ja!« Wetterstein klemmte sich das Brot zwischen die Zähne und rutschte mit dem Stuhl so weit auf, dass Fritz mit der fahrbaren Trage hindurchkam. Sauerbruch hatte sich neben seine Frau gesetzt.

Fritz stellte die Liege direkt vor ihn, trat dann die Stopper über den Rollen nach unten. Er lief zurück zu seinem Platz und nahm die braune Aktentasche vom Stuhl, deren Inhalt Lily nicht kannte.

Er legte sie auf das schwarze Leder der Liege, öffnete sie und hob zwei Dokumentenstapel heraus, die er vor dem verdutzten Chef platzierte. »Ich hoffe, da ist etwas für Sie bei«, sagte er, setzte sich wieder neben Lily und nahm ihre Hand.

Sauerbruch tauschte seine Brillen und zog ein Schriftstück vom Stapel. »Das ist …« Er griff nach einem weiteren Dokument und verglich beide Schriftstücke miteinander. »Das ist …« Er schaute Fritz mit großen Augen an. »Die sind echt?«

»Was ist denn los?«, rief Wetterstein dazwischen.

Klaus Brandt schaute von seiner Zeitung auf.

Neumann trat umgehend an die Liege, nahm sich einen Haufen Zettel und blätterte sie durch. »*Mon dieu*«, rief er. »Das sind

Telegramme. Sehen Sie doch, Herr Professor!« Er hielt Sauerbruch die Papiere hin. »Hakenkreuzstempel, OKW, Heeresbericht, Unterschrift Keitel. Die sind original.«

Als nun auch die anderen aufstanden, um einen Blick auf die Dokumente zu werfen, klatschte Fritz in die Hände. Lily lächelte ihn voller Stolz von der Seite an. Was hatte sie nur für einen unvergleichlichen Freund!

»Meine Damen und Herren«, sagte der Diplomat mit lauter Stimme. »Bevor Sie sich jetzt alle einzeln über die Papiere hermachen, möchte ich Sie eindringlich darum bitten, Vorsicht walten zu lassen. Ich muss das alles nämlich morgen früh wieder mit zur Arbeit nehmen, wenn wir nicht auffliegen wollen.« Er wandte sich an Wetterstein. »Mit Verlaub, ich kann mir keine Suppe darauf erlauben. Mein Chef weiß, dass ich immer penibelst mit diesen Dokumenten umgehe.«

Wetterstein hob beschwichtigend die Hände und setzte sich zurück auf seinen Stuhl.

»Selbstverständlich«, sagte Sauerbruch und warf Wetterstein einen bösen Blick zu. »Wir Chirurgen haben Sorgfalt und Sauberkeit mit der Muttermilch aufgesogen!«

»Ich kann Ihre Irritation und Freude verstehen«, fuhr Fritz fort. »Aber wenn Sie bitte alle noch einmal Platz nehmen würden, kann ich gerne noch etwas zu meinen Mitbringseln sagen.«

Lily schaute in die Runde und bemerkte, dass ihn alle anstarrten. Mescher stand der Mund halb offen, Wetterstein hatte aufgehört zu essen, und für einen Augenblick meinte Lily, zum ersten Mal ein klitzekleines fröhliches Lächeln auf Neumanns Lippen erkennen zu können. Sauerbruch war bester Laune, stemmte seine Hände auf die Knie und beugte sich vor, wie um besser hören zu können.

»Ich dachte, ich sollte Ihnen eine Kostprobe mitbringen von dem, was ich Ihnen anbieten kann«, begann Fritz. »Ich gehe davon aus, Sie wissen bereits alle ganz genau, wo und für wen ich arbeite?« Sauerbruch nickte. »Wir haben mit Lily über das Notwendige gesprochen. Ich hätte aber nicht damit gerechnet, dass Sie …«

»Dass ich den, besser gesagt: Ihren Widerstand unterstützen würde?«

»Zumindest nicht so schnell, könnte man wohl meinen«, sagte Sauerbruch. »Und vor allem hätte ich nie gedacht, dass Sie diese Unterlagen – ich nehme an, es sind streng vertrauliche Depeschen – so einfach aus dem Amt entfernen können.«

»Nun, mich hat bisher nie jemand gefragt, ob ich einer Widerstandsgruppe beitreten möchte«, sagte Fritz. »So einfach ist das. Und wenn ich mich entschließe, etwas zu tun, aus Überzeugung, dann mit allem, was ich habe. Insgeheim bin ich schon immer Pazifist gewesen.« Er räusperte sich. »Ich genieße das vollste Vertrauen meines Chefs Karl Ritter, habe die Schlüsselgewalt zu seinem Büro und auch zu seinem Tresor. Was nicht heißt, dass ich dort schon einmal etwas entwendet hätte. Ihnen allen ist hoffentlich klar, dass ich damit mein Leben riskiere, und vielleicht auch Ihr Leben.«

»Das ist uns bewusst«, sagte Sauerbruch, der zunehmend nachdenklich wirkte.

»Ich vertraue meiner Freundin Lily dahingehend, dass Ihre ganze Gruppe integer ist«, fuhr Fritz fort.

»*Oui, monsieur*«, sagte der Franzose. »*Vive la résistance!*«

»Lassen Sie ihn sprechen, Professor Neumann«, raunzte Sauerbruch den Kollegen zum ersten Mal vor versammelter Mannschaft an. »Ich glaube, das hier ist in erster Linie innerdeutscher Widerstand.« Er wandte sich von Neumann ab und nickte Kolbe zu.

»Wenn ich mich recht entsinne«, erklärte Fritz weiter und deutete auf einen Papierstapel, »finden sich dort die aktuellsten Informationen über die Moral deutscher Verbände nach der Niederlage von Stalingrad, über geheime Wolfram-Lieferungen aus Spanien, die Planungen einzelner Rüstungsfirmen sowie vermutete Spione der Alliierten.« Er schaute Neumann an: »Auch Berichte aus Frankreich zu Aktionen der Résistance. Und vieles mehr. Ich kann jede Woche so etwas zusammenstellen.«

Sauerbruch fasste sich an die Stirn und rief aufgeregt: »Wenn das dem Feind in die Hände gespielt würde, der Krieg könnte ein schnelles Ende haben.«

»So ist es«, antwortete Fritz. »Man könnte den Engländern oder Amerikanern detailliert Orte aufzeigen, die sie bombardieren müssten, um den Nachschub wichtiger Kriegsgüter zu blockieren.«

»Das wollen Sie?«, fragte Sauerbruch.

»Sie etwa nicht?«

»Selbstverständlich wollen wir das, alle, wie wir hier sitzen«, erklärte Sauerbruch. »Aber was wollen Sie denn dafür?«

»Mein Vaterland zurück!«, sagte Fritz entschlossen.

Sauerbruch verharrte einen Moment still, sprang dann auf und lief zu Fritz hinüber, zog ihn an der Hand zu sich hoch. Er umarmte ihn. »Willkommen im Donnerstagsclub«, sagte er. »Sie sind einer von uns, wenn Sie nur wollen.«

»Ich will.«

Als der Chef sich wieder hingesetzt hatte, sagte Fritz: »Wir könnten die Telegramme hier sammeln.« Er überlegte. »Ich kann natürlich nicht die Originale dalassen. Können Sie die in der Klinik unauffällig kopieren und die Kopien vorübergehend hier verstecken?«

»Ich fotografiere sie heute Nacht ab«, sagte Neumann. »Wenn ich darf.«

»Er hat die beste Kamera, die man sich vorstellen kann«, rief Lily.

»Das ist mir nicht entgangen.« Fritz lächelte sie kurz an und wandte sich dann dem Franzosen zu. »Ich übernachte bei Lily. Ich glaube, Sie sind ihr Zimmernachbar?«

»Das bin ich.«

»Ich muss um sechs Uhr los zum Außenministerium, spätestens. Und brauche dann alles im Original wieder zurück.«

»Das ist zu schaffen«, sagte Neumann. »Vertrauen Sie mir!«

»Und wie geht es dann weiter?«, meldete sich Margot zu Wort.

»Das habe ich mich auch schon gefragt«, sagte Fritz. »Man kann die Kopien auf keinen Fall mit der Post verschicken. Ich muss sie bei meiner nächsten diplomatischen Reise eigenhändig ins Ausland bringen. Da ist eigentlich nur die Schweiz geeignet. Dort könnte ich versuchen, Kontakt zu den Alliierten aufzunehmen. Meine nächste Dienstreise ist für den fünfzehnten August geplant. Eher ist das nicht möglich, das würde auffallen. Jede Woche wechselt bei uns der Kurier für die Schweizer Diplomatenpost.« Er deutete auf die Liege. »Bis dahin können wir sammeln. Einmal in der Woche – warum nehmen wir nicht den Donnerstag – kann ich die neuesten Dokumente zum Abfotografieren herbringen.«

»Und was passiert in der Schweiz?«, fragte Lily, der dieser Plan gänzlich neu war.

»Da bin ich mit meinem Latein am Ende.« Kolbe kratzte sich am Hinterkopf. »Ich habe nicht die geringste Ahnung, wie ich an die Alliierten herankomme. Ich kann als Deutscher ja nicht einfach in die Botschaften spazieren und ...«

»Da machen Sie sich mal keine Sorgen«, unterbrach ihn Sauerbruch. »Wie Sie wohl wissen, habe ich lange in der Schweiz gearbeitet und kenne dort gewisse Personenkreise, habe vertrauliche Partner. Ich werde Ihnen einen Kontaktmann arrangieren, über den Sie an die entsprechenden Stellen herankommen. Ganz sicher! Wir haben ja auch noch etwas Zeit für unsere Planungen und sollten nichts überstürzen.«

»Ich hatte gehofft, dass Sie mir helfen«, sagte Fritz. »Deswegen bin ich hier.«

»Es ist uns allen eine Ehre, mit Ihnen zusammenzuarbeiten«, sagte Sauerbruch. »Das, was Sie tun wollen und womit Sie heute angefangen haben, ist das Tapferste, was ich je gehört habe. Eines Tages wird jeder Sie kennen und schätzen für Ihren Mut.«

»Wenn alles gut geht, vielleicht«, sagte Fritz. »Ich will einfach, dass dieser Krieg aufhört, und wenn ich einen Teil dazu beitragen kann, dann ist es meine Pflicht. Ich habe lange gebraucht, um mich selbst davon zu überzeugen, dass nur der Verrat etwas bewirken kann. Danken Sie nicht mir, danken Sie Lily. Ohne sie wäre ich nicht hier.«

»Sie sind ein Patriot und Menschenfreund!«

15. KURIERDIENSTE

Als Fritz Kolbe am Nachmittag des 15. August 1943 zur Chirurgischen Klinik spazierte, fiel ihm sofort die luxuriöse schwarze Limousine auf, die mit laufendem Motor vor dem Eingang stand. Während er durch die Eingangshalle ging, hinkte ein Mann in Offiziersuniform die Treppe herunter. Er trug eine schwarze Augenklappe und einen Verband um die linke Hand. Der rechte Ärmel seiner Uniformjacke hing schlaff herunter, Kolbe erkannte das goldene Verwundetenabzeichen unter seiner linken Brusttasche. Der Oberst grüßte ihn ohne Heil Hitler. Fritz nahm sich vor, Lily zu fragen, welchen hohen Patienten Sauerbruch hier an einem Sonntag empfangen hatte, vergaß es dann aber. Als er sie in den Arm nahm, spürte er ihre Nervosität, und auch er bekam langsam weiche Knie. Sie gingen gleich zur Nachbarwohnung, Lily klopfte, Jean Neumann öffnete umgehend und ließ sie eintreten.

»Ein großer Tag«, rief der Franzose und bedeutete Lily, auf seinem Bett Platz zu nehmen, über das er eine blaue Tagesdecke mit aufgesticktem Eiffelturm gebreitet hatte. An Fritz gewandt, sagte er: »Geben Sie mir den Umschlag.«

Fritz öffnete seine Tasche und entnahm ihr den versiegelten, etwa vierzig mal fünfzig Zentimeter großen Umschlag mit den

Geheimpapieren, die er im Auftrag des Auswärtigen Amtes in die Schweiz zu überbringen hatte. Den Inhalt kannte er selbst nicht. Es bestand auch nicht die Möglichkeit hineinzuschauen, ohne das Siegel zu brechen. Und das durfte er natürlich auf keinen Fall tun, wenn er seine Mission nicht gefährden wollte.

Die Idee mit dem zweiten, fünfzehn Zentimeter größeren Umschlag stammte von Neumann. Vorsichtig nahm der Franzose das versiegelte Kuvert von Fritz entgegen und ließ es behutsam in das größere, das er selbst besorgt hatte, gleiten. Dann schloss er die oberste Schublade seines kleinen Schreibtisches auf und entnahm ihr die zweiundvierzig, in fünf flachen Stapeln zusammengebundenen Kopien der wichtigsten eingeschleusten Dokumente aus den letzten Wochen. Nachdem Neumann auch diese in den großen Umschlag gesteckt hatte, verschloss er ihn und setzte sich an den Schreibtisch. Er holte sein Feuerzeug, das rote Siegelwachs und den Stempel des Auswärtigen Amtes hervor, den Fritz in der letzten Woche aus dem Ministerium entwendet hatte, und legte alles auf dem Tisch bereit. Dann erhitzte er das Wachs in einem kleinen Keramikschälchen. Lily stieg der typische Kerzengeruch in die Nase, der sie an Weihnachten erinnerte. Als das Wachs flüssig war und Bläschen bildete, drückte Neumann den Stempelkopf mit Hakenkreuz und Reichsadler hinein und haute ihn dann blitzschnell auf die Lasche. Es zischte und dampfte etwas.

»Perfekt«, sagte er und zeigte den anderen das Ergebnis.

Als das Siegel getrocknet war, nahm Fritz das Päckchen entgegen und verstaute es in seiner Aktentasche.

»Nervös?«, fragte Neumann, während er seine Utensilien wieder in die Schublade räumte.

»Ein wenig«, antwortete Fritz. »Wenn ich im Zug die Gestapo sehe, dann vermutlich ein wenig mehr.«

»Du hast doch deinen Ministerialpass und deinen Kurierausweis«, sagte Lily. »Was soll da schiefgehen, selbst wenn du in eine

Kontrolle kommst?« Sie umarmte Fritz von hinten. Dabei versicherte sie sich zum wiederholten Mal, dass er die lebenswichtigen Pässe auch sicher in der Innentasche seines Mantels verwahrte. »Du bist Diplomat, hast freies Geleit.«

»Im Normalfall passiert nichts«, sagte Fritz. »Aber wenn ...«

»Lily hat recht, es wird Ihnen nichts zustoßen«, sagte Neumann mit fester Stimme und erhob sich von seinem Schreibtischstuhl. »Versuchen Sie, sich noch ein wenig zu entspannen. Wenn es gar nicht anders geht auf der langen Fahrt, nehmen Sie das hier.« Neumann reichte ihm ein bräunliches Gläschen mit zwei Pillen.

»Was ...?« Fritz schaute den Franzosen entgeistert an.

»Keine Sorge, das ist kein Zyankali«, erklärte Neumann. »Ich bin Arzt, kein Mörder. Schon gar nicht der Mörder eines so tapferen Mannes.« Er klopfte Fritz auf die Schulter. »Das ist ein hochwirksames Beruhigungsmittel. Es hilft Ihnen, sich in einer Notsituation völlig zu entspannen, ohne dass Sie einschlafen oder nicht mehr klar denken können. Stecken Sie es ein, für den Notfall.«

»Der aber nicht eintreten wird«, sagte Lily.

»Der aber nicht eintreten wird«, wiederholte Neumann.

Fritz ließ das Glas in seiner Tasche verschwinden.

»Und jetzt viel Glück!« Neumann grinste. »Ich denke, Sie beide wollen noch ein Stündchen alleine sein. Machen Sie sich keine Gedanken, wenn es lauter wird. Ich hatte ohnehin vor, ein bisschen in der Gegend herumzuspazieren.«

»Danke für alles.« Fritz gab Neumann die Hand. »Wir sehen uns.«

»Wir sehen uns.«

Lily und Fritz verabschiedeten sich schon in ihrem Zimmer, denn er wollte nicht die geringste Aufmerksamkeit erregen. Es war nichts Besonderes, dass er eine Freundin in der Charité hatte, aber eine öffentliche emotionale Szene am Bahnhof wegen einer so kurzen Abwesenheit galt es zu vermeiden. Lily fand das übertrieben, respektierte aber seinen Wunsch.

»Du wirst mir treu bleiben?«, fragte Fritz.

»Blödmann!«

»Küss mich!«

Sie umarmte und küsste ihren Mann, wollte ihn gar nicht mehr loslassen.

»Nicht weinen, meine kleine Spionin.«

»Nein, wie versprochen«, sagte Lily mit zittriger Stimme. Innerlich kämpfte sie bereits mit den Tränen und wusste, dass sie den Rest des Tages heulen würde. Doch solange Fritz bei ihr war, musste sie sich zusammenreißen. Sie wollte ihm das Ganze nicht noch schwerer machen.

»Und wir können wirklich nicht ein einziges Mal telefonieren? Nicht einmal?«

»Lily, bitte!«, ermahnte Fritz sie. »Es geht nicht. Ich rufe aus der Schweiz niemanden an. Das ist zu heikel. Ich weiß nicht, wie es laufen wird, ob mich jemand verfolgt. Ich muss mich so unauffällig wie möglich verhalten. Meine Frau kann es ein paar Tage ohne mich aushalten! Ich habe eine tapfere Frau! Und am Samstagmorgen kehre ich zurück.«

»Ja, ich will tapfer sein.« Lily spürte, wie sich ihre Kehle immer weiter zuschnürte. »Ich liebe dich, Fritz, und werde hier auf dich warten.«

»Wir sehen uns!«

Auf seinem Weg durch die geschäftige Stadt erinnerte kaum etwas daran, dass der Krieg mit den Bombardements der britischen *Royal Air Force* in den ersten Monaten des Jahres 1943 in der Hauptstadt angekommen war. Es hatte über sechshundert Großbrände gegeben, zwanzigtausend Häuser waren beschädigt worden und mehrere hundert Menschen gestorben. Doch die Berliner gingen weiter stoisch ihrem Alltag nach.

Das Bild änderte sich, als Fritz am Anhalter Bahnhof ankam. Hier tummelten sich schon vor dem Eingang unzählige Menschen, vor allem Frauen und Kinder, die an einen sichereren Ort wollten, um dem nächsten großen Bombenangriff zu entgehen, von dem viele meinten, er würde ganz Berlin in Schutt und Asche legen. Fritz drängte sich durch die Menschenmassen in der Haupthalle, hörte das Zischen der Dampflokomotiven, das Schreien der Warenverkäufer, die Abnehmer für Getränke oder Zeitungen suchten. Züge fuhren in den Bahnhof ein und aus. Auf den meisten Loks prangten Hakenkreuze. »Räder müssen rollen für den Sieg« stand auf einer geschrieben.

Fritz lief zu Gleis 1, wo sein Zug nach Basel bereits mit Koffern und Menschen beladen wurde. Er dachte darüber nach, ob dieser Zug wegen ihm wohl *gegen* den Sieg rollen würde. Er schaute sich nach den Wagen der Ersten Klasse um, stieg ein und fand das reservierte Abteil, das er für sich alleine hatte. Er setzte sich auf die weich gepolsterte Bank, auf der man, wie er wusste, bequem schlafen konnte. Um zwanzig nach acht sollte der Zug losfahren und das Ziel Basel um elf nach elf am nächsten Morgen erreichen. Fritz öffnete seinen Aktenkoffer, in dem auch drei Zeitungen steckten. Und ein Buch: *Die großen Tricks des Schachspiels.* Vielleicht würde er später in den Salonwagen gehen und schauen, ob sich ein Partner für ein Spielchen fand. Nach der problemlosen Fahrscheinkontrolle aber schlief er über einem Artikel in der Berliner Volkszeitung ein. Irgendwann nachts wurde er kurz wach, zog sich die Schuhe aus, holte schlaftrunken die Wolldecke von der Kofferablage und hüllte sich darin ein.

16. TIEFSCHLAF

Fritz erwachte, als die Sonne in den Wagen schien. Der Zug stand, draußen auf dem Bahnsteig hörte er Schreie und kläffende Hunde. Hatte ihn das geweckt? Er zog die Gardine zur Seite und schaute aus dem Fenster. *Karlsruhe* stand auf einem Schild, das vom Dach über dem Bahnsteig hing. Ein paar Meter daneben prangte eine Uhr, die zwölf Minuten vor acht anzeigte. Sie waren planmäßig durchgekommen. Es würde wohl gleich weitergehen. Fritz nahm seine Aktentasche, stand auf und suchte die Toilette im Gang auf. Er wusch sich Hände und Gesicht über dem viel zu kleinen Becken und kämmte sich die wenigen Haare, die er an den Seiten noch hatte. Plötzlich hörte er von außen Stiefelschritte und erschrak. Dann Ruhe. Fritz hielt sein Ohr an die Tür, zuckte sofort zusammen. Jemand hämmerte dagegen.

»Aufmachen, Kolbe!«, rief der Mann vor der Tür. »Wir wissen, dass Sie da drin sind.« Fritz' Herz raste, sie kannten seinen Namen. Was zum Teufel war passiert? Wer hatte ihn verraten? Jemand aus dem Club? Doch nicht Neumann?

»Ich zähle bis fünf, wenn Sie dann nicht aufsperren, schießen wir durch die Tür.«

Was sollte er tun? Er war geliefert. Ein toter Mann.

»Eins.«

Kolbe zog hastig die Gardine des kleinen Fensters zur Seite. Könnte er daraus entkommen? Nein, schon sah er draußen zwei Soldaten mit einem Hund. Feldpolizei! Gestapo! Sie hatten ihn. Das war garantiert keine Routinekontrolle. Da hatte jemand gesungen! Verdammt, worauf hatte er sich eingelassen?

»Zwei.«

Was tun? Den Umschlag aufreißen und die abfotografierten Dokumente in die Toilette werfen? Oder ihn zulassen, in der Hoffnung, dass keiner reinschaute?

»Drei.«

Fritz riss den Umschlag auf, das Siegel zerbrach.

»Vier.«

Er schüttete den gesamten Inhalt auf den Boden, versuchte, die Fotos zu greifen. Er fasste ein Bündel, warf es in die Schüssel und betätigte den Abzug. Es schwamm im Wasser. Er musste es zerreißen, holte es wieder heraus.

»Fünf.«

Was jetzt? Zu spät!

Die Kugeln der Maschinenpistole durchsiebten die Tür, Fritz wurde gegen die Wand und dann auf den Boden geschleudert. Er sah, dass Waschbecken und Toilette zerschossen waren. Überall auf dem Boden Wasser, das sich schnell mit Blut mischte. Seinem Blut. Er schrie vor Schmerz, war getroffen, in Bein und Rücken. Tödlich?

Mit einem Ruck wurde die durchlöcherte Tür eingetreten. »Kolbe, Sie Verräterschwein!« Der Mann, der sich über ihn beugte, trug eine SS-Uniform. Wer war das? Fritz lief Blut in die Augen. Er versuchte, etwas zu sagen, dabei kamen aber nur Gurgellaute aus seiner Kehle. Sein gesamter Mund füllte sich mit Blut. Er war schwer verletzt. Er würde sterben, wenn ihm niemand half.

Eine Hand griff in seine Manteltasche.

»Es *ist* Kolbe«, rief eine Stimme aus dem Off. »Hier sind die Ausweise und da ein Umschlag mit doppeltem Boden. Die Fotos, die hier überall rumliegen, werden Sie erstaunen, Herr Obersturmbannführer.« Der Mann lachte. »Genau wie Margot Sauerbruch es beschrieben hat.«

Kolbe prustete, rang nach Luft. Die Frau von Sauerbruch, eine Verräterin! Lily in großer Gefahr. Er würde sie nicht mehr schützen können.

»Warum lebt der noch?«, rief eine andere Stimme.

Ein Schlag, ein Knall. Dann wurde alles schwarz.

»Neiiiiin, Friiiitz! Neiiiiin!«, schrie Lily immer wieder, bis es an ihrer Tür klopfte. Sie brauchte eine Ewigkeit, um sich bewusst zu werden, dass sie in ihrem Bett lag.

»Hier ist Jean, bitte mach auf, Lily!«

Benommen und mit einem heftigen Ungerechtigkeitsschmerz in der Brust stand sie auf, schlich zur Tür und öffnete sie. Neumann trat ein, knipste das Licht an, nahm sie dann in den Arm. »*Un cauchemar*«, sagte er. »Du hattest einen Albtraum.«

»Fritz ist tot!«

»Nein, ist er nicht.« Neumann streichelte ihr etwas unbeholfen über den Rücken. »Er liegt in seinem Abteil und hat hoffentlich etwas Schöneres geträumt als du.«

»Ich muss mich setzen«, sagte Lily und ging zurück zu ihrem Bett. Langsam hielt sie diese höllischen und dabei so realistischen Albträume nicht mehr aus. »Wie spät ist es?«, fragte sie.

»Kurz vor vier Uhr morgens.«

»Dann war er noch gar nicht in Karlsruhe?«

»Wie?« Neumann verstand nicht. »Ach so, nein, ich denke, er wird wohl so kurz vor Frankfurt sein.«

»Aber wir müssen ihn warnen, in Karlsruhe steigt die SS zu. Es ist Margot. Sie hat ihn verraten, uns alle!«

»Lily«, sagte Neumann, »du hattest einen Albtraum. Die SS sucht nicht in Zügen nach deinem Freund. Margot ist keine Verräterin.« Er stellte sich vor Lily. »Hör zu, es gibt keinen Grund, sich weiter aufzuregen. Es ist normal in deiner Situation, dass du schlecht träumst.« Er räusperte sich. »Soll ich dir was geben zum Schlafen?«

»Nein.« Lily schaute den Franzosen irritiert an. »Ich muss doch in zwei Stunden schon wieder aufstehen.«

»Du arbeitest heute nicht«, sagte er.

»Was? Wieso denn nicht?«

»Weil ich dich krankschreiben werde. Das habe ich mit Sauerbruch so besprochen für den Fall, dass es dir heute früh nicht gut geht.« Er setzte sich auf den Stuhl, der neben Lilys Bett stand. »Ich habe heute operationsfrei und werde auf dich aufpassen. Wir können also etwas unternehmen, was dich ablenkt. Du darfst dir sogar aussuchen, was. Ins Kino vielleicht?«

»Das muss wirklich nicht sein«, sagte Lily. »Ich bin doch kein kleines Mädchen mehr.« Sie klemmte sich ihre Haare hinter die Ohren. »Aber was ist, wenn Fritz doch ...?«

»Du bist kein kleines Mädchen mehr«, erinnerte Neumann sie. »Zum letzten Mal, es ist alles in Ordnung mit Fritz. Ich verspreche es dir!«

»Na gut.« Lily überlegte, ob die scheinbare Gefühllosigkeit des Arztes vielleicht ein Zeichen von innerer Ruhe und Gelassenheit war. Sein unaufgeregter Blick beruhigte sie jedenfalls.

»Dann schlaf jetzt noch ein bisschen«, sagte Neumann. »Wenn du wach bist, klopfst du bei mir, dann überlegen wir uns beim Frühstück, was wir heute machen. Ich kenne in Berlin nur wenige Ecken und sollte die Chance vielleicht nutzen, bevor die Engländer alles zerstören.«

»Na gut«, sagte Lily noch einmal, legte sich hin und zog sich die Decke über den Kopf. Als sie hörte, dass Neumann aufstand, sagte sie leise: »Danke, dass Sie auf mich aufpassen, Professor Neumann.«

»Mach ich doch gerne, und bitte lass den Professor weg, wir sind schließlich Nachbarn.«

»Aber nicht den anderen sagen, dass ich so hysterisch bin.«

»Du bist nicht hysterisch. Aber ich sage es trotzdem keinem. *Dors bien!* Schlaf schön!«

Neumann schloss leise die Tür hinter sich.

17. GEORGE WOOD

Lily hörte am Klopfen, dass Fritz vor der Tür stand. Luise sagte: »Herein!«, und dann sah Lily ihn, unversehrt und strahlend. Er kam mit ausgebreiteten Armen auf sie zu. In der rechten Hand hielt er einen in graues Papier gewickelten Blumenstrauß, in der linken seine Aktentasche.

»Fritz«, rief Lily, sprang vom Schreibtischstuhl auf und stürmte zu ihrem Liebsten. Sie umarmten und küssten sich, bis Luise meinte, wenn sie nicht allmählich aufhörten, würden die schönen Blumen verwelken.

Lily ließ von Fritz ab und schaute in das Papier. »Rosen!« Sie sog den frischen Duft ihrer Lieblingsblumen ein, bis Luise sie ihr aus der Hand nahm, in eine Vase steckte und auf Lilys Arbeitstisch platzierte. Fritz hatte natürlich auch an Lilys Lieblingspralinen *Die Unvergleichlichen* gedacht, die es nur in der Schweiz in dieser großen goldenen Verpackung gab. Für Luise hatte er eine Tafel Alpenmilchschokolade mitgebracht.

Er hatte zwar die Dokumente aus der deutschen Botschaft in Bern bereits im Ministerium abgeliefert, doch wegen einer Besprechung dort musste er die Charité gegen Mittag schon wieder verlassen. Lily ließ ihn ungern ziehen, hatte allerdings auch noch einige Protokolle abzutippen. Am Abend schon würden sie sich beim nächsten Treffen des Donnerstagsclubs wiedersehen. Fritz versprach, pünktlich zu dieser Sondersitzung zu erscheinen, die ausnahmsweise nicht an einem Donnerstag stattfand.

Sauerbruch hatte Champagner, Wein, kleine Fischfilets, Gurkensalat und salziges Knabbergebäck in ihren Clubraum bringen und auf einer cremefarbenen Tischdecke anrichten lassen. Der Chef übertrumpfte sich selbst. Jedes Mal war Lily wieder erstaunt, was er so alles auffahren konnte. Stets war er um das leibliche Wohl seiner Untergebenen bemüht, als sorgte er sich darum, dass sie in der Charité-Kantine nicht satt wurden.

Mescher war es gelungen, ein altes, ausrangiertes Rednerpult aufzutreiben und in den Raum zu fahren. Jemand hatte ein Blatt Papier daran geheftet, auf dem *Willkommen zu Hause, Fritz!* stand. Eine richtige feierliche Rede würde ihr Liebster halten. Lily freute sich so, als er sich hinter das Pult stellte und seine Reise von Beginn an in allen Einzelheiten schilderte. Während die anderen aßen und tranken, schwärmte er von der Schönheit der Schweizer Natur, der Unbekümmertheit der Eidgenossen und dem friedlichen Sommer in dem kleinen neutralen Nachbarland.

Kolbe hatte die geschmuggelten Kopien in seinem Hotelschrank versteckt, bevor er die offiziellen Papiere in die deutsche Botschaft brachte. Die Übergabe wie auch das an seinem ersten Abend stattfindende Gesandtentreffen in der Botschaft verliefen ohne Zwischenfälle. Am Montag traf er dann seinen Verbindungsmann Friedhelm Koch, einen guten Bekannten Sauerbruchs aus der Zeit, als er zwischen 1910 und 1918 Chirurgie an der Universität Zürich gelehrt hatte.

»Ein eleganter, aufrichtiger Mensch, der mich an einen guten Freund aus Madrid erinnert«, sagte Fritz und dankte Sauerbruch mit einem Nicken für die Vermittlung.

Der Geschäftsmann Koch, ein einflussreicher Bürger der Berner Gesellschaft, habe eingestehen müssen, dass es ihm trotz aller Bemühungen leider nicht gelungen sei, den britischen Botschafter von einem Treffen mit einem deutschen Oppositionellen zu überzeugen. Es kämen laufend irgendwelche komischen deutschen Käuzchen, die ihre Hilfe anböten, hatte der ausrichten lassen. Die könne man aber nicht brauchen. »Die Angst vor Doppelagenten ist bei den Briten besonders stark ausgeprägt«, erläuterte Koch das Problem. Stattdessen habe er aber das Interesse eines deutschstämmigen amerikanischen Freundes wecken können, der für die US-Propagandastelle in Bern arbeite. »Bei diesem Gerald Mayer haben wir morgen einen Termin. Um Mitternacht erwarten wir dort einen weiteren Mann, der über einen direkten Draht zum Weißen Haus verfügt.«

Im Arbeitszimmer von Gerald Mayers pompöser Bergvilla breitete Fritz seine Dokumente in ähnlicher Weise aus wie zuvor beim Donnerstagsclub. Er wollte den Mann mit den Beziehungen zum amerikanischen Präsidenten, der sich ihm als Allen Dulles vorstellte und den er für einen Geheimdienstagenten hielt, überraschen. Das gelang. Dulles und Mayer trauten ihren Augen kaum, als sie sich einen Überblick über die kopierten Telegramme verschafften: Sabotageaktionen der französischen Résistance, ein Gesprächsprotokoll zwischen Ribbentrop und General Oshima Hiroshi, dem japanischen Botschafter in Berlin, in dem es um den technologischen Austausch zur Entwicklung der japanischen U-Boot-Waffe ging, OKW-Berichte über den geordneten Rückzug der Wehrmacht an der Ostfront.

Fast eine Stunde musste Fritz den Herren Dulles und Mayer gut zureden, bis sie ihm glaubten, dass er sie nicht hintergehen oder betrügen wollte. Nach den Dokumenten breitete er dann auch seine ganze Lebensgeschichte sowie seine berufliche Vita vor ihnen aus und gab bereitwillig Auskunft über seine aktuelle Tätigkeit für das Auswärtige Amt. Mit Bleistift fertigte er eine genaue Skizze des Führerhauptquartiers Wolfsschanze für sie an, erklärte ihnen verschiedene Verschlüsselungssysteme deutscher Ministerien und nannte sämtliche Namen der in der Schweiz tätigen deutschen Agenten. Ein Spion in den Diensten der Wehrmacht mit Tarnnamen Hektor operiere zudem von London aus, ein weiterer sitze als Doktor Götz in Dublin.

Fritz konnte den Amerikanern exakte Informationen darüber liefern, was diese Spione den Deutschen verraten hatten. Dulles solle Kontakt zu seinen britischen Kollegen aufnehmen und sich das bestätigen lassen. Zum Schluss erwähnte Fritz auch den Donnerstagsclub und wie der die mörderischen Machenschaften von Max de Crinis und Konsorten beendet habe.

Irgendwann hatte Fritz das Gefühl, dass die Amerikaner ihm Glauben schenkten. Sie behielten die Telegramme und machten Kopien von seinen Ausweisdokumenten.

Als der Morgen schon graute, überraschte er Allan Dulles noch damit, dass er es ablehnte, für seine Informationen Geld anzunehmen. »Ich mache das nur aus überzeugtem Patriotismus und Pflichtgefühl heraus«, bekräftigte er. In Deutschland gebe es nicht wenige Menschen, die sprichwörtlich die Schnauze voll hätten von Hitler und dem Krieg. Sowohl Soldaten an der Ostfront, die die Niederlage vor Augen hätten, als auch Zivilisten, die die zunehmenden Bombardements der alliierten Luftwaffe fürchteten. Fritz bot eine langfristige Zusammenarbeit an. Dulles hatte nichts zu verlieren.

Seine nächste Reise in die Schweiz kündigte Fritz Kolbe für Mitte Oktober an. Bis dahin könnten die Amerikaner seine Informationen auswerten, und er würde inzwischen neue beschaffen. Über Koch sollten sie informiert werden, wann genau er wieder in Bern war.

»Wir haben jetzt also einen direkten Draht zu den Amerikanern?«, fragte Sauerbruch freudestrahlend. »Sie spielen mit?«

»Ich bin mir da absolut sicher«, sagte Fritz. »Obwohl ich das nicht wollte, haben sie mir bei Koch Geld hinterlegt. Das könnte uns mal sehr nützlich werden. Ich darf es nur eben nicht offiziell aus der Schweiz ausführen.«

»Bei Friedhelm ist es sicher, egal, wie viel es ist«, warf Sauerbruch ein und ließ sich von Mescher eine Flasche Weißbier reichen.

»Das glaube ich sofort«, antwortete Fritz. »Es war eine gelungene und wichtige Reise. Die Amerikaner können wohl ihr Glück selbst nicht fassen. Um Geld geht es uns ja allen nicht.«

Die Mitglieder des Donnerstagsclubs hatten Fritz` Ausführungen ehrfürchtig gelauscht und ihn voller Bewunderung angeschaut. Lily war so stolz auf ihren Liebsten.

»Für den Fall, dass ich mal in ein anderes neutrales Land reisen sollte, Schweden zum Beispiel, haben sie mir sogar einen Decknamen gegeben und ein Codewort, mit dem ich mich an amerikanische Botschafter wenden kann.« Er lachte. »Wenn ihr wollt, können wir jetzt also gemeinsam auf George Wood anstoßen.«

»Sehr wohl, Mister George Wood«, rief Wetterstein, stand auf und fuhr das rollende Buffet in die Mitte des Stuhlkreises.

Die Sektkorken knallten. Fritz beantwortete noch Dutzende Fragen. Sie feierten, bis alle betrunken waren, außer Lily, die sich an ihr selbst auferlegtes Gelübde hielt, nichts mehr anzurühren. Sie konnte sich ohne Alkohol freuen, über die Kooperation mit den Amerikanern und ganz besonders über den Mut ihres Freundes. Einen Sieg für die Freiheit hatte er da errungen. Neumann wähnte sich fast schon wieder zurück in seiner elsässischen Heimat, und Wetterstein trank darauf, dass mit Fritz' geheimen Informationen die Amerikaner den Krieg in ein paar Wochen beenden würden. Immer wieder stießen sie an diesem Abend auf den bevorstehenden Frieden an.

Es war schon ein bitterer Wink des Schicksals, dass sie sich noch in derselben Nacht, wenige Stunden nachdem sie die letzte Flasche zusammen geleert hatten, erneut in den Gemäuern der Chirurgischen zusammenfinden mussten. Nicht lachend im Röntgenkeller, sondern um ihr Leben zitternd auf den Bänken des Luftschutzbunkers darunter. Zusammen mit den anderen Hausbewohnern, die nichts von George Wood und seiner aufregenden Reise ahnten.

Diese Nacht bildete den Auftakt der bis zum 4. September andauernden Bombardierungen durch die *Royal Air Force,* die zu schwersten Zerstörungen in der ganzen Stadt führten. Bei erneuten heftigen Angriffen der Briten während des gesamten Novembers 1943 wurden Tausende Menschen getötet, Zehntausende Gebäude zerstört, über zweihunderttausend Berliner obdachlos. Besonders traf es die Bezirke Mitte, Tiergarten und Charlottenburg. Die Detonationen in der Umgebung der Charité erwiesen sich als so heftig, dass nahezu alle Fensterscheiben der Außengebäude des Charité-Geländes mehrmals ersetzt werden mussten. Ein direkter Treffer blieb dem Krankenhaus zwar vorerst erspart, aber Personal und Patienten mussten immer wieder die Luftschutzräume aufsuchen. Eine seelische Belastung für alle, denn das bedeutete, dass jeder ständig um sein Leben fürchten musste.

Trotz der bedrohlichen Lage gelang es, den Betrieb der Charité bis Anfang 1945 ohne große Einschränkungen aufrechtzuerhalten. Doch nach jedem Bombenangriff wurden zahllose Zivilisten mit schlimmsten Verstümmelungen und Verbrennungen in die Klinik eingeliefert. Viele verstarben noch im OP.

Sauerbruch musste sich in seiner Funktion als Generalarzt der Wehrmacht, wozu er 1942 ernannt worden war, um verwundete

Soldaten von der Front kümmern. Seine Privatstation wurde zum Lazarett umfunktioniert. Fast jeder, der dort lag, zeigte sich kriegsmüde, doch reden durfte keiner darüber. Je brenzliger die militärische Lage des Deutschen Reiches wurde, umso heftiger machte die Gestapo Jagd auf Deserteure und Defätisten. Der deutsche Geheimdienst SD, der wie die SS dem Reichssicherheitshauptamt unterstand, informierte sich regelmäßig über den Gesundheitszustand der Soldaten, die in der Charité lagen und sobald als möglich wieder eingesetzt werden sollten.

In dieser Zeit des Zitterns, des fortwährenden Aufpassens und der Versorgung von Schwerstverwundeten tagte der Donnerstagsclub auch in seinem dritten Jahr weiter, der Situation geschuldet allerdings nur noch einmal im Monat. Fritz Kolbe konnte drei weitere Reisen nach Bern unternehmen. Bis April 1944 versorgte er die Amerikaner mit Hunderten geheimen Telegrammen, die Neumann abfotografiert hatte. Dulles, der damals schon als Chef des Geheimdienstes OSS fungierte, was Kolbe aber nicht wusste, leitete die kriegsbeeinflussenden geheimen Informationen an die amerikanischen Streitkräfte weiter. Bei den Treffen in der Berner Villa von Gerald Mayer redete Kolbe sich alles von der Seele, berichtete von den Bombardierungen, dem Chaos in der Charité, der miesen Stimmung unter Soldaten und der Berliner Bevölkerung. In seinen Dokumenten war von geplanten deutschen U-Boot-Angriffen auf alliierte Konvois die Rede oder von der Lage der verbündeten Japaner in Südostasien. Kolbe verblüffte die Amerikaner mit einer Anleitung zum Bau des neuen Superflugzeugs, der Messerschmidt Me 262, und mit Hinweisen auf die Identität des meistgesuchten NS-Spions Cicero. Er verriet die Standorte von versteckten Geheimraketen und welche Mutmaßungen die Wehrmacht über eine mögliche Invasion der Alliierten anstellte.

Dass Kolbes Informationen an die entsprechenden amerikanischen Militärkreise weitergereicht wurden, entnahmen die Mitglieder des Donnerstagsclubs voller Genugtuung den Zeitungsberichten über Angriffe auf diverse Ziele in Deutschland. Nach Kolbes Hinweisen wurden etliche Tarnfirmen bombardiert, die Ausrüstungsgegenstände für die Wehrmacht herstellten. Unter anderem wurden dabei die Schiffswerften in Emden zerstört, die IG-Farbenwerke in Frankfurt am Main und die Metzeler Gummiwerke in München.

Es gab allerdings etwas, das Fritz Kolbe zunehmend irritierte.

»Warum bombardieren sie nicht endlich die Gleise, die zu den Konzentrationslagern im Osten führen?« Immer wieder beschwerte er sich bei Lily darüber. »Dort werden Juden getötet, das habe ich ihnen lang und breit erklärt.«

18. DER FÜHRER LEBT

Berlin, 21. Juli 1944

»Deutsche Volksgenossen und -genossinnen! Ich weiß nicht, zum wievielten Male nunmehr ein Attentat auf mich geplant und zur Ausführung gekommen ist. Wenn ich heute zu Ihnen spreche, dann geschieht es aus zwei Gründen:
Erstens, damit Sie meine Stimme hören und wissen, dass ich selbst unverletzt und gesund bin.
Zweitens, damit Sie aber auch das Nähere erfahren über ein Verbrechen, das in der deutschen Geschichte seinesgleichen sucht. Eine ganz kleine Clique ehrgeiziger, gewissenloser und zugleich unvernünftiger, verbrecherisch-dummer Offiziere hat ein Komplott geschmiedet, um mich zu beseitigen und zugleich mit mir den Stab praktisch der deutschen Wehrmachtführung auszurotten. Die Bombe, die von dem Obersten Graf von Stauffenberg gelegt wurde, krepierte zwei Meter an meiner rechten Seite ...«

»Stauffenberg, es war Oberst Stauffenberg!« Lily hielt sich die Hand vor den Mund und starrte fassungslos auf den Volksempfänger, der in Sauerbruchs Büro auf der Fensterbank stand. Der Chef war nicht da, aber Lily und Luise hatten die Spannung nicht mehr ausgehalten. Seit dem Nachmittag hatte in der Klinik das Gerücht kursiert, es sei ein Attentat auf Hitler verübt worden. Zwischen neunzehn und zwanzig Uhr hatte der Rundfunk mehrfach bestätigt, dass es einen Anschlag gegeben hatte, dieser sei jedoch gescheitert. Noch in dieser Nacht wolle der unversehrte Führer zum Volk sprechen, hatte es geheißen.

Wo immer es in der Charité einen Rundfunkempfänger gab, saßen jetzt Schwestern, Ärzte und Patienten davor. Niemand schlief in dieser Nacht. In den Büros, Schwesternzimmern, Aufenthaltsräumen warteten alle auf Gewissheit.

»Das ist seine Stimme«, sagte Luise. »Er hat das Attentat überlebt!«

»Ich muss mich setzen.« Lily sank mit einem mächtigen Schwindelanfall auf ihren Sekretärinnenstuhl.

»... Welches Schicksal Deutschland getroffen hätte, wenn der Anschlag heute gelungen sein würde, das vermögen die wenigsten sich vielleicht auszudenken. Ich selber danke der Vorsehung und meinem Schöpfer nicht deshalb, dass er mich erhalten hat – mein Leben ist nur Sorge und ist nur Arbeit für mein Volk – , sondern, wenn ich danke, nur deshalb, dass er mir die Möglichkeit gab, diese Sorgen weiter tragen zu dürfen und in meiner Arbeit weiter fortzufahren, so gut ich das mit meinem Gewissen und vor meinem Gewissen verantworten kann ...«

Während Luise gespannt und besorgt den Worten Hitlers folgte, nahm Lily die Ansprache nur noch wie durch einen Schleier wahr. Sie dachte an den netten Grafen von Stauffenberg. Es war vor fast einem Jahr gewesen. Einen Tag vor Fritz` Rückkehr aus der Schweiz. Am Freitag, den 21. August 1943 um Punkt elf Uhr dreißig war Graf Claus Schenk von Stauffenberg bei ihr für eine Besprechung mit dem Chef angemeldet. Der letzte Patient vor ihrer Mittagspause. Lily schloss die Augen. Den Führer hörte sie nicht mehr.

Sie sieht Stauffenberg in der Tür zum Sekretariat stehen. Luise ist nicht da. Seine Erscheinung wirkt surreal, aber nicht beängstigend. Ein attraktiver, stolzer Mann voller Charisma. Er ist bester Laune, lächelt, trotz seiner deutlich erkennbaren Verstümmelungen, als wäre er sich ihrer Schwere gar nicht bewusst. Lily mustert die schwarze Augenklappe.

Stauffenberg bemerkt ihren Blick und deutet mit der verbundenen linken Hand auf das unbedeckte, hellblaue Auge. »Eins reicht völlig aus«, sagt er. »Ich erkenne klar und deutlich vor mir eine junge, hübsche Dame und bitte sie, mich zum verabredeten Termin beim Herrn Professor anzumelden.«

»Ja, richtig«, sagt Lily. »Oberst von Stauffenberg. Sie kommen wegen Ihrem Auge, also dem verlorenen.«

Stauffenberg lacht. »Nein, das ist hin.« Er bewegt ruckartig den Oberkörper zur Seite, sodass der leere Ärmel seiner feldgrauen Uniform hin und her schwingt. »Ich möchte wohl gern einen neuen Arm haben, wenn möglich.«

»Entschuldigung, ich bin etwas verwirrt«, sagt Lily, die bereits weiß, dass der Offizier sich die Verletzungen vor sieben Monaten bei einem Tieffliegerangriff der Engländer auf seine in Tunesien stationierte 10. Panzer-Division zugezogen hat. Sie weiß das vom Chef.

»Natürlich, Sie brauchen einen Sauerbruch-Arm«, sagt Lily. »Gehen Sie ...«

» ... Ich ersehe daraus auch einen Fingerzeig der Vorsehung, dass ich mein Werk weiter fortführen muss und daher weiter fortführen werde! ...«

Ein Knacken im Lautsprecher holte Lily zurück in die Gegenwart. Sie öffnete die Augen und sah die vor Aufregung zitternde Luise. »Er lebt, und er ist wütend, sehr wütend«, sagte ihre Kollegin und schaute hilflos aus dem Fenster in die Ferne.

»Er brauchte einen Sauerbruch-Arm«, rief Lily ihr zu.

»Was?« Luise drehte sich zu ihr um, ihr Gesicht war ganz blass.

»Stauffenberg war Patient bei uns«, erklärte Lily. »Vor einem Jahr. Er war drinnen beim Professor!«

»Das ist ja ein Zufall«, sagte Luise abwesend und schaute wieder aus dem Fenster, als könnte sie dort Antworten finden.

»Das glaube ich allerdings nicht«, erwiderte Lily leise und stemmte sich aus dem Stuhl. »Ich gehe den Chef suchen.«

Sie rannte über sämtliche Stationen der Chirurgischen, fand ihn aber nirgends. Dabei musste er in der Klinik sein, sein Auto stand auf dem Hof. Sie klopfte an Neumanns Büro, dann an das von Wetterstein. Beide nicht da. Als sie zurück zum Sekretariat laufen wollte, wäre sie um ein Haar mit Mescher zusammengestoßen, der einen Wagen mit frischer Wäsche aus dem Fahrstuhl zog.

»Schöne Scheiße mit dem Führer«, sagte er, als er Lily bemerkte.

»Wo sind sie denn alle?«, fragte sie und zerrte an Meschers Kittel.

»Keine Ahnung. Neumann hat Wetterstein vorhin aus seinem Büro geholt und ist mit ihm die Treppen runter.«

»Wann war das?«

»Vor einer Dreiviertelstunde, würde ich sagen.«

»Danke«, rief Lily und hetzte zu den Dienstwohnungen hinunter. Sie lief an ihrer eigenen Tür vorbei, klopfte bei Neumann. Niemand gab Antwort. »Ich bin's, Lily!«, rief sie, hörte dann eine Männerstimme flüstern. Oder waren es mehrere?

Plötzlich wurde die Tür aufgerissen. »Komm rein, aber leise«, zischte Neumann. Seine fast pechschwarzen Haare standen ihm wirr vom Kopf ab.

Als Lily eintrat, fiel ihr Blick zuerst auf das Radio, das auf dem Schreibtisch stand. Sie hatte gar nicht gewusst, dass ihr Nachbar eines besaß. Wetterstein saß auf einem Stuhl und starrte aufs Bett. Lily folgte seinem Blick, sah, dass ihr Chef darin lag. Er hatte sich die Decke mit dem Eiffelturm bis zum Kinn hochgezogen, sein Gesicht war kreidebleich. Unter der Decke zitterte er am ganzen Körper. So hatte Lily ihn noch nie erlebt, und sie hätte auch nicht für möglich gehalten, dass der große Sauerbruch einmal derart aus der Fassung geraten könnte. Etwas Schlimmes musste geschehen sein!

»Oh, mein Liebchen«, stotterte Sauerbruch, als er Lily bemerkte.

»Was ist denn nur los?« Lily schaute nacheinander alle drei Männer an.

»Setz dich da hin«, forderte Neumann sie auf und wies auf den freien Stuhl neben Wetterstein. Lily setzte sich.

»Es tut mir so leid«, stöhnte Sauerbruch. »Alles. Das musst du mir glauben, Liebchen.«

»Ich weiß doch gar nichts«, sagte Lily, obwohl sie schon eine Ahnung hatte.

»Der Donnerstagsclub ist in Gefahr«, warf Neumann ein. »Vielleicht findet er nie wieder statt.«

»Natürlich findet er nie wieder statt«, stöhnte Sauerbruch und starrte an die Zimmerdecke. »Es ist vorbei!«

Lilys Herz begann zu rasen. Nun bekam auch sie Angst.

»Ganz ruhig, Chef«, sagte Wetterstein, der scheinbar gelassen auf einem Bleistift herumkaute. »Wir haben ja einen Plan.«

Neumann seufzte. »Es muss alles verschwinden. Klaus Brandt löst in diesem Moment sämtliche Dokumente, die wir für die Amerikaner gesammelt haben, in Salzsäure auf. Wenn Fritz noch irgendwas zu Hause hat, muss er es schnellstmöglich ebenfalls vernichten.«

»Verstehe«, sagte Lily. »Ich werde es ihm sagen. Ich hoffe, er ist nicht in Gefahr.« Plötzlich erschrak sie und blickte ängstlich zu dem Franzosen auf. »Fritz hat doch nichts damit zu tun! Hat er doch nicht, oder? So sagen Sie doch um Himmels willen etwas, Herr Neumann. Bitte!«

»Nein, hat er nicht.« Neumann fuhr sich mit beiden Händen durch die Haare und sprach dann langsam weiter. »Aber Fritz ist natürlich in Gefahr, genau wie wir alle. Ich weiß nicht, wie groß die Verschwörergruppe um Stauffenberg war, aber sie werden jeden verdächtigen Winkel dieses Landes absuchen, und niemand, den sie mit der Sache in Verbindung bringen, wird das überleben.«

»Auch ich nicht!« Sauerbruch starrte immer noch an die Decke. Lily sah, dass ihm Tränen über die Wangen liefen.

»Der Chef war daran beteiligt?«, fragte sie, an Neumann gewandt.

»Es scheint so, aber wir können, wir müssen ihn retten!«

»Das hat doch alles keinen Sinn!«, brüllte Sauerbruch.

»Ganz ruhig, Chef«, sagte Wetterstein.

»Professor Sauerbruch hat uns heute Abend offenbart, dass einige seiner Freunde unter den Verschwörern sind, die Hitler töten und die Macht übernehmen wollten«, erzählte Neumann. Die beiden Ärzte wechselten einen Blick. »Es waren Männer aus der Mittwochsgesellschaft darunter. Sie sitzen jetzt im Kriegsministerium fest und realisieren, dass ihre Operation gescheitert ist.«

»Stauffenberg«, sagte Lily. »Er war hier, brauchte einen Sauerbruch-Arm.«

»Der Idiot!« Sauerbruch richtete sich stöhnend im Bett auf. »Dieser tapfere Idiot. Ich habe ihm vor zwei Wochen, als er Gast bei mir zu Hause war, gesagt, dass er das nicht machen kann.

Nicht mit nur einem Arm, nicht mit nur einem Auge!« Sauerbruch fing an zu schluchzen. »Ich habe meinen Freund Beck, der die Sache geplant hat, angefleht, dass sie einen anderen schicken sollen!«

»Wir gehen davon aus, dass alle Männer, die direkt an den Plänen beteiligt waren, noch heute hingerichtet werden«, erklärte Wetterstein. »Es waren nicht alle Mitglieder der Mittwochsgesellschaft involviert, nur ein kleiner Kreis. Der Chef hat alles gewusst, sich aber wohl nicht direkt eingemischt.« Wetterstein blickte auf. »Stimmt doch, Chef?«

»Stimmt.«

»Es gibt jedenfalls keine Beweise, keine Post, nichts Schriftliches, soweit sich der Herr Professor erinnern kann«, setzte Neumann Wettersteins Ausführungen fort. Dabei schaute er mitleidig auf seinen bettlägerigen Chef.

»Peter!«, stieß Sauerbruch plötzlich hervor und reckte die Arme nach oben. »Oh, mein Gott!«

»Peter?«, fragte Lily.

»Peter Sauerbruch«, sagte Neumann. »Sein Sohn ist der beste Freund von Stauffenberg und war mit Sicherheit eingeweiht.«

Wetterstein sprach betont in Richtung des Chefs. »Sein Glück ist aber, dass er an der Ostfront kämpft. Man weiß zwar nicht, was die Gestapo alles finden wird ... welche Ausmaße das alles annehmen wird, aber wir sollten jetzt nicht anfangen zu dramatisieren. Denken wir doch mal an die, die in diesem Moment wirklich um ihr Leben bangen.«

»Ja«, entgegnete Neumann. »Ruhe ist das Gebot der Stunde. Alle Beweise vernichten! Überlegen, ob es irgendwo noch etwas gibt, das weg muss.« Er schaute Lily an. »Von der Existenz des Clubs wird keiner etwas erfahren. Wir wussten ja alle nichts von den Attentatsplänen. Absichtlich nicht. Professor Sauerbruch wollte uns nicht gefährden und hat uns komplett rausgehalten.«

»Dann wusste Fritz auch ganz sicher nichts?« Lily dachte ununterbrochen an ihren Freund, der sich noch im Regierungsviertel befand, nicht weit von den Verschwörern entfernt.

»Nein!«, rief Sauerbruch.

Neumann setzte zu einer ausführlichen Erklärung an: »Dein Fritz ist einer der mutigsten Männer dieses Landes. Er hat Großes geleistet, aber mit dem Attentat auf Hitler hat er nicht das Geringste zu tun. Er kennt Stauffenberg doch gar nicht.«

»Gut«, sagte Lily und atmete auf.

»Dennoch musst du ihn, wenn du ihn das nächste Mal siehst, anweisen, dass er unter gar keinen Umständen in den nächsten Wochen Kontakt zu Dulles in der Schweiz aufnehmen darf. Er muss wie wir alle die Füße stillhalten. George Wood existiert vorerst nicht mehr.«

»Ich sage es ihm«, antwortete Lily. »Er wird sicher herkommen, sobald er kann.«

»Natürlich wird er das«, sagte Neumann. »Aber egal, was passiert, der Chef muss hier erst mal weg. Margot wird versuchen, ihn morgen auf ihr Familiengut nach Großröhrsdorf zu holen.«

»Ist das nicht auffällig?«, fragte Lily. »Wenn er jetzt wegfährt?«

Neumann schüttelte den Kopf. »Wenn überhaupt der Name Sauerbruch fallen sollte, dann wohl kaum in den nächsten Tagen. Auffälliger wäre es, wenn irgendjemand den Chef hier so sehen würde, in seinem desolaten Zustand. Das würde eher Fragen aufwerfen.«

»Verstehe«, sagte Lily. »Dann gehe ich jetzt mal wieder nach oben zu Luise. Die ist ja auch ganz durcheinander, die Arme, fragt sich bestimmt, wo ich hingerannt bin.«

Sauerbruch wandte ihr sein Gesicht zu. Noch immer rollten ihm Tränen über die Wangen. Seine Brille war beschlagen. »Kommst du nachher noch mal und sagst gute Nacht?« Er war wirklich kaum wiederzuerkennen, schien eindeutig verwirrt zu sein, wie ein kleines, verängstigtes Kind. Das Gegenteil seiner selbst. Das ist ein regelrechter Nervenzusammenbruch, dachte Lily, stand auf und schaute den Franzosen fragend an.

»Kannst du gerne machen«, meinte der. »Sauerbruch schläft heute in meinem Bett und bleibt unter meiner Aufsicht, bis ihn seine Frau morgen früh abholt.«

»Na, dann.« Lily strich ihr Kleid glatt. »Bis später also.« Sie schaute noch einmal zu Sauerbruch. »Und gute Besserung, Chef!«

»Danke, Liebchen!«

19. DAS TROMPETER-SCHLÖSSCHEN

Was mit Stauffenberg und den anderen Verschwörern des 20. Juli geschah, erfuhr Lily später aus der Zeitung. Noch am Tag des missglückten Staatsstreichs hatten alarmierte Wehrmachtsoffiziere um halb elf Uhr abends den Bendlerblock gestürmt, in dem sich die Verschwörer aufhielten. Der Befehlshaber des Ersatzheeres, Generaloberst Friedrich Fromm, verhängte noch vor Ort ein Standgericht. Die Anführer des Widerstandes, Oberst Claus Graf von Stauffenberg und sein Adjutant, Oberleutnant Werner von Haeften, außerdem General Friedrich Olbricht und Oberst Albrecht Ritter Mertz von Quirnheim, wurden um Mitternacht im hell ausgeleuchteten Innenhof des Bendlerblocks durch ein Exekutionskommando hingerichtet. Fromm hatte General Ludwig Beck – ein guter Freund Sauerbruchs und Mitglied der Mittwochsgesellschaft – gestattet, sich selbst zu erschießen. Als der Versuch zweimal scheiterte, richtete ihn die Kugel eines hinzugezogenen Feldwebels.

Auch Fromm selbst sollte nicht verschont bleiben. Als die Gestapo herausfand, dass er gemeinsame Sache mit den Verschwörern gemacht hätte, wenn das Attentat gelungen wäre, und dass er in alle Pläne eingeweiht gewesen war, wurde er vom Volksgerichtshof wegen Feigheit vor dem Feind zum Tode verurteilt.

Die Männer des SD und der Gestapo schienen jeden Winkel des Reiches nach Mitwissern zu durchforsten. Polizisten verhörten, folterten, mordeten. Bis Kriegsende wurden über siebentausend Verdächtige verhaftet, die meisten überlebten die Haft nicht. Ernst Kaltenbrunner, der Chef der Sicherheitspolizei und des SD, ließ Armeeangehörige aller Ränge vor den Volksgerichtshof zerren. Egal, ob Generalfeldmarschall oder Unteroffizier. Wer das Attentat unterstützt hatte, wer davon gewusst hatte, der wurde vom Präsidenten des Volksgerichtshofes, Roland Freisler, öffentlich gedemütigt und hatte keine Chance, einem Todesurteil zu entkommen.

Auch einige Diplomaten, die zu den Verschwörern gehört hatten, waren unter den Opfern. Obwohl natürlich auch das Auswärtige Amt durchsucht wurde, fiel auf Fritz Kolbe nie ein Verdacht. Lily wusste, dass er sich vollkommen unauffällig und langweilig geben konnte, wenn er wollte. Das rettete ihm vielleicht in diesen Tagen das Leben.

Was Sauerbruchs Vorahnungen betraf, so sollten sich diese bewahrheiten. Zweieinhalb Wochen nach dem gescheiterten Attentat tauchte ein Trupp Gestapo-Männer in der Charité auf. Im Visier hatten sie nur die Chirurgische Klinik und Sauerbruch. Ernst Kaltenbrunner persönlich hatte es sich zum Ziel gesetzt, dem großen Mediziner den Garaus zu machen. Tagelang tyrannisierte der gefürchtete, aus Österreich stammende Mann mit dem markanten Schmiss auf der Wange die Klinik.

Lily wusste nicht, was die Polizei gegen Sauerbruch vorzubringen hatte, sie machte sich aber auch keine allzu großen Sorgen mehr um ihn. Denn der Chef war, als er nach einer Woche aus Großröhrsdorf zurückgekehrt war, wie ausgewechselt. Keine Spur mehr von Angst oder Verzweiflung. Im Gegenteil, alles schien ihn zu beflügeln. Er operierte enthusiastisch, scherzte mit seinen Patienten, erzählte hier und da seine Anekdoten. Über den 20. Juli verlor er kein Wort mehr. Lily glaubte, dass er einfach heilfroh darüber war, dass niemand seinen Sohn Peter verdächtigte. Er selbst konnte sich aus allem herausreden, wenn er wollte. Das zählte zu seinen herausragendsten Talenten.

Von Ernst Kaltenbrunner ließ Sauerbruch sich nicht einschüchtern. Lautstark beschwerte er sich darüber, dass die Gestapo-Leute auf der Station herumschnüffelten, seine Patienten und Schwestern einschüchterten und bedrängten. »Das geht nicht, Sie Rüpel, das ist ein Krankenhaus, die Patienten brauchen ihre Ruhe, Ärzte und Schwestern müssen Leben retten«, wies er den Chef der Sicherheitspolizei zurecht, nachdem der sämtliche Oberärzte der Klinik verhört hatte.

»Sie sind gleich dran, Sauerbruch«, rief Kaltenbrunner über den Gang. »Als mein besonderer Leckerbissen. Dann tönen Sie hier nicht mehr so rum, Herr Professor!«

»Ja, bitte, worauf warten Sie noch?« Sauerbruch wies auf die Tür seines Büros. Luise und Lily standen hinter ihm. »Gehen wir rein, erklären Sie mir, was diese unerhörte Ruhestörung und Aufregung hier rechtfertigen könnte.«

Kaltenbrunner näherte sich schnellen Schrittes. Was für ein widerlicher Mensch, sinnierte Lily. Hass macht wohl wirklich hässlich. Der Chef der Sicherheitspolizei schwitzte. Kein Wunder, dachte Lily beim Anblick des langen, schwarzen Mantels, den er über der grünen, mit Orden behängten Uniform trug. Musste das sein, im Hochsommer? Sein blasses Gesicht wirkte durch zwei große Schmisse auf der linken Wange, Dutzende Falten und Aknenarben geradezu deformiert. Die Scheitelfrisur eines Hitlerjungen über dem Gesicht eines Greises. Luise hatte ihr gesagt, der Mann sei vierzig Jahre alt.

Sauerbruch stellte sich so, dass Kaltenbrunners Aufmerksamkeit sich nicht auf seine Sekretärinnen richten konnte, und ließ ihn zuerst in sein Büro eintreten. Sobald sich die Tür hinter ihnen geschlossen hatte, schlichen Lily und Luise durch das Sekretariat zur Verbindungstür. Sie brauchten ihre Ohren gar nicht daran zu pressen, denn die Männer schrien mehr, als dass sie redeten.

»Sie, Herr Geheimrat, haben am Dienstag, dem achtzehnten Juli, zwei Tage vor dem ultimativen Verrat, General Ludwig Beck zum Abendessen in Ihrem Haus gehabt. Einen der vier Anführer der Verschwörung!« Obwohl Kaltenbrunner aus Österreich stammte, schien sein Dialekt doch eher dem Bayerischen zu ähneln. Lily fragte sich, ob er das extra machte. Er rollte das R wie der Führer und fluchte auch exakt in dessen Manier.

Für ein paar Sekunden herrschte Stille.

»Oh nein«, flüsterte Luise.

Lily legte den Zeigefinger an die Lippen. »Dem fällt was ein, pass auf.«

»Na und«, polterte Sauerbruch schließlich. »Was ist denn wohl dabei? Beck war mein Freund. Wir haben oft zusammen gegessen.«

»Freund!«, rief Kaltenbrunner. »Wie kann man so ein Dreckschwein seinen Freund nennen?«

»Also, ich muss doch sehr bitten«, echauffierte sich Sauerbruch. »So nicht, mein Lieber, so nicht! Du, ich schmeiß dich hier gleich im hohen Bogen raus aus meiner Klinik!«

»Was haben Sie mit dem Verräter zu bereden gehabt, so kurz vor dem Attentat? Da soll es also nicht um das Attentat gegangen sein?« Kaltenbrunner schrie noch lauter als der Chef. Aber seine Stimme war nicht so ausdrucksstark, nicht so klar wie die seines Gegenübers. Eher hohl als angsteinflößend, dachte Lily und drückte beide Daumen fest für Sauerbruch.

»Nein, da hatte ich noch keine Ahnung von diesem abscheulichen Attentat, Herr Kaltenbrunner«, sagte der Chef nun ruhiger. »Wir haben vorzüglich diniert, meine Frau hat Rouladen zubereitet, mit Klößen. Ein Gedicht. Wollen Sie mal vorbeikommen? Wir finden sicher noch eine hübsche Zigarre für Sie.«

»Das will ich nicht!«

»Ach, schade.«

»Dann, das geht aus Becks Kalender hervor«, brüllte Kaltenbrunner wieder, »sind Sie am selben Abend mit eben diesem zu General Olbricht gefahren. Dem zweiten der vier Hauptverschwörer.«

»Moment, ich muss überlegen«, unterbrach Sauerbruch. »Ja, das stimmt. Ja, ganz sicher, ich erinnere mich. Da waren wir an dem Abend. Ist ja auch mein Freund, der Olbricht. Gewesen. Möge er bei Gott in Frieden ruhen.«

»Das interessiert mich nicht! Reden Sie Tacheles, Professor!«

»Natürlich, mache ich ja«, sagte Sauerbruch. »Wir sind alle über die Mittwochsgesellschaft eng verbunden, die wir aber nun ja jetzt auflösen mussten, wo wir vier Mitglieder verloren haben. Beck ist tot, und Sie haben drei weitere von uns verhaften lassen.«

»Vielleicht nehme ich bald den nächsten fest, wenn Sie nicht kooperieren!«

»Ich?« Der Chef lachte. »Ich kooperiere doch! Oder habe ich Ihnen irgendwas verschwiegen? Fragen Sie mich doch, was Sie meinen, mich fragen zu müssen. Ja, ich war mit Beck am achtzehnten Juli bei Olbricht. Das sagte ich doch.«

»Und was haben Sie da gemacht, zwei Tage vor dem Verrat?«

»Warum bringen Sie denn alles immer mit dem Attentat in Verbindung?«

»Ja, warum wohl!« Kaltenbrunner schrie jetzt so laut, dass man sich Sorgen machen musste, er könnte die Patienten der Aufwachstation womöglich vorzeitig wecken.

»Na, ich erzähl's dir mal, Kaltenbrunner«, sagte Sauerbruch bedächtig. »Setz dich wieder hin. Da, nimm eine!«

»Er hat ihm Zigarren hingestellt«, flüsterte Lily. »Hat er sich extra kommen lassen heute. Und er duzt ihn zwischendurch, ein gutes Zeichen, alles Taktik.«

»Danke«, murmelte Kaltenbrunner. Lily hörte ein schmatzendes Geräusch. »Kubanische sind die köstlichsten!«

»Ich weiß.« Sauerbruch lachte.

»Ich muss es trotzdem wissen«, fuhr Kaltenbrunner schon etwas entspannter fort. »Was wollten Sie beide da? Nun?«

»Beck hat mich nach dem Abendessen gefragt, ob ich ihn zu Olbricht chauffiere. Er hatte zu viel Rotwein getrunken, aber ich konnte noch fahren. Und als wir dann dort waren, in Olbrichts Haus, habe ich gemerkt, dass meine Anwesenheit die beiden störte. Offensichtlich hatten Sie etwas Wichtiges zu besprechen.«

»Kann mir denken, was!«

»Konnte ich mir nicht damals!«

»Schon klar. Dann sind Sie wieder weg, oder was?«

»Nein, ich wollte Beck ja noch nach Hause fahren, hatte das Gefühl, es würde nicht allzu lange dauern.«

»Dann haben Sie also gewartet«, blökte Kaltenbrunner. »Wo? In seinem Arbeitszimmer, vor seinem Arbeitszimmer?«

»Ich bin in die Bibliothek gegangen.«

»Aha.« Kaltenbrunner wurde ungeduldig. »Was haben Sie da gemacht?«

»Ist die Frage ernst gemeint?«

»Heiße ich Ernst? Ja, heiße ich, und ich meine alles ernst, was ich sage.«

»Ich habe ein Buch gelesen, das tut man so in Bibliotheken, und Olbricht besitzt eine sehr gut sortierte Bibliothek.«

»Jetzt krieg ich Sie, Sauerbruch!« Kaltenbrunner wurde wieder lauter. »Sie reiten sich rein!« Einige Sekunden Stille. »Welches Buch haben Sie da gelesen, in Olbrichts gut sortierter Bibliothek?«

»*Das Trompeterschlösschen in Dresden*«, antwortete Sauerbruch ruhig.

»Das was?« Kaltenbrunner lachte laut. »Das Tromp ... haha ... das Trompeter ... haha ... das ... Schlösschen, haha, in Dresden.« Sein Gelächter steigerte sich in einen Hustenanfall. Als er den überwunden hatte, rief er in die andere Richtung: »Erwin! Erwin!«

Lily hörte, dass die Tür zu Sauerbruchs Büro aufgestoßen wurde.

»Ja, Chef«, sagte eine junge Männerstimme. Es war wohl der Polizist, der Kaltenbrunner mit einigen Metern Abstand über den Gang gefolgt war.

»Fahr noch mal zu dem Haus von diesem Olbricht-Schwein. Guck in seiner Bibliothek nach, guck ganz genau, ob du da das Buch *Das Trompeterschlösschen in Dresden* findest. Unter T nehme ich an? Unter T, Erwin. Bring es her, wenn es da ist. Los jetzt!«

»Ja, Chef! Zu Befehl, Chef!«, rief Erwin. »Heil Hitler!« Er schloss die Tür.

»Damit habe ich Sie, Sie Lügenmaul, Sauerbruch! Wenn es dieses Buch da nicht gibt, stecke ich Sie in mein Schlösschen. Da ist dann nichts mehr mit Lesen. Es ist das Folterschlösschen von Moabit.«

Sauerbruch blieb ruhig. »Dann haben wir ja etwas Zeit, bis Erwin wieder da ist. Nehmen Sie einen?«

»Schottischer Whisky«, flüsterte Lily ihrer Kollegin zu. »Kaltenbrunner liebt den, hat der Chef gesagt.«

»Mein lieber Schwan.« Kaltenbrunner pfiff anerkennend. »Sie haben aber auch wohl nur das Feinste vom Feinen hier oben. Zeigen Sie her! Ein ganz ausgezeichneter Jahrgang. Darf ich wirklich?« Zum ersten Mal klang er regelrecht freundlich.

»Bitte, bedienen Sie sich. Gläser stehen da. Gießen Sie mir doch auch einen ein.«

»Aber sicher doch, Professor.«

Lily hörte die Gläser klirren, kurze Zeit später stieß Sauerbruch mit Kaltenbrunner auf alles an, was der vorgab. Auf Heinrich Himmler, auf den großen Endsieg, auf die schönen deutschen Frauen. Das ging so eine halbe Stunde, dann stand Erwin wieder in der Tür.

»Zeig her!«, bellte Kaltenbrunner, als der junge Soldat eingetreten war. »Das gibt's doch nicht: *Das Trompeterschlösschen in Dresden* von Ottomar Enking. Mit zwölf montierten Abbildungen und reichem Buchschmuck.« Kurz war es ganz still im Büro, dann fluchte er: »So eine Scheiße! So was lesen Sie? Ernsthaft? Sie sind doch der große Chirurg Sauerbruch!«

»Natürlich lese ich so was, gerade als Chirurg«, antwortete der Chef. »Ich habe schmunzeln und sinnieren können. Das brauchen wir großen Ärzte ganz dringend zum Ausgleich. Habe sogar einen Knick reingemacht, bei Seite dreiundzwanzig, glaube ich. Wusste ja nicht, dass Olbricht nicht mehr wiederkommt. Der arme, gute Friedrich!«

»Das ist unfassbar«, sagte Kaltenbrunner. »Der Knick ist drin! Erwin?«

»Ja, Chef?«

»Fang, wir gehen! Ich hab noch anderes gegen Sie, Sauerbruch. Ich krieg Sie schon dran. Sie haben zwar guten Fusel hier und Zigarren, aber Sie haben auch Dreck am Stecken, das rieche ich. Wir sind morgen wieder da!«

»Gerne«, antwortete Sauerbruch. Er räusperte sich. »Also, wenn das Buch kein Beweismittel ist, ich würde es gerne weiterlesen. Aber wenn Sie …«

»Ich lese ganz sicher nichts über das verfluchte Trompeterschlösschen in Dresden. Gib's ihm Erwin, und dann komm. Wir ziehen ab für heute!«

20. KALTER WHISKY

Sauerbruch fühlte sich während der sicherheitsdienstlichen Ermittlungen in seiner Klinik so sicher, dass er nicht mal daran gedacht hatte, die beiden Juden, die er zur Behandlung auf Station hatte, zu entlassen. Er habe es einfach vergessen, verriet er Lily später. Und so kündigte sich bei Kaltenbrunners Besuch am nächsten Nachmittag zusätzlicher Ärger an. Wieder marschierte er mit einer ganzen Horde von Gestapo-Leuten auf, wieder schnüffelten sie überall herum, guckten böse, versuchten, eine Atmosphäre der Angst und Einschüchterung zu erzeugen. Die allermeisten Patienten wie auch das Pflegepersonal ließen sich dadurch aber nicht verunsichern. Sie ignorierten die Schnüffler so gut es ging. Hinter vorgehaltener Hand wurde sogar über die meist jungen Männer gelacht, die sich mit langen Mänteln oder tief in die Stirn gezogenen Schirmmützen Eindruck zu verschaffen suchten.

»Sauerbruch!« Kaltenbrunner stampfte über den Flur der Männerstation. »Sauerbruch soll sofort herkommen!«

Man ließ es dem Chef nach oben ausrichten. Wenige Minuten später eilte er gemeinsam mit Lily herbei. Lily sorgte sich. Plötzlich waren sie ihr eingefallen: die Brüder Grünbaum. Zwillinge, achtundfünfzig Jahre alt, früher Besitzer eines pompösen Kaufhauses in Charlottenburg. Untergetaucht, krank geworden, bei

Sauerbruch vorgesprochen. Vor drei Wochen waren beide am selben Tag operiert worden. Adam Grünbaum hatte Sauerbruch einen Tumor aus der Speiseröhre geschnitten, seinem Bruder Benjamin einen aus dem Dickdarm. Beide waren viel zu spät zum Arzt gegangen, aber noch rechtzeitig genug, und inzwischen auf dem Wege der Besserung.

»Was ist denn los?«, fragte Sauerbruch und blieb vor Zimmer 14 stehen, wo der Chef der Sicherheitspolizei auf ihn wartete.

Kaltenbrunners Wangen waren gerötet, nur die Narben blass wie immer. Er sieht aus, als hätte er ein riesiges Radieschen als Kopf, dachte Lily und schielte an ihm vorbei in das Krankenzimmer. Die Brüder saßen verängstigt auf einem der beiden Betten, daneben standen zwei Gestapo-Leute und wühlten in ihren Koffern herum.

»Was los ist?«, schrie Kaltenbrunner. »Heißen die beiden Ratten da drinnen Grünbaum, oder nicht? Und dürfen diese Judenschweine in einem deutschen Krankenhaus behandelt werden, oder nicht?«

»Also, Herr Kaltenbrunner, bei allem Respekt«, sagte Sauerbruch lässig. »Ich bin kein Tierarzt, da drinnen können weder Ratten noch Schweine sein.«

»Das wird Sie teuer zu stehen kommen, Sauerbruch. Sie behandeln Juden, obwohl das nach dem Gesetz strengstens untersagt ist. Die gehören in ein Judenlazarett und dann in ein Lager. Morgen werden sie abgeholt!«

»Werden sie nicht«, widersprach Sauerbruch. »Sie befinden sich ja noch in Behandlung. Ich kann die Herren Grünbaum erst entlassen, wenn sie ganz gesund sind. Und wann das ist, bestimmt ja wohl immer noch der Mediziner und nicht der Polizist.«

Kaltenbrunner lachte. »Sie wollen mich wohl verschaukeln, Sie fürchterlich arroganter Judenarzt. Sie wissen wohl nicht, mit wem Sie reden?«

»Sie wissen wohl nicht, mit wem *Sie* reden, Kaltenbrunner! Wenn Sie sich weiterhin eines solchen Tones mir gegenüber befleißigen, beschwere ich mich bei Hitler persönlich!«

»Das wagen Sie mal, Sie Quacksalber.« Kaltenbrunner schaute in das Patientenzimmer: »Erwin, Hermann, wir ziehen ab. Nehmt die Pässe von dem Gesocks mit. Morgen früh lasse ich einen Krankenwagen schicken, der sie da hinbringt, wo sie hingehören.« Er drehte sich auf dem Absatz um, zischte: »Wir sprechen uns noch, Sauerbruch«, und lief dann in Richtung Ausgang. Die beiden jungen Männer folgten ihm, nicht ohne dem Chirurgen und seiner Privatsekretärin noch einen verächtlichen Blick zuzuwerfen.

An diesem Abend tagte der Donnerstagsclub. Sauerbruch kam eine halbe Stunde zu spät. Neumann verriet Lily, dass der Chef im Ärztezimmer angekündigt hatte, die Dienstvisite auf der Männerstation heute Abend alleine durchführen zu wollen.

»Ich wette, die Grünbaums sind morgen früh nicht mehr da«, sagte Wetterstein, der schon sein zweites Stück Zitronenkuchen verschlang.

»Dazu fehlt ihm die Macht«, meinte Brandt. »Nicht bei Kaltenbrunner, unmöglich!«

»Da kennst du meinen Mann aber schlecht«, widersprach Margot, die einen bedrückten Eindruck machte und der das Bier mit Mescher heute nicht so recht zu schmecken schien. »Lies du mal weiter deine Micky Maus.«

»Was soll denn das jetzt?« Brandt schüttelte den Kopf. »Muss das sein?«

Lily mochte den Apotheker, aber sie fand es merkwürdig, dass ein Mann in seinem Alter – er musste um die sechzig sein – sich für kleine, bunte Mäuse interessierte.

»Bitte kein Streit«, sagte Neumann. »Die Situation ist ernst genug.«

Wetterstein behielt recht. Als Sauerbruch kam, erklärte er, er habe die Grünbaums nach Hause geschickt. Wo das war, sagte er nicht. Zum ersten Mal seit Langem sah er wieder niedergeschlagen aus, und Lily ahnte, dass etwas Schlimmes passiert sein musste.

»Ich lasse mir von diesem Nazi-Pfosten doch nicht sagen, was ich in meiner Klinik zu tun und zu lassen habe. Es ist höchste Zeit, dem ein Ende zu setzen. Zumal sie jetzt zu ganz unlauteren Mitteln greifen. Da kann ich nur noch selbst in die Offensive gehen.«

»Was haben Sie vor?« Wetterstein leckte sich die Finger. »Und was meinen Sie mit unlauteren Mitteln?«

»Er hat meinen Sohn!«, stieß Sauerbruch hervor.

»Was?«, rief Lily aus. Fritz, der wie immer neben ihr saß, nahm ihre Hand und streichelte sie zur Beruhigung.

»Ich weiß nicht, wann er vorhatte, mir das zu sagen«, stöhnte Sauerbruch. »Ich habe heute viel telefoniert, sehr viel. Noch immer habe ich die besten Verbindungen. Wichtige Männer, die mir die Treue halten. Nicht alle wissen das vielleicht, aber Professor Karl Gebhardt war einer meiner besten Schüler in München. Mit ihm habe ich damals während des Putsches die ganzen Nazis und Kommunisten behandelt, die sich gegenseitig eliminieren wollten. Heute ist Gebhardt der Leibarzt von Heinrich Himmler persönlich.« Die Stimme des Chefs begann zu zittern.

Hoffentlich kriegt er nicht wieder diese Zustände, dachte Lily und drückte die Hand ihres Freundes fester.

»Gebhardt hat es mir gesagt«, fuhr Sauerbruch fort. »Sie haben Peter am Montag an der Front verhaftet, er sitzt seit vorgestern in Gestapo-Haft, hier in Berlin, bei Kaltenbrunner!«

»Wegen Stauffenberg?«, fragte Neumann.

»Richtig, es ist kein Geheimnis, dass sie gute Freunde waren. Peter war auch in alles eingeweiht. Bei unserem letzten Treffen, da lebten Stauffenberg und meine beiden Freunde Olbricht und

Beck noch, hat er mir allerdings versprochen, dass man nichts finden wird, was ihn belasten könnte, falls es schiefgehen sollte.«

»Und glauben Sie das?«, fragte Neumann weiter.

»Ich glaube meinem Sohn immer«, erwiderte Sauerbruch fast empört. »Ich fürchte aber auch, dass es Kaltenbrunner nicht um Peter geht. Er will *mich,* will mir etwas nachweisen oder notfalls anhängen. Peter ist das Ass in seinem Ärmel. Falls er bei mir nichts findet, wird er wohl irgendwie versuchen, ihn als Druckmittel einzusetzen.«

»Herr Professor«, warf Wetterstein ein. »Bei allem Respekt. War es nicht vielleicht unklug, gerade in einer solchen Situation auch noch die Juden laufen zu lassen?«

»Was hätte ich denn tun sollen?« Sauerbruch hob ratlos die Hände. »Frag unseren Fritz hier, was der glaubt, was die Nazis mit den Juden anstellen in ihren Arbeitslagern.«

»Ich weiß, was Fritz denkt«, sagte Wetterstein und nahm sich eine Flasche Bier.

Lily musste daran denken, wie ihr Freund schier verzweifelte, weil Dulles noch immer nichts veranlasst hatte, um die von den Nazis sogenannte Lösung der Judenfrage zu stoppen.

»Außerdem bin ich Arzt, und ich behandele jeden. Das ist mein Grundsatz. Und wenn ich ganz genau weiß, dass zwei so liebenswerte Personen wie die Grünbaums, die sowieso schon alles verloren haben, die völlig unschuldig sind und dann noch auf dem Wege der Genesung ... soll ich die etwa opfern?« Der Chef nahm seine Brille ab und putzte mit einem Tuch die Gläser. »Nein, so etwas tue ich nicht.« Er setzte die Brille wieder auf und schaute alle nacheinander eindringlich an. »Wir müssen jetzt handeln! Der Club hat eine neue Aufgabe. Ich kann mich doch auf euch verlassen?«

»Selbstverständlich«, sagte Neumann. »Ich denke, ich spreche hier im Namen aller.«

»Gut«, fuhr Sauerbruch fort. »Es wird eine einfache Erpressung, die Kaltenbrunner hoffentlich ein für alle Mal von hier verschwinden lässt. Eine einzigartige Gelegenheit!«

»Haben wir wieder einen Feind von ihm, den ich mir operativ vorknöpfen könnte, um die Erpressung einzuleiten?«, fragte Wetterstein.

»Über den Tod eines Menschen auf unserem OP-Tisch macht man keine Witze«, ermahnte ihn Sauerbruch. »Da kann Hühnlein noch so ein Idiot gewesen sein. Das hat aber auch rein gar nichts mit Kaltenbrunner zu tun. Ihr bekommt gleich alle eure Anweisungen.« Er machte eine Pause und überlegte. »Der einzige Haken ist, dass wir nicht wissen, wann Kaltenbrunner das nächste Mal herkommt. Wir müssen also auf der Hut sein. Dass es nicht lange dauern kann, wenn ihm zugetragen wird, dass die Grünbaums nicht mehr hier sind, sollte klar sein. Höchstwahrscheinlich taucht er schon morgen wieder auf. Hoffentlich aber erst am Nachmittag, wenn keine Operationen mehr auf dem Plan stehen.«

Als am nächsten Vormittag gegen halb elf ein Krankenwagen der SS vorfuhr, um Adam und Benjamin Grünbaum abzuholen, fanden die beiden Begleitärzte niemanden mehr vor in Zimmer 14. Oberschwester Hildegard teilte ihnen mit, die Patienten seien wohl noch bei einer wichtigen Untersuchung, bevor sie transportfähig gemacht werden könnten. Sauerbruch persönlich hatte Hildegard gebeten, dass so weiterzugeben, ohne sie natürlich darüber in Kenntnis zu setzen, wo die Grünbaums wirklich abgeblieben waren. Er hatte diesen zeitlichen Puffer eingeplant, um sicherzugehen, dass Kaltenbrunner erst nachmittags kam. Gegen ein Uhr teilte dann der Pfleger Mescher den SS-Ärzten, die sich schon mehrfach im Dienstzimmer beschwert hatten, mit, die Grünbaums seien nicht mehr in der Charité. Sie seien wohl schon abgeholt worden. Offenbar trauten sich die Ärzte nicht, Sauerbruch direkt anzusprechen. Der Krankenwagen fuhr wieder ab. Wie erwartet, dauerte es dann nicht mehr lange, bis Kaltenbrunner mit seiner üblichen Horde auflief und die Chirurgie der Charité stürmte. Er traf um halb vier ein. Perfekt!

Lily kam ein paar Minuten zu spät, sodass sie den ersten Teil des Gesprächs zwischen Kaltenbrunner und ihrem Chef verpasste. Sie schlich neben Luise an die Durchgangstür.

»Dann vergessen Sie die Grünbaum-Schmarotzer«, ereiferte sich Kaltenbrunner gerade. »Hier ist eine Liste, die ich bei der heutigen Durchsuchung Ihres Hauses gefunden habe und mit der ich Sie endgültig drankriegen werde. Ab heute Abend teilen Sie sich eine Zelle mit Ihrem arroganten Sohnemann und warten mit ihm gemeinsam auf Ihren Prozess bei Freisler. Das wird eine Vorstellung werden! Die Wochenschau wird alles aufnehmen und der Welt zeigen, was für elende Verräter diese Sauerbruchs sind!«

Lily hörte Papier rascheln. Hatte Kaltenbrunner wirklich etwas Handfestes gegen Sauerbruch gefunden? Oder bediente er sich eines Tricks, wandte irgendeine seiner Gestapo-Methoden an? Ihretwegen sollte er das ruhig versuchen, denn Sauerbruch könnte er niemals das Wasser reichen. Aber wenn es doch etwas gab? Dann wären sie womöglich alle gefährdet. Lilys Herz raste vor Aufregung.

»Na und?«, sagte der Chef. »Ist das alles? Deswegen willst du mich vor den Volksgerichtshof zerren? Mach dich doch nicht lächerlich! Schlimm genug, dass du ohne mein Wissen in meinem Haus warst.« An seiner Stimme erkannte Lily, dass ihr Chef zwar nicht in Bestform war, aber auch weit davon entfernt, einzuknicken.

»Sind Sie so blöde, oder tun Sie nur so?« Kaltenbrunner brüllte wie gehabt. »Geben Sie her, ich lese Ihnen die Namen noch mal vor, laut und deutlich: Popitz, Beck, von Hassel, Olbricht, Jessen, Kempner, Planck!«

»Und?«, fragte Sauerbruch.

»Und, und, und?«, polterte Kaltenbrunner. Lily und Luise mussten ein Stück von der Tür wegtreten, so laut wurde er. »Sie Lump! Sie haben die eingeladen, das hier ist eine Gästeliste für den dritten Juli vierundvierzig. Sieben Rädelsführer des Attentates auf den Führer. Die haben Sie eingeladen in Ihr Haus, und jetzt sagen Sie: Na und?«

Lily hörte, wie etwas an der Wand zersprang. Vermutlich die hübsche gelbe Vase von Sauerbruchs Tisch.

»Wenn ich Sie erinnern darf: Generaloberst Ludwig *Beck*, General Friedrich *Olbricht*. Zwei Hauptverräter des zwanzigsten Juli. Hingerichtet am selben Abend. Auf Ihrer Liste! Johannes *Popitz*, ein widerliches Schwein. Sollte in Stauffenbergs neuem geheimem Deutschland Kultusminister werden. Wartet auf seine Hinrichtung. Ulrich *von Hassel*, wollte neuer Außenminister werden, der feine Herr Diplomat. Wartet auf seine Hinrichtung. Auf Ihrer Liste! Und hier: die Verrätersau Jens *Jessen*. Sein Buch *Volk und Wirtschaft* habe ich zweimal gelesen. Ich könnte hier auf den Tisch kotzen! Wartet auf seine Hinrichtung. Alle drei waren in Ihrer Mittwochsgesellschaft aktiv. Oh, und siehe da, Franz *Kempner*. Der hat mir erst letzte Woche gestanden, dass er als neuer Staatssekretär der Reichskanzlei vorgesehen war. Ich lache mich schlapp. Hätte diesen Judenknecht am liebsten gleich totgeschlagen, so eine Heulsuse. Gewimmert hat der. Auf Ihrer Liste! Und schließlich noch hier: Erwin *Planck*. Meine Güte, bin ich froh, dass ich den endlich habe. Vater Max, der alte Quantenphilosoph, schleimt beim Führer persönlich, dass man seine Brut verschonen möge. Sitzt ein, wird hingerichtet. Hat mir der Roland längst versprochen!«

Lily hörte Kaltenbrunner hektisch atmen. Sauerbruch blieb ruhig.

»Alle auf Ihrer Liste! Und Sie wollen immer noch behaupten,

dass Sie mit alldem nichts zu tun haben? Wofür ist diese Liste? Letzte Lagebesprechung vor dem Attentat in großer Runde? Wofür waren Sie vorgesehen, Professor? Was wollten Sie werden? Der neue Führer etwa? Sie, Sie widern mich an!«

»Mein Geburtstag«, sagte Sauerbruch mit einer für Lily wieder erstaunlichen Gelassenheit in der Stimme.

»Was ist mit Ihrem Geburtstag?«, schrie Kaltenbrunner. »Den werden Sie nicht mehr erleben, wenn Sie das meinen. Was wollen Sie von mir, ein Geschenk? Eine neue Vase zum nächsten Geburtstag? Lassen Sie Ihr verwirrtes Hirn mal bei Ihrem Kollegen de Crinis durchleuchten, Sie Irrer!«

»Ich hatte Geburtstag«, sagte Sauerbruch. »Am dritten Juli bin ich neunundsechzig geworden. Mensch, bin ich alt, ich könnte mich nicht mehr so aufregen wie du!«

Stille.

»Was schaust du denn so?«, fuhr Sauerbruch fort. »Das ist meine Gästeliste. Die Männer waren meine Freunde, fast alle von der Mittwochsgesellschaft. Ich bin wirklich untröstlich, was du mir gerade alles über sie berichten musstest. Ich hatte ja keine Ahnung ...«

Stille.

»Das stimmt, Chef.« Lily erkannte die Stimme des jungen Erwin. »Ich habe es hier in meinem Notizbuch stehen. Professor Ernst Ferdinand Sauerbruch, geboren am dritten Juli achtzehnhundertfünfundsiebzig in Barmen. Er ist neunundsechzig geworden ... Glückwunsch nachträglich, Herr Professor Sauerbruch.«

»Schnauze, Erwin!«, bellte Kaltenbrunner. Dann herrschte Schweigen, eine halbe Minute, eine Minute. Lilys Nerven waren zum Zerreißen gespannt. Ob das der Durchbruch war?

»Was ist denn plötzlich mit dir, Kaltenbrunner?«, fragte Sauerbruch schließlich. »Setz dich und nimm dir eine Zigarre.«

Lily hörte Kaltenbrunner stöhnen und seufzen, dann ein Knarren. Er hatte sich auf das Besuchersofa gesetzt. Das Geräusch, das es verursachte, wenn man darauf Platz nahm, kannte Lily nur zu gut.

»Jeder ist mal wütend«, säuselte Sauerbruch. »Ich verstehe das. Ich möchte dir ja auch helfen, wo ich kann. Du musst nur bitte versuchen, auch ein Ohr für mich zu haben. Schließlich war *ich* Mitglied in der Mittwochsgesellschaft und muss nun damit klarkommen, dass zumindest Beck in das Attentat auf unseren Führer verstrickt war. Was die anderen betrifft – es sind deine Ermittlungen. Ich mische mich da nicht ein.«

»Haben Sie noch was von dem erstklassigen Whisky?«, fragte Kaltenbrunner ganz leise.

Das war Lilys und Luises Stichwort. Wobei der Chef den Whisky eigentlich von sich aus hatte anbieten wollen.

»Natürlich«, sagte Sauerbruch. Lily hörte seine Schritte auf die Tür zukommen. Er öffnete sie, blinzelte seinen Sekretärinnen zu und sagte laut: »Ihr Liebsten, unsere Gäste möchten etwas trinken. Seid doch so gut und bringt uns den eisgekühlten Whisky und saubere Gläser. Der Erwin hier kann auch ein Schlückchen vertragen, so brav wie der mir gerade nachträglich gratuliert hat zu meinem Geburtstag. Ein guter Junge ist das!«

»Danke, Herr Professor!«

»Hast du alles auf dem Tablett?«, flüsterte Lily. Luise nickte und hielt sich leise kichernd die Hand vor den Mund. Auch Lily hätte am liebsten losgelacht. »Noch eine Minute warten, wie besprochen. Und dann rein!«

Etwas unwohl war Lily doch, als sie hinter Luise den Raum betrat. Normalerweise hätte sie sich nie derart aufreizend angezogen. Gut, dass Fritz sie so nicht sah. Sie trugen beide das gleiche Kleid, Lily in Blau, Luise in Schwarz. Jugendsünden aus dem Kleiderschrank der Kollegin, wie die erklärt hatte. Der Saum ging nur knapp über die Knie. Darunter trugen sie Strümpfe. Die gerafften Oberteile waren tief ausgeschnitten, und die Brüste zeichneten sich deutlich unter dem Stoff ab. Bei Lily sah das besonders aufreizend aus, denn sie hatte eine viel größere Oberweite als Luise. Nie im Leben wäre sie so unter Leute gegangen. Niemals! Aber der Zweck heiligte in diesem Fall die Mittel.

»Setz dich, Erwin«, sagte Sauerbruch. Der junge, schwedenblonde Polizist schaute Kaltenbrunner einen Moment unsicher an und ließ sich dann neben ihm auf dem knarrenden Sofa nieder. Als er aufblickte, sah er die beiden Frauen und errötete.

Luise stellte das Tablett mit den Gläsern auf das Tischchen vor dem Sofa. Lily nahm die Whiskyflasche, drehte den Verschluss auf und schenkte den Männern, denen es anscheinend die Sprache verschlagen hatte, ein. Sie merkte, wie ihr der eklige Kaltenbrunner mit seinen Stielaugen auf die Brust schaute. Sie stellte die Flasche zurück und nahm die Sektflasche aus dem Eiskübel. Mescher hatte sie in zerkleinertes Blockeis gelegt, das nach schweren Operationen für Linderung bei den Patienten sorgte. Sie schüttete zwei Gläser randvoll.

»Sekt oder Whisky, Herr Professor?«, fragte sie und drehte sich zu Sauerbruch um, wobei sie darauf achtete, dass ihr Hinterteil in Blickrichtung des Chefs der Sicherheitspolizei blieb.

»Ach, Liebchen, dann nehme ich als Aperitif erst mal ein schönes Sektchen. Will dem tapferen Herrn Kaltenbrunner ja auch nicht sein Lieblingsgetränk wegschlürfen.«

»Ja, ist das denn normal?«, fragte Kaltenbrunner, der die beiden Frauen so angeregt wie ungläubig beäugte.

Sauerbruch lachte. »Arbeitskleidung für meine Sekretärinnen. Nur freitags, wenn meine Frau nicht in der Klinik ist. Sagen Sie bloß nichts!«

»Ich verstehe, ich verstehe.« Kaltenbrunner leckte sich die Lippen. Er trank einen großen Schluck von seinem Whisky, und Lily schenkte umgehend nach, bis das Glas wieder randvoll war. »Satans Ziege, ist das stark«, rief er. »Hui! Hach, ist das gut!«

»Dann wollen wir mal den Feierabend einläuten«, sagte Sauerbruch und ließ sich von Luise ein Glas Sekt auf den Schreibtisch stellen. Lily sah, dass der junge Erwin zwischen seinen Fingern hindurch auf Luises Beine glotzte. Wie primitiv Männer doch sein können, dachte sie. So etwas Aufregendes hatte der Polizist, den sie auf höchstens achtzehn schätzte, sicher noch nicht erlebt. Er war nervös wie ein kleiner Pimpf, der zum ersten Mal die Standarte seiner Hitlerjugend-Gruppe halten darf. Er nahm sein Whiskyglas und kippte das extrem teure Getränk in einem Zug herunter. Kaltenbrunner schüttelte entgeistert den Kopf.

»Oh, sind die Herren Polizisten nicht mehr im Dienst?«, fragte Lily, bevor Kaltenbrunner den Jungen zurechtweisen konnte. Sie zwinkerte dem Chef der Sicherheitspolizei zu und strich sich eine blonde Strähne aus dem Dekolleté.

»Ach was«, sagte Kaltenbrunner. »Wir machen mal eine kleine Ausnahme.« Er schaute seinen Untergebenen an. »Erwin, bevor dir hier noch die Augen aus dem Kopf fallen, geh raus und melde Hermann, er soll die anderen nach Hause schicken. Wochenende! Er selbst kann unten im Wagen warten. Sag ihm, es dauert! Wir sind an was dran oder so. Denk dir was aus, bist ja klug!«

»Klar, Chef!« Erwin sprang auf, lief zur Tür, öffnete sie halb und sprach mit dem, der davorstand.

Die Idioten spielen doch tatsächlich mit, dachte Lily. Besser könnte es gar nicht laufen.

Luise hatte sich Erwins Glas geschnappt und ging ihm langsam auf ihren hochhackigen Stiefeln entgegen, nachdem er die Tür wieder geschlossen hatte. Lily wusste, dass ihre Kollegin nicht gerne in derart unbequemen Schuhen lief und höllisch aufpassen musste, nicht umzuknicken. Aber sie machte ihre Sache richtig gut.

»Stehst wohl auf Ältere, wie?«, fragte Luise. »Hab gleich gemerkt, wie du mich anguckst, Erwin.«

»Ich ... Ich ... Ich ...«

Kaltenbrunner lachte. »Seht euch den an, der ist total verliebt.«

»Hihi!« Luise täuschte ein Lachen vor und formte dann mit ihren tiefrot geschminkten Lippen einen Kussmund in Erwins Richtung. »Nicht, dass wir dich noch operieren müssen, mein kleiner, böser Junge. Du bist ja ganz rot im Gesicht!«

»Ich ... Fräulein ... Oh, Sie sind bezaubernd!« Lily sah deutlich, wie die Knie des jungen Polizisten schlotterten.

»Hahaha.« Kaltenbrunner trank sein Glas aus, ließ sich von Lily nachschütten, lachte und soff. »Kann mir schon vorstellen, was der sich operieren lassen würde, haha!«

»Ach ja, was denn?«, fragte Luise in einem, wie Lily fand, aberwitzig frivolen Tonfall.

Mit welcher Leidenschaft die Kollegin ihre Rolle spielte. Ob ihr Freund Mescher sie so kannte? Lily fiel ein, dass ja auch er etliche Jahre jünger war als Luise. Vielleicht stand sie tatsächlich auf Jünglinge. Und Erwin sah im Gegensatz zu dem Ekelpaket, das Lily gerade wieder von der Seite auf den Busen glotzte, ganz adrett aus. Aber nein, das war albern. Trotzdem, Luise hätte auftreten können mit dieser Darbietung.

»Weiß nicht, ich ...« Erwin überkreuzte beschämt die Hände unter seinem Gürtel.

»Ja, wollen wir das mal rausfinden?«, fragte Luise. »Soll ich dir mal den großen, großen Operationssaal zeigen?«

»Ich ... oh, das wäre ... Chef?«

»Haha. Na, mach doch«, sagte Kaltenbrunner. »Steck einen weg, wirst sicher schnell wiederkommen, wenn ich mir deine Beule da betrachte.«

Es lief wie am Schnürchen. Wie verabredet ging Luise mit Erwin durch die Tür zum OP. Sauerbruch stand auf und setzte sich mit seinem Sektglas an den Tisch. Lily nahm neben Kaltenbrunner auf dem Sofa Platz. Es knarrte, und sie schüttelte sich vor Ekel. Aber bald war es ja ausgestanden.

»Süßes Ding, du«, lallte das Ekelpaket, das schon mit dem Kopf wackelte.

»Die Frau Hartmann treibt etwas die Sorge um, dass das mit dem Krieg in die Hose geht«, sagte Sauerbruch.

»Hat 'se recht«, rief Kaltenbrunner. »Wir verlieren den Krieg haushoch. Nicht mehr zu gewinnen! Nichts zu machen. *Rien ne va plus! It´s over! Nastrowje!*« Er trank.

»Aber wieso denn bloß?«, fragte Lily. »Wir haben doch mit Hitler den größten Feldherrn aller Zeiten. Meinen Sie nicht, er wird die Amerikaner in die Flucht schlagen und die Russen aufhalten?«

»Den größten was?« Kaltenbrunner sabberte schon beim Sprechen. Lily wusste nicht genau, was der Apotheker da zusammengemischt hatte, aber es wirkte schneller als erwartet. Dabei war es gar nicht viel gewesen. Nur ein paar Milliliter aus einem Reagenzglas hatte er heute Morgen in die Whiskyflasche gefüllt und sie danach wieder verschlossen. Erwin lag sicher drüben schon im Koma.

»Hitler ist ein Witz der Geschichte«, lallte Kaltenbrunner. »Muss an seinem Judenblut liegen. Dass der immer noch glaubt, er könnte die Vereinigten Staaten, Russland und England gleichzeitig schlagen.« Kaltenbrunner schwankte mit dem Oberkörper vor und zurück. Lily nahm ihm das Glas ab. Das reichte wohl. Doch bevor er wegtrat, setzte ihr Gast noch eins drauf: »Wenn ihr mich fragt, der Stauffenberg hätte Hitler wegkoffern sollen. Wir hätten den Widerstand schon niedergeschlagen, und dann wäre Himmler jetzt der neue Führer.«

Sie ließen Kaltenbrunner zwei Stunden schlafen. Während Lily und Luise nach unten in ihre Zimmer gingen und sich von dort nicht mehr wegrührten, kümmerte sich Neumann um die Technik. Er sollte zur Sicherheit im Sekretariat sein, wenn Sauerbruch Kaltenbrunner mit dem Riechsalz aus dem Delirium holte und ihm das Tonband vorspielte. Der Franzose hatte das Aufnahmegerät perfekt hinter den Büchern im großen Regal platziert. Sauerbruch würde Kaltenbrunner versichern, dass man während seines Schlafes genügend Kopien angefertigt hatte.

Zu gerne wäre Lily dabei gewesen und hätte mitbekommen, wie Kaltenbrunner reagierte. Zu gerne hätte sie das Gesicht dieses armseligen Menschen in dem Moment gesehen. Doch der Chef und Neumann hatten darauf bestanden, sich allein um ihn zu kümmern. Später erzählten sie auch nicht mehr als nötig. Nur dass alles glatt gegangen sei. Ob sie Kaltenbrunner einen Rest Würde lassen wollten? Der Chef der Sicherheitspolizei tauchte jedenfalls nie wieder in der Klinik auf.

Erwin hatten sie schlafen lassen. Mescher scheuchte ihn erst am nächsten Morgen aus dem OP. Der Junge konnte sich an nichts erinnern und musste ohne seine Hose, von der er nicht mehr wusste, wo sie abgeblieben war, durch die Klinik laufen. Zur Erheiterung der Patienten.

Ungefähr zur selben Zeit entließ Kaltenbrunner, der wusste, dass er sonst sein Todesurteil unterzeichnet hätte, Peter Sauerbruch aus der Haft.

Am Montagvormittag lernte Lily den Sohn des Chefs kennen. Sauerbruch lud sie ein, mit ihnen gemeinsam ein Gläschen von dem restlichen Sekt zu trinken. Sie stießen andächtig auf Peters Freund, den Grafen von Stauffenberg, und auf Sauerbruchs getötete Freunde Beck und Olbricht an.

Der Donnerstagsclub hatte es geschafft, dass Kaltenbrunner und die Gestapo die Charité fortan in Ruhe ließen. Auch Luise, die nichts von der Existenz des Clubs ahnte, war an der Aktion beteiligt gewesen. Alle wussten ja, dass es darum gegangen war, den Chef zu retten. Lily fand, dass Luise damit ihren Beitrag zum Widerstand geleistet hatte, dennoch hielt sie sich natürlich daran, ihrer Kollegin nichts von dem geheimen Netzwerk zu verraten.

Doch auch wenn diesmal alles gut gegangen war, so wurde ihnen allen spätestens jetzt bewusst, dass sie sich inzwischen in der Defensive befanden und von nun an noch vorsichtiger würden agieren müssen.

Von den Grünbaums hörte Lily nie wieder etwas. Sauerbruch sagte später einmal, er glaube, dass sie es aus Deutschland rausgeschafft und den Krieg in den USA überlebt hätten.

Ab Beginn des Jahres 1945 ging es auch für die Berliner Bevölkerung nur noch ums nackte Überleben. Erst kannten die Engländer keine Gnade, dann kamen die Russen. Deren Rache sollte die Bevölkerung bald zu spüren bekommen.

21. VERBINDUNGS-STÖRUNG

»Edward Bauer, Bern, fünfundzwanzigster Juli vierundsiebzig, einundzwanzig Uhr achtundzwanzig. Interview mit Lily Kolbe, drittes Treffen, Ende Kassette acht.« Bauer drückte die Stopptaste des Diktiergerätes. »Auf dem Band sind noch etwa drei Minuten, aber ich denke, dass hier ist ein guter Zeitpunkt, um zu unterbrechen.«

»Wieso, sind Sie müde?«, fragte Lily. »Langweilt Sie meine Erzählung etwa?«

»Du meine Güte, nein!«, antwortete Bauer. »Von mir aus können wir heute noch eine Kassette vollmachen. Sagen wir, ich kann eine kleine Pause gebrauchen. Ich muss das alles auch sacken lassen. Diese Story ist unglaublich. Kaltenbrunner, was für ein Geniestreich des Donnerstagsclubs!«

»Nicht wahr?«, sagte Lily. »Und ja, Pause ist gut, dann gehe ich mal auf die Toilette. Möchten Sie etwas trinken? Einen kalten Whisky vielleicht?«

»Ähm, nein«, antwortete Bauer, der jetzt die neue Kassette einlegte. »Ein Wasser eher.«

»Schon gut«, sagte Lily. »Das mit dem Whisky war natürlich ein Scherz.« Bauer lachte nicht.

Als Lily ihm einige Minuten später das Wasser hingestellt und sich selbst ein Glas Rotwein eingeschenkt hatte, schaltete er das Gerät wieder ein und nickte ihr zu.

»Wo waren wir?«, fragte Lily. »Interessiert Sie etwas Bestimmtes?«

»Es kommt zum totalen Krieg, hatten Sie angedeutet. Die Russen marschieren auf Berlin.«

»Genau«, sagte Lily. »Im Februar fünfundvierzig ...«

»Halt, halt«, unterbrach Bauer sie.

»Ja?«

»Bevor wir weitermachen. Ich würde gerne noch einmal auf Kolbe zurückkommen. Um den geht es mir ja besonders.«

»Natürlich«, sagte Lily und lächelte. »Was möchten Sie wissen?«

»Vielleicht könnten Sie mir noch etwas mehr über die *Kappa*-Papiere verraten.«

Lily erschrak, war aber geistesgegenwärtig genug, sich nichts anmerken zu lassen. »Die habe ich doch noch gar nicht erwähnt«, sagte sie wie nebenbei.

Von den *Kappa*-Papieren konnte Bauer nichts wissen, sofern er sich nicht anderweitig informiert hatte. Er hatte doch wohl nicht in ihre Dokumentenkiste geschaut? Sie zog eine Augenbraue hoch, sah ihn an und bemerkte, dass sein rechtes Lid zuckte.

»Ähm, doch, natürlich haben Sie das«, sagte er. »Soll ich zurückspulen?« Er schaute in seine Tasche. »Obwohl, es müsste auf Kassette sieben sein. Moment, ich ...«

Lily überlegte. Sie wusste genau, dass sie den Namen nicht ausgesprochen hatte. Sie konnte Bauer jetzt auflaufen lassen oder unaufgeregt bleiben und herausfinden, ob er in ihren Dokumenten geschnüffelt hatte. Sie entschied sich für Letzteres.

»Ach so«, sagte sie. »Kann sein. Mich bringt das alles etwas durcheinander. Ich glaube, ich bin doch zu müde, um heute Abend noch weiterzumachen.«

»Wenn das so ist«, sagte Bauer. »Wir können morgen weitersprechen. Es ist ja schon spät. Ein bisschen Schlaf könnte ich auch vertragen.« Er streckte sich und gähnte.

»Abgemacht«, sagte Lily. »Dann morgen in alter Frische.«

Als Bauer gegangen war, kontrollierte Lily sofort die Truhe, in der sie sämtliche Zweitkopien verwahrte, die Neumann von Fritz´ brisanten Dokumenten angefertigt hatte. Sie war verschlossen. Außerdem hatte sie dem Journalisten doch sowieso erzählt, dass der Apotheker alles in Salzsäure aufgelöst hatte. Sie hatte ja nie vorgehabt, ihm die Unterlagen auszuhändigen.

Die Sache machte sie nervös. In ihrem Schlafzimmer konnte Bauer unmöglich gewesen sein. Wie hatte Lenin gesagt? Vertrauen ist gut, Kontrolle ist besser! Dem Rat des alten Kommunisten folgend, ging sie also nach oben, hob die Matratze ihres Bettes an und öffnete die verstaubte Pappschachtel, die ihr geliebter Fritz hier vor über zwanzig Jahren versteckt hatte. Neben wichtigen Dokumenten und einem Revolver befand sich darin auch der kleine Schlüssel für die Truhe, sorgfältig in ein Plastiktütchen verpackt. Alles schien unberührt. Sie nahm den Schlüssel an sich und lief wieder nach unten. Bevor sie die Truhe öffnete, ließ sie die Jalousien herunter.

Die Ordner mit den Dokumenten lagen da wie immer. Lily hielt es für äußerst unwahrscheinlich, dass Bauer hier geschnüffelt hatte, selbst wenn er es irgendwie geschafft haben sollte, das Schloss mit einem Dietrich zu öffnen. Aber das waren absurde Gedanken. Dennoch: Hatte er vielleicht noch mit jemand anderem geredet? *Kappa secret* – das war die Bezeichnung der Amerikaner für die Lieferungen ihres Spions Fritz Kolbe gewesen. Eine Stufe über *top secret*. Außer Allen Dulles kannten während des Krieges nur zehn weitere Personen deren Inhalt und damit auch die Tarnbezeichnung. Darunter der damalige amerikanische

Präsident Franklin D. Roosevelt sowie wichtige Funktionäre von Armee und Marine. Fritz selbst hatte den Code für seine Lieferungen auf Dulles' Notizblock in Gerald Mayers Büro entdeckt. Während seiner dritten Reise. Nur Lily hatte er nach dem Krieg davon erzählt. Niemals hätte sie dieses Geheimwort gegenüber Bauer erwähnt. Dass er es dennoch kannte, war höchst bedenklich.

Sie sollte mehr über den Mann herausfinden, dem sie gerade so bereitwillig ihr Leben schilderte. Und das so schnell wie möglich. Sie setzte sich an ihren Schreibtisch, rauchte eine Zigarette und überlegte. Sollte sie die Nummer für Notfälle wählen? Befand sie sich in einem Notfall? Es konnte zu einem werden, und nur ein Mensch wäre in der Lage, innerhalb kürzester Zeit mehr über Bauer herauszufinden, wenn das nötig werden würde. Sie nahm den Hörer vom Telefon, steckte den rechten kleinen Finger in die Wählscheibe und wollte gerade die Nummer wählen, die ihr seit drei Jahren im Kopf herumschwirrte, als sie innehielt. *Was ist das?* Lily schielte an ihrer Zigarette vorbei auf die Sprechmuschel. Der Plastikverschluss schien locker zu sein. Sie legte die Zigarette in den Aschenbecher und betrachtete das Ende des Hörers. *Das gibt es nicht!* Die Kapsel war abgeschraubt worden. Da hatte jemand dran rumgewerkelt. Langsam drehte sie an der Kapsel, bis sie sich löste. Sie fing sie mit der freien Hand auf. Dann sah Lily schon die erbsengroße, schwarze Wanze, sorgfältig über das Mikrofon geklebt. Bauer belauschte sie! Oder hatte das zumindest vor. Mit einem professionellen Abhörgerät konnte er vom Bristol aus entspannt mithören. Sie hatte einen Notfall! Das war jetzt klar. Hatte er es vielleicht sogar darauf abgesehen? Wollte er an den Mann herankommen, den Lily im Begriff war zu kontaktieren? Aber warum?

Vorsichtig schraubte sie die Sprechmuschel wieder zu und legte den Hörer behutsam zurück auf die Gabel. Sie musste ihren Kontakt anrufen. Sofort! Die Telefonzelle in der nächsten Siedlung! Lily überlegte, während sie sich den Mantel anzog. Wenn Bauer sie abhören wollte, dann würde er sie doch sicher auch beobachten. Wenn er es darauf angelegt hatte, konnte er im Hotel ein Zimmer gebucht haben, von dem aus er mit einem Fernglas ihren Hauseingang locker einsehen konnte. Aber er würde da wohl nicht ständig am Fenster stehen? Dennoch: Es war zu heikel. Lily ging ins Wohnzimmer, knipste das Licht nicht an. Sie öffnete die Tür, die in den Garten führte, und lief los. Es war stockfinster, aber sie kannte sich aus. In gebückter Haltung schlich sie über die Wiese, zwischen den Apfelbäumen hindurch zum Zaun. Sie kletterte darüber und rannte hinter den Häusern entlang in Richtung Hauptstraße, von da aus auf Schleichwegen bis zur Telefonzelle. Sie nannte die Dinger immer noch so, obwohl sie in der Schweiz Telefonkabine hießen. Gewisse Dinge vergisst man nicht, will man nicht vergessen. So wie die Nummer, die sie nun wählte, nachdem sie die Münzen eingeworfen hatte. Es dauerte. Er hatte versichert, dass er über diese Nummer *immer* erreichbar sei. Dann hob jemand ab, ohne etwas zu sagen, doch Lily wusste und spürte, dass *er* dran war.

»Ich bin es«, sagte sie. »Es ist so weit. Es gibt einen Notfall!«

»Na, dann«, sagte Bauer, als er am nächsten Tag an Lilys Schreibtisch saß und seine Kassette vorbereitet hatte. »Reden wir heute über die *Kappa*-Botschaften. Besonders interessieren mich all die Dinge, die Kolbe über die Vernichtungslager geliefert hat. Auschwitz, er wusste davon?«

»Er wusste viel.« Lily hatte eine Ahnung, warum sich Bauer für genau diese Berichte so interessierte. »Ich würde gerne erst meine Geschichte zu Ende erzählen«, sagte sie, um Zeit zu gewinnen. »In der richtigen Reihenfolge und bis zum Schluss. Das ist doch kein Problem für Sie?«

»Aber nein, wieso denn?«, beeilte Bauer sich zu sagen. »Alles, was Sie berichten können, ist wichtig. Ich habe doch versprochen, wir unterhalten uns so lange, wie Sie brauchen.«

»Okay«, sagte Lily. »Das Gerät läuft?« Sie wusste, dass es lief.

»Selbstverständlich«, antwortete Bauer. »Also, Frau Kolbe. Der Donnerstagsclub, Fritz Kolbe, Sauerbruch und sein Sohn Peter sind davongekommen. Aber das Schlimmste stand noch bevor?«

»Der totale Krieg«, begann Lily. »Die Hölle auf Erden. Bomben, Granaten, Tausende Tote. Und die Russen in Berlin.«

»Ich bin gespannt.«

22. DER TOTALE KRIEG

Bis März 1945 hatten die britische *Royal Air Force* und die *United States Army Air Forces* bei über dreihundertfünfzig Fliegerangriffen fast fünfzigtausend Tonnen Bomben über Berlin entladen und die Stadt fast dem Erdboden gleich gemacht. Mehr als dreißigtausend Zivilisten waren dabei getötet worden. Der Verwaltungsdirektor der Charité hatte auf Anweisung des Führers trotz alledem entschieden, einen Notbetrieb aufrechtzuerhalten. Ein Selbstmordkommando, denn die Kranken und Verletzten, die in den wenigen noch intakten Gebäuden lagen, wurden somit zum Ziel der Bomben. Etwa ein Drittel der Charité war komplett zerstört und kaum ein Gebäude noch vollständig intakt.

Den einzigen Schutz bot der Luftschutzbunker unter der Chirurgischen Klinik, den Sauerbruch zu einem Operationsbunker umgewandelt hatte. Seit ein paar Wochen ließ der Chef immer öfter Patienten bei Angriffen in diesen Schutzraum bringen, der eigentlich für das Personal vorgesehen war. Krankenhäuser wurden etwa eine Stunde vor dem allgemeinen Alarm telefonisch informiert. Schwerverletzte, die nicht in den Keller gebracht werden konnten, weil sie nicht zu laufen imstande waren, blieben dann normalerweise völlig ungeschützt in oberirdischen Krankensälen zurück. Sauerbruch ertrug das nicht. Gegen den ausdrücklichen

Wunsch des Verwaltungsdirektors ließ er sie, wenn irgend möglich, in den Bunker bringen, oder zumindest in die Kellerräume der Chirurgischen Klinik, die man von außen kaum noch als solche erkennen konnte. Sämtliche Fensterscheiben im rechten und linken Flügel des Krankenhaustraktes waren geborsten, die Betonwände von Bombensplittern durchschlagen, und immer wieder brach Feuer aus. In den Gängen des Sockelgeschosses lagen bald Hunderte Schwerstverletzte. Soldaten, Frauen, Kinder.

Operiert wurde ununterbrochen. Sauerbruch hatte das Personal in Schichten eingeteilt. Zwei Gruppen von je sechs Ärzten sollten für jeweils zwölf Stunden im Einsatz sein, dazu alle noch verfügbaren Schwestern und Pfleger. Zur Gruppe des Chefs gehörte der gesamte Donnerstagsclub, außer Fritz, der trotz der Kriegswirren seiner Tätigkeit bei Ritter nachgehen musste, immer in der Hoffnung, dass Dulles und seine Amerikaner den Krieg so bald wie möglich beendeten.

Im Bunker unter der Chirurgischen hatten die Ärzte und Pflegekräfte so viel zu tun, dass selbst Oberpfleger Mescher operierte. Lily kannte keine Schreibmaschine mehr, sondern nur noch Säge, Skalpell, Schere und Tupfer. Zu allem Überfluss war ihre Kollegin Luise seit einem verheerenden Angriff Mitte Februar verschwunden. Lily hoffte, dass sie hatte entkommen können und sie sich bald wiedersehen würden. Aber Zeit, darüber nachzudenken, blieb ihr nicht.

Am Abend des 14. März 1945 kam der Donnerstagsclub ein letztes Mal vollzählig im Röntgenarchiv zusammen. Sauerbruch hatte die Männer angewiesen, ihre Matratzen und sämtlichen Habseligkeiten mitzubringen. Die Dienstwohnungen wurden für Verletzte benötigt. So saßen sie nicht wie sonst in einem Stuhlkreis, sondern hockten auf dem Boden vor ihren provisorischen Bettenlagern. Das Buffet bestand nur mehr aus Zwieback, Rotwein und Wasser. Lily schaute sich im Raum um. Was war nur aus ihnen geworden, innerhalb so kurzer Zeit? Alle trugen Kittel, die von oben bis unten mit Blut beschmiert waren. Kleider zum Wechseln fand man nicht mehr.

»Willkommen in eurem neuen Schlafsaal«, sagte Sauerbruch, der selbst ausgemergelt und erschöpft aussah. »Wir müssen eben alle noch enger zusammenrücken. Wie geht es euch?«

Margot kniete hinter dem Chef und massierte seine Schultern.

»Es ist kaum noch zu ertragen«, stöhnte Lily. »Ich will, dass das aufhört. Zerschmetterte Köpfe, verbrannte Kinder, die Mülleimer quillen über von Armen und Beinen. Wir haben ja gar keine Zeit. Sobald die ersten operiert sind, fliegen gleich die nächsten Bomben.«

»Ich denke, dass es bald aufhört«, sagte Wetterstein.

»Die Bomben?«

»Es ist alles zerstört, mehr geht nicht aus der Luft.«

»Oh, das wäre wirklich wichtig, dass es endet«, stieß Lily hervor. »Wir können ja alle nicht mehr!«

»Ich will dich nicht erschrecken«, korrigierte sich Wetterstein. »Aber wenn die Bomben nicht mehr aus der Luft kommen, heißt das nicht, dass es besser wird. Im Gegenteil. Jetzt beginnt der Bodenkampf. Russische Panzer sind auf dem Weg hierher, haben Ostpreußen schon eingenommen. Den restlichen Widerstand werden sie einfach überrollen.«

»Oh, mein Gott!«

»Wetterstein hat leider recht«, sagte Sauerbruch. »Wir können eigentlich nur hoffen, dass die Amerikaner zuerst hier sind.«

»Die Russen sind die schlimmsten«, bestätigte Mescher. »Barbaren! Die vergewaltigen Kinder, schneiden ihnen die Bäuche auf, nageln ihre Zungen an ...«

»Schluss jetzt!«, rief Neumann.

»Aber es stimmt doch. Die Flüchtlinge erzählen das doch alle.«

»So schlimm sind die Russen nicht, zumindest nicht die echten

Soldaten«, warf Wetterstein ein. »Es sind viele Gerüchte im Umlauf. Aber es stimmt schon. Die vielen Hinterwäldler, die Stalin rekrutiert hat, kennen keine Gnade. Sie sind an Brutalität gewöhnt.«

»Das ist ja nun sehr beruhigend«, fluchte Mescher.

»Trotzdem wollen wir das jetzt nicht hören, Professor Neumann hat völlig recht«, sagte Sauerbruch. »Ich brauche euch hier alle, wenn die Russen kommen. Oder die Amerikaner. Ich verspreche euch, so lange ich lebe, wird euch niemand ein Haar krümmen.«

Der Oberpfleger lachte.

»Mescher, uns tut allen leid, dass Luise weg ist, aber wir müssen jetzt einen klaren Kopf bewahren. Wir müssen so viele Menschen retten, wie nur irgend möglich. Hast du das verstanden?«

»Ja.« Mescher ließ den Kopf hängen.

»Und jetzt du, Kolbe, bitte.« Sauerbruch schaute Fritz an.

»Ja«, begann der. »Ich wollte mich verabschieden, Professor Sauerbruch und Professor Neumann wissen es schon.« Lily legte ihre Arme um ihn und küsste seinen Hals. »Ich habe gestern den gesamten Tresor von Ritter ausgeräumt, Neumann hat alles abfotografiert. Als ich heute Morgen die Dokumente zurückgebracht habe, hat mich ein Kollege bemerkt, der wegen des Bombenangriffs im Ministerium geblieben war. Ich bin sicher, er hat eins und eins zusammengezählt. Ich muss Berlin und Deutschland noch heute Nacht verlassen.«

Lily versuchte, nicht laut zu weinen, aber es gelang ihr nicht. Sie brach in Schluchzen aus, presste sich enger an Fritz. Er streichelte ihr über die Haare, während er weitersprach: »Falls die Amerikaner kommen, nennt ihr ihnen mein Codewort. Das wird euch schützen. Es lautet George zwei fünf neun null null. Ich fahre mit verschiedenen Wagen in Etappen von hier weg in Richtung Süden. Koch hat die geheime Reise organisiert. Amerikaner, die schon den Rhein überquert haben, werden mich unterstützen. Über die Schweizer Grenze versuche ich mit dem Rad zu kommen. Ich kann Lily nicht mitnehmen, es ist zu gefährlich. Noch viel gefährlicher als hier.« Er gab Lily einen Kuss auf die Stirn. »Ich werde sicherlich eine Woche brauchen, bis ich überhaupt da bin. Und ich werde nicht zurückkehren können, solange der Krieg andauert. Man wird nach mir suchen. Ich muss die Chance nutzen, mit den Berichten über die Pläne der Russen, Berlin allein einzunehmen, auf einen schnelleren Vormarsch der US-Streitkräfte von Westen her zu drängen, damit sie vor den Sowjets hier sind. Außerdem habe ich neue Dokumente über die Lager in Polen und kann jetzt ganz sicher beweisen, dass dort systematisch Juden umgebracht werden. Sie können das nicht ignorieren. Es ist Wahnsinn, noch immer rollen Züge dorthin!«

»Es ist gut, dass du das tust, Kolbe«, sagte Sauerbruch. »Ich werde persönlich auf Lily aufpassen. Und es ist richtig, dass sie hierbleibt, nicht nur zu ihrem eigenen Schutz, sondern auch, weil wir sie dringend brauchen im Bunker.«

»Ich muss euch jetzt wirklich verlassen, meine Liebste«, seufzte Fritz, der seinen schwarzen Mercedes gestartet hatte. Lily saß auf dem Beifahrersitz, die Tür stand offen. »Ich will die Nacht nutzen, es gibt inzwischen vermehrt tagsüber Tieffliegerangriffe. Die schießen auf alles, was sich bewegt.«

»Ich will dich nicht verlieren, Fritz.« Lily konnte nicht aufhören zu weinen. »Du bist alles, was ich habe und was ich will!«

»Wir sehen uns wieder, meine Liebe.« Er nahm Lilys Hände, drückte sie und schaute ihr tief in die Augen. »Ich schaffe das, vertrau mir! Ich habe so viel auf mich genommen, da ist das doch nur noch ein Klacks.«

»Aber wann?«, sagte Lily unter Tränen. »Wann denn sehen wir uns wieder?«

»Es kann nicht mehr lange dauern. Wenn die Russen die Stadtgrenze erreichen, müsst ihr noch ein paar Tage aushalten. Das wird schnell gehen. Zwei, maximal drei Wochen, dann ist es aus. Sobald der Waffenstillstand vereinbart ist, lasse ich dich mit dem Flugzeug abholen. Sauerbruch wird auf jeden Fall bleiben, Wetterstein will sich ganz den Russen anschließen, und Neumann wird sofort versuchen, ins Elsass zu kommen.«

»Ich liebe dich so sehr, aber ich werde versuchen, tapfer zu sein.«

»Du bist tapfer! Geh jetzt zu den anderen, deine Schicht fängt an. Du wirst gebraucht. Warte nicht auf Nachricht von mir. Hab Vertrauen! Sobald der Krieg aus ist, wirst du von mir hören. Irgendwie kriege ich das hin, selbst wenn die Russen zuerst da sind. Die Amerikaner haben mir viel zu verdanken. Dulles wird alles in seiner Macht Stehende für mich tun.«

»Dann fahr los und denk an mich und das schöne Pommerellen. Ich will für immer dein sein!«

»Bis ganz bald.« Fritz gab ihr einen letzten Kuss, Lily stieg aus und wartete, bis sein Wagen hinter der Chirurgischen verschwand. Er ist so mutig, so stark, dachte sie und nahm sich vor, es auch zu sein. Für ihn und ihre gemeinsame Zukunft.

Am 1. April 1945 war Fritz zehn Tage fort. Die Lage hatte sich nicht gebessert. Warum beendet Hitler nicht endlich diesen sinnlosen Krieg, dachte Lily in jeder freien Minute. Warum lässt er das zu? Wetterstein, der es immer noch schaffte, Ausflüge in die Stadt zu unternehmen, um den Kontakt zu seinen Russen zu intensivieren, hatte dem Club verraten, dass inzwischen selbst Kinder und Frauen bewaffnet wurden. Mit Gewehren, Granaten, Panzerfäusten.

Eines Abends, als sie ihn draußen eine Zigarette rauchen sah, setzte Lily sich zu dem kleinen, rundlichen Arzt auf einen Mauervorsprung an der Medizinischen Klinik.

Er öffnete sein silbernes Zigarettenetui. »Auch eine?«

»Eigentlich rauche ich nicht, wollte ich nicht mehr. Habe ich nicht mehr, seit ich aus Danzig weg bin.«

»Auch eine?«, wiederholte Wetterstein und hielt ihr die Blechdose vor die Brust.

Lily nahm eine Zigarette heraus und betrachtete sie verwundert. »Sind die etwa mit Zeitungspapier gedreht?«

Wetterstein schmunzelte, holte sein Benzinfeuerzeug aus der Hosentasche und entzündete es. Lily beugte sich vor, hielt ihre Zigarette in die Flamme und vernahm einen starken Geruch von Veilchen. Vorsichtig zog sie daran. Augenblicklich fing sie an zu husten. Wetterstein und sie mussten lachen.

»Das sind Machorka«, erklärte der Assistenzarzt, bevor er selbst genüsslich einen Zug nahm. »Stalinhäcksel, etwas ganz Besonderes. Hole ich mir regelmäßig bei meinen russischen Freunden. Die Sowjets sind überzeugt, dass sie nur richtig schmecken, wenn sie mit dem Zeitungspapier der Prawda gedreht sind. Die haben schon einen ganz guten Humor. Los, zieh noch mal!«

Lily zog noch einmal etwas vorsichtiger, musste nicht mehr husten, aber spürte einen leichten, angenehmen Schwindel. »Schmeckt irgendwie nach, nun ja, was soll ich sagen. Erde?«

»Ha, ha. Ja, das ist der Lehmboden, auf dem der Tabak wächst. Das Zeug ist so schlecht, dass es schon wieder gut ist. Mir schmeckt es besser als jede amerikanische Filterzigarette!«

»Mmh, vielleicht gewöhne ich mich dran.« Lily nahm noch einen Zug, schaute auf die schon halb abgefackelte Zigarette und fragte dann: »Wie ist das eigentlich, woher kommt das? Ich meine, ich weiß ja nur, dass Sie für den Geheimdienst NKWD arbeiten. Aber wie und warum sind Sie überhaupt mit den Russen verbandelt?«

An diesem Nachmittag erzählte Wetterstein Lily erstaunlich offen seine Geschichte. Er berichtete, wie er 1937 seine erste Assistenzarztstelle an der Universitätsfrauenklinik in Leipzig wegen sogenannter kommunistischer Umtriebe verloren und dann versucht hatte, in Berlin neu Fuß zu fassen. Auch in der Hauptstadt hatte er schnell Kontakt zu den dort verdeckt operierenden russischen Agenten gesucht.

»Ich war ein guter Arzt. Tagsüber half ich in verschiedenen Praxen aus, nachts aber traf ich mich mit meinen Moskauer Freunden, um Widerstandspläne zu schmieden«, berichtete Wetterstein. »Die haben mich schließlich sogar in die Praxis von Hitlers Leibarzt Theodor Morell eingeschleust. Hitlers Leibarzt! Wir planten, den Führer zu töten, ich sollte ihm heimlich Gift verabreichen. Aber Morell hat mich nie mitgenommen ins Führerhauptquartier. Vielleicht hat er ja was gerochen. Nach einem Jahr wurde ich gefeuert, habe dann schwarz Patienten behandelt, auch Juden, die nicht mehr zu normalen Ärzten gehen konnten. Na ja, und so wie du habe ich es dann irgendwann bei Sauerbruch versucht. Als er mich eingestellt hat, war ich wahrscheinlich genauso erstaunt wie du, als er dich zu seiner persönlichen Sekretärin gemacht hat. Dass ich mit den Russen zu tun habe, wusste er von Anfang an. Da habe ich keinen Hehl draus gemacht. Aber der Professor meinte nur: So jemanden kann ich brauchen! Also treffe ich mich auch heute noch mit meinen Kontaktleuten Igor und Dmitrij. Gerade jetzt, wo die Russen auf Berlin zu marschieren, bekomme ich viele Informationen von ihnen. Die beiden werden mich auch den russischen Offizieren vorstellen. Ich kann's kaum erwarten, bis sie hier sind.« Wetterstein lächelte und trat seinen glühenden Zigarettenstummel auf dem Boden aus. »Unser Sauerbruch, das ist schon ein ganz außergewöhnlicher und ehrenwerter Mensch.«

Nach einer halben Stunde und zwei weiteren russischen Zigaretten hatte Lily das Gefühl, auf den Geschmack gekommen zu sein. Was den Tabak betraf, und auch, was Wetterstein betraf. Da hatte der doch am Anfang einen fast langweiligen Eindruck gemacht und stellte sich jetzt als so ein mutiger Mann heraus. Es sollten nicht die letzten Zigaretten sein, die die beiden zusammen rauchten.

Selbst die größten Fanatiker konnten im April 1945 nicht mehr an den weiterhin von Goebbels im Rundfunk beschworenen Endsieg glauben. Gleichzeitig wurde immer noch Jagd auf Deserteure gemacht, die ihre Gewehre niedergelegt hatten. Und die Gestapo suchte in den Ruinen der Hauptstadt akribisch nach Defätisten unter der Zivilbevölkerung. Schon das Abhängen einer Hakenkreuzfahne oder eines Hitlerporträts konnte dazu führen, dass man auf der Stelle erschossen wurde. Jegliches Recht schien außer Kraft gesetzt zu sein.

Am 15. April stieg ein Bote in den Bunker hinunter und überreichte Sauerbruch ein Schreiben des Berliner Stadtkommandanten, in dem dieser ihn zum militärischen Oberbefehlshaber der Charité ernannte. Es hieß also, das Krankenhaus zu halten, bis die Russen es stürmten, denn dass die vor den Amerikanern anrücken würden, daran zweifelte inzwischen niemand mehr. Immerhin ist es ein gutes Gefühl zu wissen, dass Sauerbruch hier das Sagen hat, dachte Lily. Er ist der Einzige, dem alle vertrauen.

Und als wäre seine Berufung ein Zeichen, begann der Ansturm der Sowjetarmee einen Tag später. Wetterstein blieb die ganze Zeit über alles informiert. Am 25. April erstattete er Bericht: »Berlin ist umzingelt. Die Erste Ukrainische Front unter Marschall Iwan Konew bricht von Süden durch, die Erste Weißrussische Front unter Georgij Schukow von Norden. Ein fürchterliches Gemetzel. Wehrmacht, Waffen-SS, Hitlerjugend, Volkssturm. Sie legen die Waffen nicht nieder!«

Am 26. April flogen die Alliierten einen letzten verheerenden Angriff. Eine Luftmine erwischte die Chirurgische. Als Lily später aus dem Bunker ins Freie lief, sah sie, dass der gesamte Mitteltrakt eingestürzt war. In den Trümmern fanden sie sieben Menschen. Drei Schwestern und vier Patienten waren tot.

Die Schlacht rückte näher. Wenn sie über das Charité-Gelände ging, um Wasser oder Lebensmittel zu suchen, hörte Lily schon die Maschinengewehre rattern. Sie kämpften um den Reichstag. Das absolute Chaos. Es blieb keine Zeit mehr, über irgendetwas nachzudenken. Nach zwei Stunden Schlaf, einem Frühstück, das aus etwas Zwieback und Wasser bestand, operierten und verbanden sie weiter. Die Krankenträger brachten Schwerstverletzte im Minutentakt. Bald lagen so viele in den Gängen der Klinik und schrien vor Schmerzen, dass man sie nicht mehr zählen konnte. Gemeinsam mit den anderen Schwestern wählte Lily diejenigen aus, bei denen es überhaupt noch eine Überlebenschance gab. Die Krankenträger sammelten zwischendurch die Toten unter den Verletzten ein und brachten sie weg. Lily sah in die flehenden Augen von fürchterlich zerfetzten Menschen mit durchschossenen Brustkörben, offenen Bäuchen.

»Brandt«, rief Lily, als sie während einer Pause den Apotheker auf einer Bahre erkannte. Er starrte sie mit leeren Augen an. Sein Bauch war aufgerissen. In der Innentasche seines Mantels steckte eine Micky-Maus-Zeitung. Es schnürte Lily die Kehle zu. Die Mitglieder des Clubs, sie starben. Wann war sie an der Reihe?

»Nicht hinsehen«, rief Mescher ihr von weiter hinten zu. »Er ist beim Wasserholen erwischt worden. Sie beschießen die Charité. Es geht weiter, ab in den Bunker!«

Der etwa fünfzig Quadratmeter große Hauptraum mit den vier Operationstischen sah kaum besser aus als das Gelände draußen. An den Wänden überall Blutspritzer, auf dem Boden stapelten sich die Verletzten, selbst Russen befanden sich darunter. Ob sie mit Absicht oder aus Versehen hierher gebracht worden waren, wusste Lily nicht. Überhaupt war sie kaum noch imstande, etwas zu begreifen, das über ihre eigene Tätigkeit hinausging. Sie dachte auch nicht mehr nach, funktionierte nur noch. Aus Routine oder auf Zuruf vom Chef, von Wetterstein, Neumann und den anderen Ärzten, die hier ununterbrochen amputierten, beatmeten, spritzten, Blut stillten, Gedärme zurückdrückten, verbanden. Schere, Tupfer, Zange, Nächster! Tot! Kann raus! Der Nächste, bitte! Zwischendurch den Patienten Wasser reichen, Verbände wechseln, den Boden wischen, immer wieder »Alles wird gut« zurufen.

Es vergingen Stunden, Tage, Nächte. Zwieback, Wasser, Rotwein, Licht im Bunker an, Licht aus. Keiner konnte mehr Tag und Nacht auseinanderhalten. Selbst an den anfangs unerträglichen Gestank von Äther, Diesel, Schweiß, Blut und Exkrementen gewöhnte Lily sich.

»Sauerbruch, ich habe einen Befehl für Sie!«

Lily zuckte zusammen, als sie die Stimme hörte. Dann trat er ins Licht, nicht im Arztkittel, sondern in seiner SS-Uniform. Max de Crinis, hinter ihm zwei weitere Männer von der Waffen-SS.

»De Crinis, was willst du?«, rief Sauerbruch, der nur kurz aufschaute und dann weiter im Bauch des vor ihm liegenden Mannes herumschnitt.

»Der Bunker muss auf der Stelle geräumt werden! Die Russen sind jeden Augenblick auf dem Gelände. Wir errichten hier ein Widerstandsnest für unsere tapferen SS-Kämpfer, die sich den Sowjets entgegenstellen werden.« Sauerbruch schüttelte den Kopf und operierte ungerührt weiter.

»Wir schießen euch alle tot, wenn der Bunker nicht sofort geräumt wird!« De Crinis brüllte so laut, dass sich jetzt alle Blicke auf ihn richteten.

Lily sah, wie die beiden Männer hinter ihm ihre Maschinenpistolen in Anschlag brachten. Keiner wagte, ein Wort zu sprechen, selbst die Verwundeten gaben keinen Laut mehr von sich.

Sauerbruch schaute Lily an: »Du hast doch deine Schreibmaschine hier unten?«

»Ja, Chef. Im Schuhschrank.«

»Hol sie, ich diktiere dir jetzt einen Brief.«

»Was soll das, Sauerbruch?«, rief de Crinis.

»Wirst du gleich sehen.«

Lily holte ihre Schreibmaschine, in der noch ein Blatt eingespannt war, und stellte sie an das Fußende von Sauerbruchs Operationstisch.

»Der Brief geht an die Reichskanzlei, die Adresse kennst du.«

»Ja, Chef.« Lily tippte: »Berlin, ...« Sie stockte. »Ich weiß nicht, welchen Tag wir haben.«

Sauerbruch sah sie ratlos an. »Ich auch nicht.«

»Wir haben den dreißigsten April«, zischte de Crinis. »Aber was soll das jetzt? Ich habe doch klare Anweisungen erteilt.«

»Sie haben dem militärischen Oberbefehlshaber der Charité keine Anweisungen zu erteilen, Sie schon gar nicht, de Crinis!« Sauerbruch nickte Lily zu. »Schreib weiter:

Sehr geehrter Herr Hitler,

wenn das Schicksal Deutschlands durch das Opfer von

meinen untergebenen zweitausend Menschen zu ändern

wäre, würde ich diesem Befehl Folge leisten. Da es sich

aber nur um eine ganz kurze Verlängerung dieses

mörderischen Kampfes handelt, verweigere ich, diesen

Bunker zu räumen, und werde hier an meinem Platz

bleiben und gebe dem Befehl der SS, den Bunker zu räumen,

nicht nach.

Sauerbruch.«

Der Chef sah sich im Bunker um. Mescher stand am Nebentisch.

»Ich brauche eine verlässliche Person, siehst du dich imstande, den Brief zum Führerbunker zu bringen? Alle Ärzte werden hier gebraucht. Frauen schicke ich nicht.«

»Natürlich, Chef«, sagte Mescher und wollte schon auf Sauerbruchs Tisch zugehen, als de Crinis seine Pistole zog und auf ihn zielte.

»Es wird kein Brief überbracht«, bellte er. Im selben Moment richteten seine Handlanger ihre Maschinenpistolen auf den Eingang des Bunkers. »Was ist ...?«

»Psst!« Einer der Männer hob den Zeigefinger.

Lily hörte draußen im Gang Stiefel poltern und jemanden schreien: »*Sukini deti faschisti!*«

»Raus hier!«, rief de Crinis und rannte zwischen den OP-Tischen hindurch zum schmalen Hinterausgang des Bunkers. Seine Kameraden folgten ihm. Alle übrigen Verbliebenen, etwa vierzig Männer und Frauen, starrten in Richtung Haupteingang. Was passiert denn jetzt, fragte sich Lily, als schon die Tür mit einem dumpfen Knall aufsprang, aus den Angeln gerissen wurde und zu Boden polterte. Drei, vier, fünf russische Soldaten in braunen Lederjacken betraten mit vorgehaltenen Gewehren den Raum.

»*Chert, chto eto?*«, rief der Vorderste, nachdem sich seine Augen an das grelle Licht gewöhnt hatten. Er war sichtlich erschrocken. Kein Wunder, dachte Lily, die die fast schon groteske Szene wie einen schlechten Gruselfilm erlebte. Da stand ein halbes Dutzend Russen, die gerade aus der Schlacht kamen, mit Gewehren im Anschlag einem Dutzend deutscher Ärzte in blutverschmierten Kitteln gegenüber, die silbernen Operationszangen im Anschlag. Niemand sagte etwas.

Der vollbärtige Soldat der Roten Armee, es schien ihr Anführer zu sein, schritt auf den Tisch zu, an dem Sauerbruch operierte, und schaute angewidert in den offenen Bauchraum des dort liegenden Mannes. Irgendeine Schwester an einem der anderen Tische ließ genau in diesem Moment ein Instrument auf den Boden fallen. Es schepperte. Der Russe fuhr vor Schreck zusammen und feuerte sein Gewehr ab. Zwei Kugeln, zwei kurze Schreie. Lily sah, dass eine Schwester hinter ihr zu Boden ging. Die zweite Kugel hatte offensichtlich den auf dem Nebentisch liegenden Patienten getroffen. Blut lief aus seinem Oberschenkel. Margot, die dort operierte, drückte sofort eine Kompresse auf die Wunde. Sauerbruch trat ein paar Schritte vor und blieb einen halben Meter vor dem vollbärtigen Russen stehen, der sein Gewehr auf ihn gerichtet hielt. Lily traute ihren Augen nicht. Sauerbruch griff nach dem Gewehrlauf und drückte ihn langsam nach unten. Dabei lächelte er dem Soldaten ins Gesicht und sagte: »Sachte, sachte, mein Jungchen. Du willst doch keinen Mann töten, der dein Großvater sein könnte.«

»*Ya ne ponimayu*«, rief der Russe, schüttelte den Kopf und zuckte mit den Achseln. Dann fing er an zu lachen.

»*Ya ne ponimayu*«, wiederholte ein anderer Soldat, bevor er ebenfalls loslachte.

Ein paar Sekunden später brachen alle im Bunker in Gelächter aus. Lily sah, dass selbst Margots Patient, der eben getroffen worden war, kicherte. Die gestürzte Schwester, die wohl nur einen Streifschuss abbekommen hatte, stand bereits wieder und fiel in das Gelächter ein. Lily fand das so urkomisch, dass auch sie losprustete. So ging es bestimmt zwei oder drei Minuten. Was war das? Die Anspannung, die von allen abfiel? Eine Reaktion gestresster Körper, die seit Wochen keine Freude mehr empfunden hatten?

Die Soldaten nahmen ihre Gewehre herunter, fingen an, auf Russisch miteinander zu reden. Ihr Chef kramte in seiner Tasche und zeigte Sauerbruch ein Foto – vermutlich von seiner Familie. Sauerbruch hielt es ins Licht und beglückwünschte den Russen mit einem Handschlag. Wetterstein holte ein Päckchen Zigaretten unter seinem Kittel hervor und verteilte sie unter den Russen. Auf ein Kommando ihres Anführers hin verließen die Soldaten den Bunker wieder. Einige winkten zum Abschied.

Sie operierten weiter, konnten nicht einmal darüber nachdenken, ob der Krieg nun aus war oder nicht. Auch an den Brief, den Sauerbruch diktiert hatte, verschwendete niemand mehr einen Gedanken. Mescher wäre aber ohnehin umsonst zum Führerbunker gelaufen, denn Hitler war zu diesem Zeitpunkt bereits tot, was sie aber natürlich noch nicht wussten. Das erfuhren sie erst am nächsten Abend um halb zehn aus dem Radio, das sie im Röntgenraum aufgestellt hatten.

Der bisherige Oberbefehlshaber der deutschen Kriegsmarine, Großadmiral Karl Dönitz, verkündete:

»Deutsche Männer und Frauen, Soldaten der deutschen Wehrmacht! Unser Führer, Adolf Hitler, ist gefallen. In tiefster Trauer und Ehrfurcht verneigt sich das deutsche Volk. Frühzeitig hatte er die furchtbare Gefahr des Bolschewismus erkannt und diesem Ringen sein Dasein geweiht. Am Ende dieses seines Kampfes und seines unbeirrbaren, geraden Lebensweges steht sein Heldentod in der Hauptstadt des Deutschen Reiches. Sein Leben war ein einziger Dienst für Deutschland. Sein Einsatz im Kampf gegen die bolschewistische Sturmflut galt darüber hinaus Europa und der gesamten Kulturwelt. Der Führer hat mich zu seinem Nachfolger bestimmt. Im Bewusstsein der Verantwortung übernehme ich die Führung des deutschen Volkes in dieser schicksalsschweren Stunde ...«

Die Nachricht löste Jubelgeschrei und Tränen der Erleichterung bei den verbliebenen Mitgliedern des Donnerstagsclubs aus. Wobei sich bald herausstellen sollte, dass der Führer keineswegs heldenhaft im Kampf gestorben war, sondern sich selbst im Bunker eine Kugel in den Kopf gejagt hatte. Gleichzeitig aber erschraken sie, denn Hitlers Nachfolger verkündete sogleich, er werde den Krieg weiterführen.

»Sind die denn komplett wahnsinnig geworden«, schimpfte Sauerbruch.

»Kann sich nur noch um wenige Tage handeln«, versuchte Wetterstein ihn und alle anderen zu beruhigen.

Für einen Moment musste Lily an Fritz denken, an Luise und ihre Eltern und so viele andere Dinge, aber mehr Zeit blieb ihr nicht. Noch immer strömten zahllose Verwundete in den Bunker. Sauerbruchs Gruppe operierte ohne Unterlass. Die Russen brachten ihre Verletzten, die ab sofort Vorrang vor den deutschen Patienten genossen. Leider benahmen sich nicht alle so freundlich, wie die ersten russischen Soldaten, denen sie im Bunker begegnet waren.

Am Morgen des 2. Mai unternahm Lily einen kleinen Spaziergang auf dem Gelände der Charité, um einen Moment durchzuatmen, als ein Soldat sie von hinten ansprang und zu Boden riss. Er stank fürchterlich nach Wodka und Motoröl. Sie schrie ihn an, als er ihr grob in den Schritt griff. Panik überkam sie, sie trat und schlug um sich, konnte den auf ihr Liegenden aber nicht abschütteln. Nachdem er ihr mit der Faust ins Gesicht geschlagen hatte, verlor sie kurz das Bewusstsein. Als er ihr den Schlüpfer heruntergerissen und seine Gürtelschnalle geöffnet hatte, hörte Lily einen Schuss. Kurz darauf knickten die Arme des Soldaten weg. Aus seinem Mund lief Blut, tropfte auf Lilys Gesicht. Jetzt konnte sie sich befreien und unter ihm wegkriechen.

Als sie sich aufgerappelt hatte, sah sie de Crinis mit einer Pistole in der Hand einige Meter von ihnen entfernt auf der Wiese stehen. Diesmal trug er nicht Uniform, sondern Arztkittel.

»Max«, stammelte Lily. »Ich … er wollte mich …«

Zwei russische Soldaten kamen angelaufen, sahen ihren toten Kameraden und richteten ihre Gewehre auf de Crinis, der seine Pistole fallen ließ und die Hände über den Kopf hob.

»Ich bin Arzt!«, rief er.

Jetzt näherte sich auch Wetterstein. Die Soldaten schienen ihn bereits zu kennen, denn sie ließen ihn herankommen.

»Was ist passiert?«, fragte er Lily.

»Er wollte mich vergewaltigen, dieser Widerling. De Crinis hat ihn erschossen.«

Einer der beiden Soldaten rief de Crinis etwas auf Russisch zu. Als der nicht reagierte, richtete er eine Frage an Lily, die sie genauso wenig verstand. Der Mann sprach schnell und undeutlich und möglicherweise in einem Dialekt, mit dem sie nicht vertraut war.

»Sie wollen wissen, ob er Arzt ist, ob wir ihn kennen«, übersetzte Wetterstein.

Lily schaute zwischen den Soldaten und dem Psychiater hin und her. »Das ist Max de Crinis. Er ist kein Arzt. Er tötet Kinder. Er ist ein hoher SS-Offizier.«

»Was?« De Crinis starrte sie fassungslos an, drehte sich um und lief los in Richtung Medizinische Klinik.

Wetterstein bestätigte das, was die Russen sowieso schon herausgehört hatten: »*SS! Ne vrach.*«

Die abgefeuerten Kugeln trafen de Crinis in Rücken und Hinterkopf. Er fiel vornüber und regte sich nicht mehr. Lily rannte zu Wetterstein, hielt sich an ihm fest. Die Russen ließen die beiden ohne ein weiteres Wort stehen.

Lily erzählte später Sauerbruch von dem Vorfall, erwähnte aber nicht, wie de Crinis zu Tode gekommen war. Das hatte Wetterstein dem Chef bereits erklärt. Auf seine Weise. Die Russen hätten de Crinis in seiner SS-Uniform auf der Flucht erschossen. Den

Kittel hatte Wetterstein dem toten Psychiater ausgezogen und seine Leiche dann zu den anderen gelegt. Sauerbruch hatte darauf nur gemeint, an der Beerdigung seines Kollegen werde er nicht teilnehmen. Lily allerdings tröstete er behutsam und sagte, er habe schon gehört, dass es auf dem Gelände der Klinik zu Vergewaltigungen durch russische Soldaten komme. Er müsse dem ein Ende bereiten, wisse nur noch nicht, wie er das am geschicktesten anstellen solle.

Der Zufall kam ihm am nächsten Tag zu Hilfe. Ein sowjetischer Sanitätsoffizier erkannte ihn, blickte ihn mit glänzenden Augen an, sagte immer wieder andächtig »Sauerbruch« und ließ sich schließlich ein Autogramm in sein kleines Notizbüchlein schreiben. Derselbe Mann kehrte dann einige Stunden später mit einem russischen Arzt zurück.

»Mensch, Wisniewski, was bin ich froh, dich zu sehen«, sagte Sauerbruch, der gerade das Bein eines jungen russischen Soldaten schiente. Die beiden Männer fielen sich in die Arme und verließen gemeinsam den Bunker.

Im Röntgenraum erklärte Sauerbruch seinen Leuten einige Stunden später, dass jener Arzt der Roten Armee in München ein Schüler von ihm gewesen sei. »Alexander Wassiljewitsch Wisniewski, ein guter Mann, sehr wissbegierig, hat in keiner meiner Vorlesungen gefehlt. Er ist jetzt Professor am Moskauer Institut für experimentelle Chirurgie. Ich habe ihm von den Vergewaltigungen durch russische Soldaten erzählt. Er war entsetzt und hat die Information sofort an die Armeeführung weitergeleitet.«

Die Vergewaltigungen hörten, zumindest an der Charité, auf. Der sowjetische Stadtkommandant, General Nikolai Bersarin, sorgte persönlich dafür, dass überall Wachen abgestellt wurden, die Übergriffe auf Frauen, aber auch Diebstähle und andere Vergehen fortan verhinderten.

Am 8. Mai endete der Krieg in Europa nach fast sechs Jahren offiziell mit der bedingungslosen Kapitulation der Wehrmacht. Schon einen Tag später verabschiedete sich Professor Neumann, den nichts mehr in Deutschland hielt. Er wollte endlich seine Frau und die geliebte Heimat wiedersehen. Pflichtbewusst, wie er war, wäre er sicher geblieben, wenn Not am Mann gewesen wäre, aber alles ging nun schnell voran. Sowjetische Lastwagen brachten Medikamente, Lebensmittel und chirurgische Instrumente in die Klinik. Sowjetische Ärzte gesellten sich zu ihren deutschen Kollegen, und gemeinsam operierten sie Verwundete gleich welcher Nationalität.

In diesen Tagen verschwand auch Wetterstein, wurde einfach in Röntgenarchiv und OP nicht mehr gesehen. Er hatte es vorgezogen, sich nicht zu verabschieden, so wie er es einige Monate vorher schon angekündigt hatte: »Wenn der Krieg aus ist, werde ich irgendwann mal weg sein, macht euch dann keine Sorgen. Ich behalte den Donnerstagsclub immer in meinem Herzen.« Alle wussten, dass er seine Zukunft bei den Russen sah.

Mescher hatte weniger Glück. Bei Aufräumarbeiten fanden Arbeiter eine Leiche, die er als Luise identifizieren musste. Der Oberpfleger und Lily trösteten sich gegenseitig, für beide war es ein schwerer Verlust. Kurz darauf bat Mescher Sauerbruch um Urlaub, um seine Eltern in München zu besuchen. Den bekam er natürlich bewilligt.

Für Lily ging der Krieg erst am 12. Mai zu Ende. Sie fand eine Packung *Die Unvergleichlichen* auf dem Bett ihrer Dienstwohnung, die sie inzwischen wieder bezogen hatte, zusammen mit einem Brieflein. Sie öffnete den Umschlag und zog einen Zettel heraus, auf dem nur ein Satz stand: »Schau doch mal wieder in dein Badezimmer, meine kleine Spionin.«

Sie ließ den Zettel fallen und rief so laut sie konnte: »Fritz! Fritz! Oh mein Fritz!«

Er stürmte aus dem kleinen Bad, hob sie hoch und küsste sie. Den goldenen Ring fand sie, als er sie aufforderte, in seine linke Jacketttasche zu greifen. Er kniete vor ihr nieder und streifte den Ring über ihren Finger. Vor lauter Aufregung sagte sie, ohne dass er die Frage gestellt hatte: »Ja, ich will!«

Fritz half Lily beim Kofferpacken. Nach allem, was sie erlebt hatte, konnte sie sich nicht vorstellen, weiter in der Charité zu arbeiten. Nicht als Sekretärin und auch nicht als Krankenschwester. Außerdem gehörte sie jetzt zu Fritz. Sie waren fest entschlossen, sich irgendwo ein neues Leben aufzubauen. Doch zunächst wollten sie nach Hause. Ihre vorgezogene Hochzeitsreise sollte nirgendwo anders hingehen als nach Danzig, in ihr geliebtes Pommerellen.

Sauerbruch umarmte Lily und bat sie, ihren Eltern die besten Grüße auszurichten.

»Du wirst mir fehlen, du meine beste Sekretärin, die ich je hatte«, sagte er feierlich. »Ich danke dir für alles, Liebchen!« Er ahnte wohl, dass sie nicht mehr zurückkommen würde.

»Wir sehen uns«, sagte sie.

»Wir sehen uns!«

23. DIE UNVERGLEICHLICHEN

Lily wischte sich eine Träne aus dem Augenwinkel.

»Das ist wirklich die unglaublichste Geschichte, die ich jemals gehört habe«, sagte Bauer, nahm seine Aktentasche vom Boden und holte eine goldene Schachtel *Die Unvergleichlichen* daraus hervor. »Ihre Lieblingspralinen. Ich dachte mir schon, dass wir heute fertig werden würden.«

»Oh, das ist ja reizend«, antwortete Lily. »Das wäre aber nicht nötig gewesen. Wie konnten sie nur ahnen, welches meine Lieblingspralinen sind?«

»Sie scherzen wohl«, sagte Bauer. »Ich habe Ihnen nur sehr aufmerksam zugehört. Und Sie erwähnten diese Pralinen häufig.«

»Ja, das war ein Scherz«, sagte Lily. »Wirklich süß von Ihnen.«

Bauer zog die Folie von der Schachtel und hob den Pappdeckel ab. »Dann muss ich die wohl auch mal probieren.« Er wählte eine Praline aus, drehte sie zwischen den Fingern und steckte sie sich in den Mund. »Mmh, mmmh! Es kann nur einen Namen für diese Köstlichkeit geben.« Er schmatzte. »*Die Unvergleichlichen.* Zarte Vollmilchschokolade, in Zucker-Kokos gerollt, umhüllt eine Sahne-Karamell-Füllung. Ich verstehe Sie!« Er schob Lily den Karton über die Tischplatte. Mit so viel Schwung, dass er am anderen Ende von der Kante fiel. Lily fing den Karton im letzten Moment auf.

»Ups, nun wären sie beinahe hinuntergefallen.« Sie nahm sich eine Praline, drehte sie wie Bauer in der Hand und schob sie sich schließlich in den Mund. »Es gibt einfach keine besseren.« Sie lächelte.

»Was für ein schöner letzter Abend«, sagte Bauer. »Ich glaube, Ihre Geschichte ist nach vier Tagen am Ende angekommen.« Er kratzte sich am Kopf. »Obwohl, halt!«

»Ja?«

»Mich interessiert schon noch, wie es nach dem Krieg mit Fritz Kolbe weiterging. In aller Kürze.«

»Nicht so gut.«

»Habe ich mir fast gedacht. Erzählen Sie doch bitte.«

»Als wir aus Danzig zurückkehrten, konnte mein Mann erstmal auf die Hilfe von Allen Dulles zählen. Der Geheimdienstchef hat uns ein hübsches Haus gekauft, am Nikolassee in Steglitz. Fritz bekam einen Job als Dolmetscher und Sachbearbeiter bei der amerikanischen Militärverwaltung. Er trug seine US-Uniform voller Stolz. Das hätte er besser nicht getan, denn bald fingen die Nachbarn an zu tuscheln. Sie nannten ihn Verräterschwein und dergleichen. Niemand dankte es damals einem Deutschen, wenn der so schnell mit den neuen Besatzern zusammenarbeitete. Aber auch die Amis selbst haben Fritz nach Strich und Faden ausgenutzt. Maßgeblich brauchten sie ihn nämlich für die Vorbereitung der Nürnberger Prozesse. Er nannte ihnen Rang und Namen aller Verdächtigen im Außenministerium, sehr zum Ärger derjenigen, die ihre Vergangenheit lieber vertuschen wollten. Das wurde so heikel, dass Dulles irgendwann fürchtete, irgendwelche alten Nazis könnten ein Attentat auf Fritz planen oder aber die Russen könnten ihn sich schnappen. Also hat er uns vorgeschlagen, in die USA zu ziehen. Wir fanden das toll. Amerika – unbegrenzte Möglichkeiten! Und dann noch New York. Ein Traum für uns.«

»Ja«, sagte Bauer. »Das stimmt wohl. Vor allem nach den Entbehrungen des Krieges hatten Sie es ja dann sehr gut bei uns.«

»Alles im Überfluss.« Lily winkte ab. »Fritz hat ihn gehasst, diesen Luxus und diese Überheblichkeit der Amerikaner. Und er war unzufrieden. Statt dass man ihm eine Stelle beim Geheimdienst anbot, sollte er in der Universitätsbibliothek arbeiten. Eine schwere Kränkung für einen bis aufs Letzte ausgequetschten Spion. Was hinzukam: Auch die Amerikaner mochten uns nicht. Haben gelästert, nannten ihn Nazischwein. Wie absurd, denn genau gegen die hatte er doch gearbeitet! Auf beiden Seiten war man nach dem Krieg schnell mit Vorurteilen bei der Hand. Fritz wollte nach drei Monaten nur noch weg, zurück in sein Deutschland.« Lily seufzte. »Aber als wir im Sommer neunundvierzig wieder in der alten Heimat ankamen, war das nicht mehr *sein* Deutschland. Er war einfach zu naiv, hat tatsächlich geglaubt, er könnte wieder ins Auswärtige Amt zurückkehren. Dabei hockten seine ehemaligen Kollegen, nachdem sie ihre Haftstrafen von wenigen Jahren abgesessen hatten, doch alle wieder auf ihren alten Posten. Sie wussten, dass Fritz sie verraten hatte, dass er den Amerikanern Infos gegeben hatte, die zu ihrer Verurteilung beitrugen. Sie haben ihn förmlich vom Hof gejagt. Eine Zeit lang haben wir dann versucht, in Frankfurt Fuß zu fassen, aber auch da sprach sich irgendwann rum, dass Fritz mit den Amerikanern zusammengearbeitet hatte. Uns blieben nur die Schweiz und der einzige Freund, den er noch besaß: Friedhelm Koch. Sein ehemaliger Verbindungsmann lieh Fritz etwas Geld. Er brauchte es auch nicht zurückzuzahlen, weil Koch schon ein Jahr später starb. Ich glaube nicht, dass Motorsägen seine Leidenschaft waren, dennoch hat er sie in seinem Laden hier in Bern verkauft, fast zwanzig Jahre lang. Ja, aus dem wichtigsten Spion des Zweiten Weltkrieges wurde ein Vertreter für amerikanische Motorsägen. Das hat er gemacht, bis er krank wurde.« Lily seufzte wieder. »Zu seiner Beerdigung kamen zehn Personen. Eine neue Freundin von mir mit ihrer Familie, sein treuester Kunde und ein alter Freund, mit dem ich niemals gerechnet hätte. Er hat mir etwas Wichtiges hinterlassen. Ach, und zwei Männer, die ihre Namen nicht nannten, nur einen Kranz ablegten, im Namen der CIA.«

Bauer schaute auf die Uhr.

»Was ist?«, fragte Lily und hustete. »Müssen Sie gehen?«

»Nein, nein«, antwortete Bauer. »Sie haben recht, bei der CIA arbeiten einige komische Vögel.«

Der Journalist wirkte nervös. Es war erst kurz nach zwanzig Uhr, aber es schien Lily, als wollte er nun schnell zum Ende kommen. Fast gehetzt gingen sie seine letzten Fragen durch. Diese bezogen sich sämtlich auf die anderen Mitglieder der Gruppe. Von jedem, der überlebt hatte, wollte er wissen, wie es ihm nach dem Krieg ergangen war. Nach einer Dreiviertelstunde war Lily am Sterbebett Sauerbruchs angekommen, den sie kurz vor seinem Tod 1951 noch einmal aufgesucht hatte, der sie aber wegen seiner Demenz nicht mehr erkannt hatte.

»Profe... Prof... Prof...«, stammelte sie auf einmal.

»Was wollen Sie denn sagen?« Bauer lächelte.

»Kamm micht richig reden«, röchelte sie. »Meim Mumd iff tauf.«

Bauer schaute erneut auf die Uhr. »Meine Güte, Frau Kolbe. Die Zeit kam mir jetzt aber extrem lang vor. Obwohl das Gift doch wirklich zuverlässig wirkt, auf die Minute, könnte man sagen.«

»Fff!«

»Aber jetzt sollte es schneller gehen. Spüren Sie Ihre Füße noch?«

»Mmm.« Lily stemmte sich mit einer Hand auf die Schreibtischplatte, rutschte jedoch ab, verlor das Gleichgewicht und landete unsanft auf dem Teppich. Ihre Beine bewegten sich keinen

Millimeter mehr, ihr Oberkörper zuckte unkontrolliert. Sie schaute hoch zu Bauer. Er war aufgestanden und grinste. Dieses Grinsen! Inzwischen wusste sie, es war ein böses. Er hatte es irgendwie geschafft, *Die Unvergleichlichen* mit Gift zu präparieren.

»Na, na, Lily, jetzt reiß dich aber mal zusammen die letzten Minuten. Komm, setz dich wieder! Ich habe keine Lust, dich ins Badezimmer zu tragen. Mit dem Stuhl sind wir schneller. Und es ist bequemer für uns beide.« Bauer hob sie an und verfrachtete sie mit einem Ruck zurück auf ihren Schreibtischstuhl. Sie saß kerzengerade, bewegte sich nicht. Starrte nur geradeaus ins Leere. Nicht mal ihre Lider zwinkerten.

»Tetrodoxin«, erklärte Bauer. »Immer wieder erfrischend, die Wirkung zu beobachten. Es ist das Gift des Kugelfisches. *Fugu* nennen es die Japaner, und es tötet zuverlässig. Und da es das Gift eines Fisches ist, heißt es auch für dich jetzt, ab ins Wasser!« Er lachte hämisch.

Lily verlor ihn aus den Augen, dann sah sie seine Beine in der Tür stehen. Er drehte sich um. Sie schaute auf seine gebeugten Knie. Dann tauchte sein Gesicht direkt in ihrem starren Blickfeld auf.

»Ich lasse das Badewasser ein. Kalt oder warm? ... Ach, ich vergaß, du kannst ja nicht mehr sprechen. Ich mache es einfach schön heiß! Aber nicht, dass du dich verbrühst. Du kannst nämlich Schmerzen noch sehr gut spüren. Na, was ist denn? Hast du etwa Angst? Vorm Ertrinken? Brauchst du doch nicht. Ich glaube nämlich, dass du schon vorher wegtrittst.«

Bauer verließ das Zimmer, Lily hörte ihn über den Gang laufen und die Badezimmertür öffnen. Ein paar Sekunden später ließ er das Wasser ein.

Als er zurück ins Arbeitszimmer kam, schreckte er zusammen. Er starrte auf den leeren Stuhl, dann bückte er sich und schaute unter den Schreibtisch. »Verdammt ...«

Lily gab der Tür mit der Ferse einen Tritt, sodass sie zuknallte. Bauer schnellte herum. Sie hatte ihren Revolver entsichert, hielt den Griff mit beiden Händen umklammert, den rechten Zeigefinger am Abzug. Sie zielte auf Bauers Herz. Ihre Arme waren ganz ruhig, ihr Gesicht entschlossen.

»Wie ... wie ist das möglich?«, stotterte der Journalist.

»Das verrate ich dir, wenn du mir sagst, was für einen Scheißauftrag du hier ausführst, du hinterhältige Ratte!«

»Ganz ruhig!«

»Wag es nicht«, zischte Lily. »Ich weiß, wie man mit den Dingern umgeht. Zehn Jahre Schießtraining. Ich treffe genau da, wo ich die Kugel hinhaben will. Immer! Also Hände über den Kopf und auf den Schreibtischstuhl setzen, dann können wir reden, wenn du meinst, dass dir das hilft.«

»Also gut, ja, ja.« Bauer verschränkte seine Hände am Hinterkopf und ließ sich auf den Stuhl fallen. Sein Gesicht war weißer als alles, was Lily je gesehen hatte. Die Überraschung war gelungen.

»Jetzt rede endlich«, sagte sie, den Revolver weiter auf sein Herz gerichtet. »Dass mit dir irgendwas nicht stimmt, ist mir längst aufgefallen. Dass du kein Journalist bist, weiß ich. Du bist von der CIA, du komischer Vogel. Ist klar, dass ihr Agenten mittlerweile Russisch können müsst, ist ja euer neuer Todfeind, die Sowjetunion. Du hast sogar mit mir Russisch gesprochen, ohne es zu merken. So schlau bist du gar nicht. Aber wozu das alles? Das frage ich mich. Was wolltest du? Die *Kappa*-Papiere?« Lilys Ungerechtigkeitsschmerz strahlte von ihrer Brust bis in den Magen aus.

»Ich weiß zwar nicht, wie Sie das wissen können, aber warum soll ich es leugnen? Sie werden mich eh erschießen.«

»Ach, im Angesicht des Todes siezt du mich wieder? Schön, aber ich bleibe jetzt beim Du! Ob ich dich erschieße, weiß ich noch nicht. Kommt drauf an.«

»Okay, okay.« Bauer holte tief Luft. »Ich schreibe kein Buch über Dulles. Ich bin Special Agent, mein Name ist auch nicht Bauer. Mein Auftrag war, Sie auszuhorchen. Alles in Erfahrung zu bringen, was Sie über Fritz Kolbes Spionagetätigkeit wissen. Vor allem, welche geheimen Informationen über den Holocaust er eventuell an andere, speziell an Sie, weitergegeben hat. Wissen Sie, es könnte dem Ansehen meines Landes sehr schaden, wenn öffentlich bekannt würde, dass es den Amerikanern möglich gewesen wäre, den Massenmord an den Juden zu beenden, die Deportationen nach Auschwitz zu stoppen. Soweit ich das den Papieren entnehmen konnte – ich bearbeite seit einigen Jahren die Fälle unserer Ex-Spione –, gab Kolbe konkrete Hinweise auf Vernichtungslager, in Form von Briefen, Telegrammen und sogar Karten, auf denen er sie markierte.«

»Die Lager haben euch einfach nicht interessiert!«, stieß Lily hervor. »Was gingen euch denn die Juden an? Sollten die Nazis doch ruhig mit ihnen machen, was sie wollten. Schadete ihnen höchstens selbst in ihrer Kriegsführung.« Lily schüttelte angewidert den Kopf. »Kein Stück besser seid ihr!«

»Es … ich«, stammelte Bauer. »Es darf nicht an die Öffentlichkeit kommen, verstehen Sie?«

»Nein, das verstehe ich absolut nicht«, sagte Lily. »Und das hat auch Fritz nie verstanden. Wie kann es sein, dass ihr ausgerechnet diese Informationen ignoriert habt? Ausgerechnet die! Es wäre ein Leichtes gewesen, die Schienen nach Auschwitz zu bombardieren und die Transporte zu beenden!«

»Das ganze Ausmaß konnten aber auch wir nicht wissen.«

»Bitte verschonen Sie mich mit diesem elenden Versuch der Reinwascherei«, rief Lily. »Der Sieger schreibt die Geschichte, schon klar, aber für mich zählt das hier nicht. Sie wissen, was ich meine, und auch, dass ich recht habe. Ersparen wir uns eine weitere Diskussion.«

»Es tut mir leid, Ihre Geschichte wäre einen Artikel wert gewesen, sicherlich sogar ein ganzes Buch. Ein Bestseller wäre das geworden! Aber das hilft Ihnen jetzt auch nichts. Ich verstehe schon. Außerdem hatte ich ja nie vor, etwas daraus zu machen. Ich bin ja gar kein Journalist oder Autor. Es war klar, dass Sie sterben sollten, wenn Sie das wissen, wovor mich mein Chef gewarnt hat, eben das, was Sie mir alles erzählt haben. Sie wissen viel zu viel und sind eine Gefahr für die öffentliche Sicherheit meines Landes.« Er schluckte.

»Du heißt also auch nicht Bauer, hast du gesagt. Wahrscheinlich nicht mal Eddie oder Edward. Klang eh total albern.«

»Genau, so heiße ich nicht.«

»Wie ist dann dein Name, Special Agent?« Lily spielte mit dem Finger am Abzug. Äußerlich blieb sie gefasst, obwohl sie innerlich so wütend war wie lange nicht mehr.

Der namenlose Agent lächelte.

»Irgendwoher kenne ich dieses widerwärtige Grinsen doch. Wer bist du?«

»Was soll's?« Bauer seufzte und setzte sich kerzengerade hin. »Neben dem CIA-Auftrag, Sie zu töten, falls Sie die Geheimnisse von Fritz Kolbe kennen, habe ich hier bei Ihnen schnell gemerkt, dass es noch einen weiteren guten Grund für mich gibt, Sie zu eliminieren. Können Sie es sich nicht denken?«

»Nein«, sagte Lily. »Und ich habe auch keine Lust zu raten.«

»Ich bin sechsunddreißig in Berlin geboren«, sagte der Agent. »Als mein Vater starb, war ich neun Jahre alt.«

»De Crinis!« Lily wurde schwindelig. Das konnte doch nicht wahr sein. Dieses Grinsen! Das Lächeln des Todes! Er war es! Sie musste aufpassen, dass ihr die Waffe nicht aus der Hand rutschte. »Das ist Wahnsinn«, sagte sie matt.

»Das ist Realität. Mein Name ist Wolfgang de Crinis«, fuhr er fort. »Sie haben meinen Vater auf dem Gewissen, das haben Sie mir eben selbst erzählt. Ihren Namen, also Ihren Mädchennamen Hartmann, habe ich in seinen Aufzeichnungen gefunden. Ich wusste, dass es da eine Verbindung gab. Dass Sie aber für seinen Tod verantwortlich sind, das musste ich aus Ihrem Mund erfahren. Das war nicht leicht für mich! Nicht als Kind, ihn zu verlieren, und nicht vorhin, als ich zum ersten Mal in allen Einzelheiten erfahren habe, wie feige und hinterhältig Sie es gemacht haben! Danach wäre es mir ein doppelter Genuss gewesen, Sie zu töten. Ich hätte Sie, Frau Kolbe, langsam ertrinken lassen, und das Wasser ist kochend heiß!«

»Dein Vater war ein Dreckschwein, ein Kindermörder!«, schrie Lily.

»Auch das mit dem kleinen Peter zu erfahren, war nicht leicht für mich. Aber ich war auch ein Kind damals, das seinen Vater sehr vermisst hat.«

Dem jungen de Crinis lief doch tatsächlich eine Träne über die Wange. Lily verspürte kein Mitleid, nur Abscheu und Ekel.

»Meine Mutter ist dann mit meiner Schwester und mir in die USA gegangen«, erzählte er mit weinerlicher Stimme. »Dass ich auf die Akte Kolbe aufmerksam wurde, war eigentlich eher Zufall. Oder Schicksal ...«

»Das will ich nicht hören!«

»Falls ich sterben muss«, stammelte de Crinis junior. »Ich will bitte wissen, wie Sie das gemacht haben. Es war ein todsicherer Plan. Man kann dieses Gift nicht einfach überleben. Ich habe gesehen, wie Sie die Praline gegessen haben. Es war nur eine einzige nicht vergiftet, und die habe ich genommen. Verraten Sie es mir, bitte!«

»Ja, glaubst du denn wirklich, du bist clever genug, um mich reinzulegen?«, höhnte Lily. »Armer de Crinis. Alles, was ich dir erzählt habe, ist exakt die Wahrheit. Zu meiner eigenen Sicherheit habe ich nur ein Detail hinzuerfunden. *Die Unvergleichlichen.*

Ich mag gar keine Pralinen. Gestern habe ich mir zum ersten Mal eine Packung gekauft, weil ich ja davon ausgehen musste, dass du mir genau die zum Abschied mitbringen würdest. So oft, wie ich die erwähnt habe. Ich hatte mich zwar auch auf einen Plan B vorbereitet, aber dieses Vorgehen erschien mir wahrscheinlicher. Im Fach unter meinem Schreibtisch habe ich zwei Pralinen aus meiner Packung deponiert. Du hast es mir auch noch sehr leicht gemacht, als du mir die Schachtel fast rüberkatapultiert hast. Konntest es wohl kaum erwarten! Unter dem Tisch habe ich dann einfach die Pralinen ausgetauscht. Und weißt du was? Sie sind wirklich lecker.« Lily lachte. »Noch Fragen?«

»Aber Sie konnten doch unmöglich wissen, welches Gift ich verwenden würde. Trotzdem haben Sie exakt die Symptome vorgespielt, die Tetrodoxin auslöst, und auch zeitlich passte alles.«

»Vielleicht hättest du nicht so dumm sein sollen, die Wanze in mein Telefon einzubauen. Oder wenigstens wie ein cleverer Special Agent die Sprechmuschel wieder vernünftig zudrehen. So eine dämliche Wanze. Die habe ich im Übrigen jetzt entsorgt.«

»Scheiße!« De Crinis starrte auf das Telefon. »So eine Scheiße!«

»Und ich wusste, wen ich anrufen kann«, fuhr Lily fort. »Jemanden, der mir genau sagen konnte, welches Gift der CIA in einem solchen Fall anwendet. Auch da gab es ein gewisses Risiko, auch da hatte ich einen Plan B. Aber ich habe mich sehr gefreut, dass wir richtig lagen und du mir meine Schauspieleinlage quasi als gelungen attestiert hast.«

»Sie haben natürlich nicht von Ihrem Apparat aus angerufen.« De Crinis schaute sie mit leeren Augen an. Er schien wütend, seine Stimme bebte. »Wissen Sie was, Sie haben recht. Dass mit den Juden ist mir ganz egal … Ich … Mein Herz.« Ruckartig presste er die rechte Hand gegen seine Brust. Lily begriff das Manöver. Kurz zuckten ihre Mundwinkel, dann drückte sie den Abzug und schoss, bevor der Agent den verborgenen Revolver unter seinem Jackett hervorziehen konnte.

De Crinis' Oberkörper krampfte sich zusammen. Seine durchschossene Hand sank nach unten. Ein sauberer Treffer ins Herz. Er spuckte Blut in den Raum. Lily schoss ein zweites Mal, diesmal in den Kopf, der erst zurück und dann nach vorne geschleudert wurde. Mit gesenktem Haupt blieb de Crinis im Stuhl hängen. Schnell breitete sich eine Blutlache auf dem Teppich aus. Den würde man so oder so nicht mehr sauber bekommen. Lily steckte den Revolver zurück in den Bund ihrer Jeans, holte die Zigarettenschachtel aus der Hosentasche und zündete sich eine an. Dann umrundete sie den Schreibtisch, nahm den Telefonhörer ab und wählte mit dem kleinen Finger die Nummer.

Es dauerte eine Weile, bis jemand abhob.

»Ich habe es erledigt, Werner.«

»Das ist gut«, sagte Wetterstein. »Ich hatte keine Zweifel.«

»Was soll ich jetzt tun?«

»Erst mal ganz ruhig bleiben. Das Schlimmste hast du hinter dir. Sehr gute Arbeit! Den Rest überlass mir. Sie werden dich suchen. Schon bald. Pack das Wichtigste zusammen, einen Koffer und eine Handtasche. Deinen Ausweis. Nichts mehr anrühren! Fass Bauer nicht an! Lass die Bänder, die er gemacht hat, da. Auch die Kopien der Dokumente in deiner Truhe musst du zurücklassen. Ich werde später alles vernichten.«

Lily überlegte kurz, ob sie Wetterstein jetzt gleich sagen sollte, dass Bauer nicht der richtige Name des Toten war, aber sie dachte, die Geschichte könnte sie ihm besser bald persönlich erzählen.

»Alles klar soweit?«, fragte Wetterstein. »Verstanden?«

»Ja, ich mache alles genauso. Ich vertraue dir.«

»Nimm ein Taxi zum Flughafen, ein Platz in einer Maschine nach Moskau ist für dich gebucht. Sie geht um fünf Uhr dreißig.«

Lass dich dort zum Hotel *Nadezhdy* bringen. Wir haben ein Zimmer auf deinen neuen Namen reserviert.«

»Meinen neuen Namen?«

»Ach ja, du heißt ab sofort Lydia Becker. Gab leider keine Auswahlmöglichkeiten.«

»Komisches Gefühl, werde mich dran gewöhnen müssen.« Lily merkte, dass ihr vor Aufregung ein Schauer über den Rücken lief.

»Deine neuen Ausweisdokumente findest du im Nachtschrank des Zimmers – es ist die Nummer vier. Da liegt auch eine Kreditkarte, etwas Geld und die Adresse eines Restaurants. Heute ist Donnerstag. Wir treffen uns da am Sonntag, in drei Tagen.«

»Alles klar«, sagte Lily. »Und wie ist es so in Moskau? Was werde ich da tun?«

»Du weißt, für wen ich arbeite.«

»Den KGB.«

»Richtig, und wir können ausgezeichnete Spioninnen wie dich gut gebrauchen. Du wirst sehen, es macht Spaß. Freu dich auf einen Neuanfang.«

»Na gut, ich werde es schon packen. Gerade fühle ich mich trotz allem ziemlich erleichtert.«

»Das wirst du, und das darfst du sein! Hast du eine Hintertür zum Garten? Kannst du sie unverschlossen lassen?«

»Sicher.«

»Gut, Lily, wir sehen uns am Sonntag und trinken einen Wodka auf den Sieg.«

»Ich trinke nicht mehr.«

»Ach so. Dann rauchen wir eine zusammen, wie damals. Machorka. Aber erstmal wünsche ich einen angenehmen Flug.«

24. DER LETZTE DONNERSTAG

Wetterstein hatte die Grenze zur Schweiz bereits mit dem Auto passiert, als Lily sich mit dem Taxi auf den Weg zum Flughafen machte. Drei Stunden, nachdem sie das Haus verlassen hatte, hielt er mit seinem Wagen auf einem unbeleuchteten Parkplatz in der Nähe. Er holte die beiden Benzinkanister aus dem Kofferraum und schulterte seinen tarnfarbenen Rucksack. Er lief los, bog in den Weg ein, der hinter Lilys Haus herführte, fand ihren Garten und stieg über den Zaun.

Drinnen knipste er seine Taschenlampe an und lief direkt ins Arbeitszimmer. Vor drei Jahren war er für zwei Tage hier gewesen, um Fritz Kolbe die letzte Ehre zu erweisen und Lily zu trösten. Nachdem er die Kanister in der Mitte des Raumes abgestellt hatte, fand er auf dem Boden vor dem Klubsessel Bauers Tasche. Zehn Kassetten lagen darin, alle identisch beschriftet: *Interview mit Lily Kolbe*. Er steckte sie in die Manteltasche und nahm auch das Aufnahmegerät mit, das auf dem Schreibtisch stand. Dann sah er sich im Raum um. Er lächelte zufrieden, als er bemerkte, dass Lily ihr Hochzeitsfoto eingesteckt und auch das Sauerbruch-Porträtbild von Liebermann aus dem Bilderrahmen entfernt hatte. Wetterstein lief zur Truhe, griff in die Innentasche seines Mantels und zog eine Pistole mit Schalldämpfer heraus. Er durchschoss das kleine Schloss, öffnete die Truhe, nahm die drei Ordner mit den *Kappa*-Papieren heraus und steckte sie in den breiten Rucksack. Davon würde er Lily nichts sagen können, zumindest erst mal nicht, bis sie in alles eingeweiht war. Wie schön, dass er die Spionin der Charité für den KGB hatte gewinnen können.

Wetterstein schraubte die Kanister auf, übergoss mit dem Inhalt des einen den toten Agenten und die Einrichtung des Arbeitszimmers. Den anderen nahm er mit, verteilte das Benzin über den Hausflur, die Treppe hoch und goss auch etwas auf Lilys Bett. Wieder unten zog er die Benzinspur bis zur Hintertür, durch die er das Gebäude verließ. Er entzündete ein Streichholz, warf es von außen in den Flur und beobachtete einen Moment, wie sich die Flammen rasant ausbreiteten. Dann rannte er zurück zu seinem Auto und fuhr los. Es war vollbracht. Der Donnerstagsclub kann schließen, dachte Wetterstein. Für immer!

DANKSAGUNG

Dieses Buch möchte ich den Männern und Frauen widmen, die während des Zweiten Weltkrieges gemeinsam mit dem Chirurgen Ferdinand Sauerbruch unter schwersten Bedingungen, teils unter Einsatz ihres eigenen Lebens, in der Charité Tausende Menschen gerettet haben. Ich widme es ihnen besonders auch deshalb, weil sie den Mut aufbrachten, Widerstand gegen das furchtbarste Unrechtssystem der deutschen Geschichte zu leisten. Erst nach Fertigstellung meiner auf neuen Quellen basierenden Biografie »Ferdinand Sauerbruch und die Charité. Operationen gegen Hitler«, die zeitgleich mit diesem Roman und der zweiten Staffel der ARD-Serie »Charité« erschien, wurde mir das gesamte Ausmaß der Taten dieser Menschen bewusst, von denen einige bisher keine oder kaum Beachtung in der Forschung gefunden haben. Neben dem Erschließen der Fakten über Archive, Dokumente, Interviews und Hinterbliebenengespräche für die Biografie konnte ich in diesem Roman historische Lücken interpretieren und fiktional schließen.

Mein Dank geht also an folgende Personen der Zeitgeschichte:
den Professor der Chirurgie Ferdinand Sauerbruch (1875–1951),
die Internistin Doktor Margot Sauerbruch (1905–1995),
den elsässischen Professor für Chirurgie Adolphe Jung
    (1902–1992),
den Spion Doktor Wolfgang Wohlgemuth (1907–1978),
den Spion Fritz Kolbe (1900–1971),
die Privatsekretärin Sauerbruchs und spätere Ehefrau Kolbes, Maria
    Fritsch (1901–2000).

Bedanken möchte ich mich außerdem, neben der privaten Unterstützung durch meine Familie und meine Partnerin Anne von Proeck, beim gesamten Europa Verlag und bei Christian Strasser, bei meiner Lektorin Claudia Schlottmann für ihre überragende Recherchekompetenz und bei meiner Agentin Anna Mechler für den wie immer richtigen Riecher.

Christian Hardinghaus

DR. PHIL. CHRISTIAN HARDINGHAUS, geb. 1978 in Osnabrück, promovierte nach seinem Magisterstudium der Geschichte, Literatur- und Medienwissenschaft (Film und TV) an der Universität Osnabrück im Bereich Propaganda- und Antisemitismusforschung und schloss danach ein Studium des gymnasialen Lehramtes mit dem Master of Education in der Fachkombination Geschichte/Deutsch ab. Seine historischen Schwerpunkte liegen in der Erforschung des NS-Systems und des Zweiten Weltkrieges. Er arbeitet außerdem als freier Journalist, Lektor, Autor und beratender Historiker und veröffentlicht sowohl Sachbücher als auch Romane.